OLAF MÜLLER

Allerseelen-schlacht

DER KRIEG WAR NICHT GENUG Henri-Chapelle, amerikanischer Militärfriedhof in Belgien, nahe bei Aachen. US-Veteran Ray Bell, mittlerweile 85 Jahre alt, reist an, um seine Kameraden Eric und Gerald beim Memorial Day zu ehren. Sie kämpften Ende des II. Weltkriegs in der Allerseelenschlacht im Hürtgenwald und bei der Ardennenoffensive. Beide Kameraden wurden von drei SS-Soldaten grausam ermordet. Paul Verhoven, einer der SS-Männer, treibt kurz vor den Feierlichkeiten tot im Stausee von Obermaubach. Der Aachener Kommissar Fett übernimmt den Fall. Rache und Nazi-Raubkunst könnten Motive sein. Verhoven arbeitete im Leopold-Hoesch-Museum in Düren. Dort gab es mysteriöse Verluste hochwertiger Kunstwerke. Weitere Spuren führen nach Maastricht und Reims. Dort leben die beiden anderen SS-Männer. Doch wie lange noch? Und welche Rolle spielt der Sohn von Ray Bell, ein CIA-Agent aus Arlington in Virginia? Fett kooperiert mit den Kommissarinnen Catherine Kaufmann in Reims und Chantal Kalumba in Lüttich. Ein Wettlauf gegen den Tod beginnt.

© privat

Olaf Müller wurde 1959 in Düren geboren. Er ist gelernter Buchhändler und studierte Germanistik sowie Komparatistik an der RWTH in Aachen. Seit 2007 leitet er den Kulturbetrieb der Stadt Aachen. Sprachreisen führten ihn oft nach Frankreich, Italien, Spanien sowie Polen und Austauschprojekte in Aachens Partnerstädte Arlington (USA), Kostroma (Russland) und Reims (Frankreich). Als junger Segelflieger erlebte er die Eifel aus der Luft, als erfahrener Wanderer heute vom Boden.

OLAF MÜLLER

Allerseelen-schlacht

KRIMINALROMAN

GMEINER

Immer informiert

Spannung pur – mit unserem Newsletter informieren wir Sie regelmäßig über Wissenswertes aus unserer Bücherwelt.

Gefällt mir!

Facebook: @Gmeiner.Verlag
Instagram: @gmeinerverlag

Besuchen Sie uns im Internet:
www.gmeiner-verlag.de

© 2019 – Gmeiner-Verlag GmbH
Im Ehnried 5, 88605 Meßkirch
Telefon 0 75 75 / 20 95 - 0
info@gmeiner-verlag.de
Alle Rechte vorbehalten
6. Auflage 2026

Lektorat: Claudia Senghaas, Kirchardt
Satz: Mirjam Hecht
Umschlaggestaltung: U.O.R.G. Lutz Eberle, Stuttgart
unter Verwendung eines Fotos von: © Gottfried Carls / stock.adobe.com
Druck: Custom Printing Warschau
Printed in Poland
ISBN 978-3-8392-2506-6

Für meinen Vater
Hubert Müller (1927–1998),
der mit 17 Jahren als Soldat
im II. Weltkrieg schwer verwundet wurde,

und

für Christopher, Lou, Emilie und Bobby in Henri-Chapelle, die die Erinnerung wachhalten und alle anderen Frauen und Männer der American Battle Monuments Commission sowie für die Partnerschaftsvereine Aachen-Arlington (Virginia), Aachen-Reims, Aachen-Ningbo (China) und Aachen-Kostroma (Russland), die Freundschaft und Verständigung fördern.

Ray Bell duckte sich. Die Erde zitterte. Äste prasselten auf ihn. Sein Trommelfell brannte. Blut tropfte aus der Nase. Eine Verständigung war nicht möglich. Neben ihm lag der Arm von Lou. Er qualmte an der Stelle, wo Kruppstahl Haut und Knochen durchtrennt hatte. Das Heulen der Raketenwerfer nahm seit Stunden kein Ende, jetzt kam das dumpfe Dröhnen der Königstiger. Ray versank in seinem Schützenloch, das bis zu den Knöcheln voll Wasser stand. Er murmelte: »Oh my God! Oh my God!« Ein weiterer Einschlag. Mörsergranate. Sie schaufelte Dreck und nasses Laub auf ihn. Er hörte nicht die Rufe von Mastersergeant Elias, er hörte keine Stimmen mehr, nur das Dröhnen der Königstiger eines SS-Verbandes, in dem niederländische und französische Freiwillige neben deutschen SS-Junkern kämpften. Er lag in seinem Schützenloch und konnte sich nicht bewegen. Die Panzermotoren wurden immer lauter. Die 8,8-Zentimeter-Kanone des Kampfpanzers nahm die Bunker unter Beschuss. Er hörte deutsche Befehle, manche brüllten auf Niederländisch oder Französisch. Das Schreien der Kameraden wuchs an. Handgranaten flogen. Auf seinen Helm prasselten Erde und Äste. Ray schaute aus dem Schützenloch. Er sah, wie sich Eric und Gerald ergaben. Sie gingen mit erhobenen Händen auf zwei SS-Männer zu. Die lachten und winkten sie heran. Ein dritter SS-Mann näherte sich von der Seite. Er schleppte etwas auf dem Rücken, das nach einem Essensbehälter aussah. Es war ein Flammenwerfer Modell 41. Er richtete ihn auf Eric und Gerald. Ray konnte den Blick nicht abwenden. »Mach, Paul. Komm op! Allez! Mach schon! Komm op!« Paul, Paul, Paul. Es hämmerte im Kopf von Ray. Dann hörte er das Rauschen der Flammen.

BLICK ZURÜCK IM ZORN

Stöhnend wachte Ray Bell an diesem Sonntag im Best Western Hotel in Eupen auf, in dem er vor zwei Tagen abgestiegen war. Er war nass. Nass vor Schweiß. Wieder der Albtraum. Wieder Ardennenoffensive, wieder SS.

3.47 Uhr zeigte seine Armbanduhr. Ray Bell schlurfte zum Badezimmer, drehte den Hahn auf und schaute in den Spiegel. Er sah das Gesicht eines 85-Jährigen, der mit 17 Jahren in der Normandie an Land gespuckt worden war, Omaha-Beach, Abschnitt »Easy Red«, zweite Welle, Überlebenschance 40 bis 50 Prozent. Er hatte überlebt. So gerade. Das zählte. Er öffnete das Fenster, ging zu seinem Nachttisch und nahm die Packung »Sweet Afton«. Ray Bell zündete sich eine Zigarette an, lehnte sich aus dem Fenster und schaute auf die Sterne und den Springbrunnen vor dem Hotel. Seine Zigarette glühte wie ein kleiner Stern. Seit er in die USA zurückgekehrt war, damals, 1945, rauchte er. Täglich. Altersflecken bedeckten beide Handrücken, die grauen Haare waren akkurat geschnitten. Er war gut in Form für sein Alter.

Ray Bell arbeitete nach dem Krieg als Lehrer in Arlington, Virginia. Er unterrichtete an der Arlington Mill High School Politik und Geschichte. Von den Veteranentreffen hielt er sich fern, denn nach den Begegnungen waren die Albträume schlimmer. Überlebt hatten Küchenpersonal, Fahrer, Fernmelder und Funker. Von denen, die bei der Ardennenoffensive in einem Erdloch lagen, war er einer der wenigen Soldaten. Ein Gegenstoß der Charlie-Kompanie rettete ihm das Leben. Sie fanden ihn traumatisiert im Erdloch, begraben unter Laub, Ästen. Er kam nach Spa. Als er zwei Wochen später erstmals sprach, fragte er nach Eric und Gerald. Die Krankenschwester holte den Arzt, der wusste mehr.

»Sie sind tot. Verbrannt. Ist kein Trost, aber die Charlie-Kompanie hat die SS-Truppe fast vollständig vernichtet.«

»Flammenwerfer, was wurde aus dem Flammenwerfer?«, fragte Ray. »Paul, er hieß Paul. Der hat sie verbrannt. Haben sie den erwischt?«

»Sorry«, sagte der Arzt, »davon weiß ich nichts. Ich hoffe es. Verdammter Bastard.«

Kurz danach wurde Ray zu seiner Einheit gebracht. Seine Einheit? Er kannte kaum einen der jungen Soldaten, die im Schnelldurchlauf in Fort Bragg ausgebildet wurden und vielleicht 14 Tage überlebten. Allein Mastersergeant Elias war noch da. Er grüßte ihn stumm.

Die jungen Soldaten fragten ihn, wie es im Hürtgenwald bei der Allerseelenschlacht und bei der Ardennenoffensive war. Er sagte nur »FUBAR«. Sie schauten ihn mit naiven Augen fragend an. »Fucked up beyond all recognition, boys. Beschissen jenseits alles Erdenklichen.«

DER GUTE HIRTE

Sonntag, der 20. Mai 2012. Am Freitag war Ray mit seinem Sohn William in Brüssel gelandet. Linienflug von Washington Dulles International Airport. Er wollte im Jahr seines 85. Geburtstags zu den Gräbern von Eric und Gerald in Henri-Chapelle, dem amerikanischen Militärfriedhof, nicht weit von Eupen und Aachen gelegen. Schließlich kamen sie jede Nacht zu ihm, seit 67 Jahren. Seine Frau Janet wehrte sich gegen die Reise. Sie wollte nicht mit ihm nach Europa, nicht auf das Schlachtfeld. Sie fürchtete sich und hatte Angst um Ray und vor der Wiederkehr der traumatischen Erinnerungen. 2008 starb sie an Brustkrebs. Ray Bell lebte von da an alleine; zuerst in seinem Bungalow in Arlington. 2010 zog er ins Goodwin House Alexandria, in der Fillmore Avenue, eine Seniorenresidenz. Er fühlte sich dort gut aufgenommen.

Memorial Day fiel auf den 26. Mai 2012, ein Samstag. Dann würde er Eric und Gerald besuchen und einen Kranz nur für sie mitbringen. Sie lagen dort neben 7.900 anderen US-Soldaten. Am Memorial Day wird am letzten Montag im Mai an die gefallenen US-Soldaten erinnert. Die Feier findet in Henri-Chapelle an dem Samstag vor dem Montag statt. Amerikaner, Belgier und ehemalige Alliierte sind unter sich. Lange waren Deutsche nicht gewünscht. Heute könnten sie kommen. Sie tun sich schwer mit ihrer Verantwortung für die Tausenden Toten, darunter die drei Brüder der Familie Tester, die nebeneinander in Gräbern liegen. 37 Brüderpaare und auch die Soldaten einer Versorgungseinheit, bestehend aus farbigen Soldaten, die bei der Ardennenoffensive überrannt wurden, haben ihre letzte Ruhe in Henri-Chapelle gefunden. Die farbigen Soldaten versteckten sich bei der Ardennenoffensive in einem Bauernhof bei Wereth. Sie wurden entdeckt, gefoltert und von der Waffen-SS ermordet.

Ray Bell zog den Vorhang zurück, ging zum Bett und legte sich hin. Nacht in Eupen.

Sein Sohn Will, 1962 geboren, begleitete ihn und wusste von den Albträumen. Als Kind traf er seinen Vater nachts auf der Veranda, wenn er, Will, ein Glas Milch aus dem Kühlschrank holte. Er sah das Glühwürmchen draußen und wusste, dass sein Vater dort saß und rauchte. Warum er das tat, erfuhr Will, als er mit 18 Jahren Soldat werden wollte. Ray nahm seinen Sohn beiseite und erklärte ihm, was Krieg bedeutet: Schmerz, Lüge, Grausamkeit und Tod. Er erzählte ihm von seinen Albträumen, von Eric und Gerald und von dem Mann namens Paul. Ein Name, den Ray kaum aussprechen konnte. Wer war dieser SS-Mann, der zwei wehrlose Soldaten verbrannte? Seine Rachefantasien kamen und gingen. Will hörte aufmerksam zu. Es bestärkte ihn in seinem Willen, den USA zu dienen. Will kämpfte bei der Befreiung Kuwaits und meldete sich danach für die Agency, die CIA. Er wurde Verbindungsmann zum Simon-Wiesenthal-Zentrum und Spezialist für Wehrmachtsverbrecher, die weiter unerkannt in den USA und in Südamerika lebten. Seit der Amtszeit von Clinton war der Druck auf die Regierung gewachsen, endlich dieses Kapitel zu beenden. Schließlich waren zahlreiche schwer belastete Offiziere der Wehrmacht und der SS direkt nach dem Krieg in den USA untergetaucht;

andere setzten ihr Wissen im Kampf gegen den Kommunismus für die USA ein. Will war ein guter Jäger, ein verdammt guter Nazi-Jäger. Er war entschlossen, den Albträumen ein Ende zu bereiten.

Er trug alle Unterlagen über die Kämpfe an den ersten Tagen der Ardennenoffensive zusammen, erhielt Auskunft vom Bundesarchiv und Amtshilfe der deutschen Dienste. Er fand Paul Verhoven, so wie er viele gefunden hatte. Große und kleine Verbrecher, Wachleute in den Vernichtungslagern und Führungsoffiziere im Reichssicherheitshauptamt. Will wusste, wie er mit einigen Suchbefehlen die Namen der Soldaten ermitteln konnte. Er hatte ihn gefunden. Paul, den Paul, der 1944 den Flammenwerfer bediente: Paul Verhoven. Keine große Nummer. Ein seit Frühjahr 1945 vermisster SS-Standartenjunker einer Einheit, die aus jungen niederländischen und französischen Nazis und SS-Nachwuchs bestand. Er leitete einen Zug oder eine Gruppe der dritten Kompanie des vierten Regiments. Sie waren fanatisch, machten keine Gefangenen. Die meisten dieser jungen SS-Soldaten kamen ums Leben, andere versuchten unterzutauchen, gaben sich als Widerstandskämpfer aus, versteckten sich. Paul Verhoven, wie es aussah, lebte in Kreuzau bei Düren. Will hatte alles recherchiert. Er kannte den Wohnort und den Lebensweg. Das Dossier »Memorial Day« war in Will Bells Computer. Er würde den Albtraum beenden. So oder so.

CHINATOWN, MONTAGMORGEN, 21. MAI 2012

Kriminalhauptkommissar Michael Fett lief eine Runde über den Lousberg. Mitte Mai war die Luft frisch, unverbraucht, klar. Der Winter war endgültig verschwunden. Er atmete tief ein, lief im Uhrzeigersinn über die Wege rund um den Berg und schaute auf die Türme der Studentenwohnheime. Dort ermittelte er mit seinem Kollegen Bernd Schmelzer. Eine chinesische Studentin war aus der siebten Etage eines Studentenwohnheims gestürzt. Sie hatte Kleidungsreste unter den Fingernägeln. Ein verdächtiger Student saß in Untersuchungshaft. Seltsamer Fall, dachte Fett und beschleunigte das Tempo. Es war Montagmorgen, der 21. Mai 2012, 6.30 Uhr. Die Sonne schien auf seinen Rücken, als er die Wohntürme betrachtete, wo auf manchen Etagen nur ausländische Studenten lebten. Er hatte sich gut gehalten für einen Mann Ende 50. Volles graubraunes Haar, Sportabzeichen jedes Jahr, keine Brille, die blauen Augen waren wach, mit seinen 1,80 Meter dampfte er über den Waldweg. Der Arzt war zufrieden, bis auf die Cholesterinwerte. Die verwechselte Michael Fett immer, die guten und die schlechten. Und ändern würde er nichts mehr. Vielleicht weniger Fast Food. Junge Studenten zogen an ihm vorbei. Er hielt sein Tempo; noch 15 Minuten, dann Kaffee, Toast mit Erdbeermarmelade, vielleicht ein Ei zur Freude des Cholesterinspiegels.

Am 17. Mai hatte Wolfgang Schäuble den Karlspreis

erhalten. Bei ihm galt höchste Sicherheitsstufe. Die Bankenkrise katapultierte den Finanzminister in das Auge des Orkans und der Kapitalismusgegner. Deshalb mussten bei diesem Karlspreis sämtliche Kräfte für die Sicherheit sorgen. Urlaubssperre für die Aachener Polizei und Unterstützung aus Köln und Düsseldorf. Alles war glatt gelaufen. Christine Lagarde hielt die Dinnerspeech und Jean-Claude Juncker die Laudatio. Keine besonderen Vorfälle. Fett und Schmelzer observierten in ziviler Kleidung in der Innenstadt. Sie hätten den Vatertag gerne anders verbracht. Fett wäre zu Iska Sonntag gefahren und Schmelzer wäre lieber mit seinem vierjährigen Sohn nach Bubenheim ins Spieleland aufgebrochen. Justus Schmelzer, so der Sohn, bekam vom Vater heimlich die Vorzüge fleischhaltiger Nahrung beigebracht: Mailänder Salami, Ardenner Schinken, Fleisch- und Bratwürste. Seine Frau entspannte auf einem Fortgeschrittenenkurs zur vegetarischen Küche in der VHS. Das hätte alles gepasst. Finanzminister und Karlspreis hatten ihre Planung durcheinandergebracht.

Um 8 Uhr war Fett im Polizeipräsidium in der Hubert-Wienen-Straße: Nachbesprechung des Karlspreis-Einsatzes.

»Morgen, Kollege Bäcker, woher der Sonnenbrand?«

Otto Bäcker saß in der Pförtnerloge des Polizeipräsidiums und lächelte mit roten Backen, roter Stirn, roter Nase.

»Garten oder Malle?« Fett mochte den Kollegen, der immer lächelte. Andere, die immer lächelten, waren ihm suspekt.

»Garten nach der Reha«, lachte Bäcker.

»Reha wegen Sonnenbrand?«

»Rücken, Bandscheibe.« Otto Bäcker verzog das Gesicht.

»Rücken hab ich auch. Nationalkrankheit. Also alles im Lot. Sogar die Kanzlerin hat Rücken und unser Polizeipräsident. Du bist in bester Gesellschaft.«

Bäcker lachte über beide Backen.

»Bis später. Und viel Spaß bei der Massage.«

Fett nahm die Treppen zum Besprechungsraum, begrüßte einige Kollegen und lächelte der neuen Leiterin vom Staatsschutz, Hauptkommissarin Ventzke, zu. Sie lächelte zurück. Na, dachte Fett, endlich fängt eine Woche gut an.

»Ist der Platz neben Ihnen frei, Frau Kollegin?«

»Nur für Sie, Herr Fett, nur für Sie.« Gabi Ventzke mochte den humorvollen Kollegen von der Mordkommission. Kein schlechtes Aftershave, dachte sie.

»Wenn Sie so lächeln, Frau Ventzke, muss ich diese Sitzung durch überflüssige Fragen in die Länge ziehen.«

»Wagen Sie es nicht, Herr Fett, sonst können Sie Ihre nächste Einladung zum Crémant vergessen.«

»Sakra, ich werde schweigen wie ein Grab und den Einsatzleiter zur Eile antreiben.«

»Kolleginnen und Kollegen, wir wollen pünktlich beginnen.« Kriminalrat Holten eröffnete die Nachbesprechung, die, wie immer bei Kriminalrat Holten, ohne Fehler endete. Allerdings ermahnte er die Hundeführer. Rex vom Hagelkreuz und Hasso vom Feuerstein hatten beim Sprengstoffschnüffeln an die Tische für das festliche Abendessen gepinkelt. Ausgerechnet dort, wo Ehrengäste sitzen sollten. Das führte zu Verdruss beim Protokoll der Stadt und zu frischen Tischdecken. Der Leiter der Hundestaffel verteidigte seine Vierbeiner. Holten wurde ungehalten. Sollen die Hunde eben besser trainiert werden.

»Pinkeln ausschließlich auf Befehl. Dressieren Sie das. Verstanden!«

Fett schrieb eine SMS an Iska Sonntag: »Kino am Samstag? ›Ziemlich beste Freunde‹? Kiss M.« Knopfdruck. Gesendet.

»Herr Fett, Sie nehmen die Hundefrage nicht ernst.« Kollegin Ventzke stieß ihn seitlich an.

»Sehr ernst, Frau Ventzke, ich schreibe gerade an Prof. Grzimek und bitte um Amtshilfe.«

Hauptkommissarin Ventzke verdrehte schmunzelnd die Augen.

Nach Ende der Besprechung ging Fett zum Kollegen Schmelzer. »Chinatown«, hatten sie den Fall vom Studentenwohnheim genannt.

Li, so der Name der toten Chinesin, stammte aus Ningbo, der Partnerstadt von Aachen. Sie wurde gerade mal 19 Jahre alt. Wie viele chinesische Studenten hatte sie Maschinenbau belegt. Fett war überrascht von der großen Zahl der Studenten aus dem Land der Mitte. Früher stellten die Griechen die größte Gruppe. Manche kamen nicht weit, sie eröffneten ein Restaurant, ein Kafenio. Deshalb hatte Aachen, lange vor den anderen Städten im Umland, eine reichhaltige Auswahl von Restaurants mit den Namen »Dinosaurus«, »Theos Pinte«, »Akropolis«, »Zeus« und »Palladion«. Saganaki, Dolmadakia und Souvlaki gehörten bereits zu Fetts Wortschatz, als in der Region die Verwendung von Knoblauch in der Küche noch unbekannt war.

»Morgen, Schmelzer, gestern endlich in Bubenheim gewesen?«

»Ja, mir graust noch vor der Riesenrutsche. Mannomann, das ging ab wie eine Rakete. Und Justus vorneweg.

War ein toller Tag mit ihm. Trampolin, Labyrinth, Tretauto, Wasser, Sand.«

»Hört sich gut an. Bestimmt mit Bockwürstchen, Cola und Blechkuchen.«

»Klaro, volles Programm. Ich kann den Dinkelbrei nicht mehr sehen, und Justus muckt bereits. Jetzt möchte meine Frau im Kindergarten ein vegetarisches Menü durchsetzen. Die Mutter von Lukas ist natürlich dafür. Ich beneide die Kindergärtnerinnen nicht. Kein Schweinefleisch, linksdrehender Joghurt, regionaler Anbau. Ich bin auch gewachsen, oder?«

»Da bin ich mir nicht sicher. Wenn ich Sie anschaue, fallen mir einige Abweichungen von der Gaußschen Normalverteilungskurve auf. Nach neuesten Studien der Universität von Boston, vor Kurzem in einer anerkannten Wissenschaftsrevue publiziert, führt erhöhter Fleischkonsum zu Störungen des Sprachzentrums, zu Impotenz und Wackelohren. Schauen Sie mal in den Spiegel.«

»Stimmt, nur das mit der Impotenz ist bei mir ins Gegenteil umgeschlagen. Wie hieß die Zeitung, die hole ich mir.«

»Ausgabe drei 2011 des Fachblattes ›Apothekerblick‹. Oder war es die ›Bäckerblume‹?« Sie lachten.

»Zurück nach Chinatown. Was macht unser Verdächtiger? Wir sollten ihn noch mal verhören. Der hält nicht lange durch. Er soll sein Gewissen erleichtern. Tat im Affekt. Mildernde Umstände und so.«

Schmelzer kündigte einen Besuch in der Justizvollzugsanstalt an.

LITTLE CHINA GIRL

Willi Rechner, 22, stammte aus Linnich und hatte mit dem Studium des Maschinenbaus begonnen, ohne sich über die Herausforderungen an der RWTH Aachen im Klaren zu sein. Dementsprechend rutschte der junge Mann immer tiefer mit seinen Punkten, bis ihm die Exmatrikulation drohte. Dann traf er Li in der Mensa, die einmal, ein einziges Mal, keinen Platz am Chinesentisch gefunden hatte. Sie fragte Willi Rechner, ob neben ihm frei sei. Dem plumpste vor Schreck die Bockwurst in die Linsensuppe, denn so eine Schönheit hatte bisher nicht neben ihm gesessen; eher Maschinenbauer in karierten Hemden und rot anlaufend, wenn eine Studentin in Armlänge vorbeiging. Li, die schlanke Schönheit aus Ningbo, schmunzelte, als sie die Schüchternheit von Willi bemerkte. Sie aß ihren Reisteller Bombay, so hieß der seit mindestens 50 Jahren, warum, das wusste niemand mehr. Zwischen den beiden entstand ein Gespräch, und Willi Rechner vergaß erstmals, eine halbe Flasche Maggi in seine Suppe zu kippen, wie er es seit Kindesbeinen in Linnich gelernt und gemacht hatte. Über den Dritten Thermodynamischen Hauptsatz kamen beide ins Gespräch, und Li erklärte sich zur Überraschung der Maschinenbauer bereit, Willi bei der letzten Chance in Mathematik zu helfen.

Das bekamen Fett und Schmelzer mit Sensibilität und sanften Fragen aus Willi Rechner heraus. Ob es zu mehr als Nachhilfe in Mathematik kam, wussten sie noch nicht.

»Herr Rechner, wir können Sie gut verstehen. Erleichtern Sie Ihr Gewissen und erklären Sie uns, was passiert ist. Sie waren vergangenen Samstag im Studentenwohnheim Otto-Intze-Haus bei Li zu Besuch. Das wissen wir von den chinesischen Studenten der Etage. Sie sind der Letzte, der Li lebend gesehen hat. Was ist passiert? Gab es Streit? Wollte sie mit der Nachhilfe aufhören?«

Willi Rechner schaute an Fett und Schmelzer vorbei auf die Wand.

»Sie sollte zurück. Nach China. Innerhalb einer Woche. Ihr Vater, ein Abteilungsleiter bei der Stadt, war verhaftet worden. Wie sagt man. Er war in Ungnade gefallen. Schluss mit dem Studium für die Tochter des verdienten Kommunisten. Sie war verzweifelt. Sie heulte. Sie wollte nicht zurück. Sie wollte in Aachen bleiben und studieren. Ich solle sie heiraten. Und zwar sofort. Ich sagte ihr, dass sie Papiere aus Ningbo brauche. Sie müsse noch einmal zurück. Da wurde sie aggressiv und riss an meinem Pullover. ›Nein. Nie mehr‹, rief sie, öffnete das Fenster. Ich wollte sie zurückhalten. Sie sagte: ›Ich hasse China. Ich hasse dich.‹ Sie sprang. Ich konnte nichts machen. Gar nichts. Ich bin rausgerannt. Dort lag sie und alle schauten. Ich bin zu meinem Zimmer gefahren. Da haben Sie mich gefunden.«

»Li hat Selbstmord begangen?«, Schmelzer schaute ihn an.

»Ja. Sie wusste, dass sie und ihre Familie in China alles verlieren würden. Die Welt verschloss sich für sie. Wir kannten uns gar nicht so gut. Ich mochte sie. Aber zwischen uns war nichts passiert. Ihre Verzweiflung machte mich rat- und hilflos. Ich habe sie auf dem Gewissen.«

Der junge Mann aus Linnich sackte zusammen. Seine

Augen starrten ins Leere. Plötzlich war eine andere Macht in dieses Studentenleben getreten. Der große Arm der Kommunistischen Partei Chinas reichte bis Aachen und zerstörte zwei junge Leben. Eines davon unwiederbringlich.

Fett sah ihn aufmerksam an.

»Wir prüfen Ihre Aussage. Ich glaube Ihnen. Wir werden es dennoch überprüfen. Wir sehen keine weitere Veranlassung, Sie hier festzuhalten. Fahren Sie nach Linnich zu Ihren Eltern und Geschwistern. Ihre Aussage protokollieren wir. Danach können Sie gehen. Herr Rechner, Sie haben Li nicht auf dem Gewissen. Sondern die Partei, die Li für etwas bestraft, was sie nicht getan hat. Denken Sie daran.«

Fett und Schmelzer prüften den PC von Li. Volltreffer. Eine offizielle Mail von der Entsendungsstelle. Li sollte in einer Woche das Studium abbrechen und nach Ningbo zurückkehren. Sie informierten den Haftrichter und den Staatsanwalt.

»Den Fall können wir abschließen. Rechner ist kein Mörder. Er hat Li nicht aus dem Fenster gestoßen. Er macht sich genug Vorwürfe. Wir sollten die Hochschulleitung und das Akademische Auslandsamt über die Hintergründe informieren. So wichtig der wissenschaftliche Austausch ist, mit Drohungen aus China wird er zur Farce. Von dem Selbstmord und den Hintergründen wissen alle chinesischen Studenten. Die werden weniger Kontakt suchen, büffeln und unter sich bleiben. Vielleicht bespitzeln sie sogar einander.« Fett schüttelte den Kopf.

»Wir wissen zu wenig über die anderen Länder«, Schmelzer schaltete sich ein. »Es kommen junge Menschen nach Aachen, und wir wissen gar nicht, welchem

Druck sie ausgesetzt sind. Schöner Mist. Da bekommt die Asien-Woche in der Kantine gleich eine andere Bedeutung.« Schmelzer versuchte, die gedrückte Stimmung aufzulockern.

Am späten Nachmittag war das Protokoll fertig. Sie ließen Willi Rechner kommen, der alles unterschrieb. Danach fuhr er nach Linnich.

DENN DIE EINEN SIND IM DUNKELN

Fett und Schmelzer machten Feierabend. Fett nahm seinen roten Alfa Romeo und fuhr zum Templergraben. Er schaute auf das Nummernschild des weißen Mercedes vor ihm. Der Schattenriss der Insel Sylt klebte daneben. Was sagt mir das, fragte sich Fett. Er kann es sich leisten, nach Sylt zu fahren, schaut, ich bin auf Sylt gewesen, »Hallo! Ich kann mir Sylt leisten.«, er liebt Sylt, er kommt von Sylt. Sylt, Sylt, Sylt. Wenn man manche Wörter oft hintereinander ausspricht, werden sie fremd. Jedenfalls unterscheidet er sich von anderen Autofahrern, die nicht Sylt auf dem Heck kleben haben, die mit einer Bierwerbung darauf hinweisen, dass sie Hopfenteetrinker sind oder ihre Kinder an Bord haben. Jemand hatte den bösen Aufkleber entworfen: »Die Namen eurer dicken Kinder interessieren mich nicht.« Der Ton im Land wurde härter. Angela Merkel regierte in der Schwarz-Gelben Koalition. Die CDU hatte am 13. Mai 2012 die vorgezogene Landtagswahl in NRW verloren. Guttenberg war vor einem Jahr zurückgetreten. Die Auswirkungen der Bankenkrise waren jeden Abend Thema eins in den Nachrichten. Griechenland kam nicht zur Ruhe.

Fast hätte Fett wegen Sylt die Abzweigung an der Wüllnerstraße verpasst. Er ließ den Alfa rollen, bog links in den Templergraben ein und fand sofort einen Parkplatz. Bingo.

Von dort aus ging er zu seinem Lieblingsdiscounter, in dem er die Kassiererinnen seit Jahren kannte und sich freute, wenn sie nach dem Ausflug in eine andere Filiale zurückkehrten.

Zwei Frauen mit Kopftuch, Röcken, die an Tischdecken der 50er-Jahre erinnerten und halbhohen Filzstiefeln à la Doktor Schiwago standen stumm neben den Mülltonnen am Eingang. Sie hielten beseelt eine Zeitung hoch. »Erwachet!«, lautete die Headline. Zeugen Jehovas. Neben den beiden wollte Fett nicht unbedingt beim Jüngsten Gericht erwachen. Er nickte aufmunternd, die beiden Frauen lächelten ihn meditativ und freundlich an. Chacun à son goût, dachte Fett – jeder nach seinem Geschmack.

Ein Dosensammler mit fleckiger Hose hing bis zum Oberkörper im Müllcontainer und schmiss leere Flaschen und Getränkedosen in seinen Rucksack. Am Eingang saß ein trommelnder Flötist, der mit einer undefinierbaren Klangsoße Almosen sammelte.

»Wenn die Schlange aus der Kiste kommt«, rief Fett ihm zu und zeigte auf den Karton, auf dem der Virtuose hockte. Der Flötist verstand den Witz nicht.

»Liebe Kunden, wir schließen Kasse drei. Bitte nicht mehr anstellen«, erklang es aus den Lautsprechern, als er von der Kühltheke mit italienischem Schinken, Cola light, Schwarzbrot und Lütticher Waffeln Richtung Kasse steuerte.

»Wie, keine Eier?« Der Muskelmann mit Nackentattoo in der Schlange verstand die Welt nicht mehr.

»Wir haben die Eier zurückgeschickt. Da war was drin. Mit Chemie und so.« Die Kassiererin musste den Satz an diesem Montag bereits dutzendmal gesagt haben.

»Wie, was drin? Logo, was drin. Keine Eier. Wat soll der Scheiß?« Der Vorstadt-Catcher wurde unruhig.

»Dann tausch ich jetzt die Trainingshose um. Dat Sonderangebot von die letzte Woche. Passt mir nicht. Zu klein.«

»Oder Sie zu dick«, patzte die Kassiererin, die an diesem Tag bereits drei Trainingshosen und fünf Leggings zurückgenommen hatte. Die Menschen gingen halt aus dem Leim. Aber mit Tattoo am Arsch.

»Zu dick! Alles Muskelmasse, junge Frau«, grunzte der Catcher und zeigte seine Muskeln.

»Zweite Kasse aufmachen!«, dröhnte es hinter Fett. Ein hyperaktiver Typ jonglierte mehrere Büchsen Bier und eine Flasche Wodka. Schwerer Fall von Entzug, dachte Fett.

Dingdong. »Liebe Kunden, wir öffnen Kasse drei für Sie.«

Fett stand wie immer in der falschen Schlange, und der eiersuchende Muskelmann vor ihm kramte frustriert seine EC-Karte aus der alten Trainingshose, um Tiefkühlpizzen und Energiedrinks zu bezahlen. Er hatte sein Deodorant mit WC-Reinigungsspray verwechselt. So kam es Fett vor.

Woher kam dieser härtere Ton, die Verwahrlosung ganzer Gruppen, die Alkohol- und Drogensucht? Menschen ließen sich zunehmend gehen, verloren Halt, kippten aus dem System. Manche ruhig, andere mit lautem Knall. Aufstieg und Fall der Stadt Mahagonny, kam Fett in den Sinn, von Kurt Weill und Bertolt Brecht. Hatte er im Stadttheater gesehen. Als er dienstlich in Berlin war, besuchte er das Grab von Brecht auf dem Dorotheenstädtischen Friedhof an der Chausseestraße. Ein Ruhepunkt, dieser Friedhof. Allein das Grab von Konditormeister Eugen Mraschny, schräg gegenüber von Johannes Rau, gab ihm zu denken. Der Konditor und der Bundespräsident schauten sich Tag und Nacht an. Wer in der subversiven Friedhofsverwaltung hatte sich das ausgedacht?

Draußen lächelte der Flötist versonnen und trommelte monotone Endlosrhythmen. Geprägt von starker Erdanziehungskraft näherte sich mit versetzten Schritten eine Gruppe harter Trinker. Zerfurchte Gesichter, verbrannte Nasen, gerötete Augen. Sie schrammten an Fetts Einkaufswagen vorbei und murmelten gutturale Laute. Eine Wolke aus Alkohol kam im Nachgang, vermischt mit saurem Schweiß und Nikotin.

Abseits des Sonnenscheins, da waren lange Schatten, Verwerfungen, Opfer. Die Gesellschaftsmaschine brauchte sie nicht mehr. Sie lebten up and away. Fett dachte an das Grundgesetz, Artikel 1, die Würde des Menschen und so weiter.

Nach den Szenen aus dem Alltag sprang er kurz in seine Wohnung, aß ein paar Scheiben italienischen Schinken und ging danach zum Ratskeller, der auf der Rückseite des Rathauses eine Terrasse besaß. Er brauchte Luft, Menschen, normale Gesichter, buntes Gewimmel, frischen Wind und ein Erfrischungsgetränk. Um die Uhrzeit schickte die Sonne noch ein paar Strahlen. Ein Platz in der hinteren Reihe gewährte Blick auf Dom, Katschhof und die Menschen an den Tischen vor ihm. Auf den Ehemann im Kurzarmhemd und seine Frau in einem zu knapp geschnittenen Rock, auf die beiden Freundinnen, die den dritten Hugo rasch verputzten, die Köpfe zusammensteckten und ab und an einen Blick zu ihm herüber warfen.

»Er fehlt mir«, sagte die Dunkelblonde in einem unförmigen Sackkleid.

»Ich kann das gut verstehen«, meinte die Hellblonde, »nach der langen Zeit.«

»Ja, sogar das Bett habe ich gewechselt. Dabei habe ich es so gemocht. Ich bin einfach nicht so weit.«

»Ich denk mal, das hast du gut gemacht, bestimmt wäre auch ein Therapeut nicht schlecht. Du musst achtsam mit dir sein, auch mit deiner Tochter Rosi. Sieh es einfach ganzheitlich.«

Fett dachte an den Verlust des Lebenspartners und war bereit, den Therapeutenjargon zu akzeptieren.

»Wir mochten Purzel sehr. Er war ein Teil von uns«, sagte da die Dunkelblonde.

Hunde sind die besseren Menschen – das Bonmot schoss Fett durch den Kopf. Armer Purzel. Hoffentlich findet sie einen ganzheitlichen Purzel-Therapeuten.

Er bestellte einen Crémant, wählte die Nummer von Iska Sonntag, seiner Freundin in Bonn, die dort das Sondereinsatzkommando leitete. »Iska Sonntag. Nachrichten nach dem Signalton.« Fett hauchte ein »Kiss, Michael« auf die Mailbox. Sie war im Einsatz. Er nahm einen Schluck des eiskalten Getränks, ohne zu wissen, dass ein neuer Fall auf ihn zukam, ein Fall, der ihn weit in die Vergangenheit zurückführen würde.

»Darf es noch etwas sein?« Die Kellnerin lächelte freundlich.

»Wenn Sie mich so fragen, bitte einen Espresso.«

»Einfach oder doppio?« Sie betonte auf dem ersten ›o‹, der Rest klang nach ›piu‹.

»Einfach, junge Frau. In meinem Alter muss man auf das Herz achten, dazu Ihr Anblick.«

Lachend verschwand sie im Ratskeller, Fett schaute auf das Oktogon des Doms oder Münsters oder der Kathedrale oder der Marienkirche. Immer stieß er auf die verschiedenen Bezeichnungen, wenn er für seine Freunde eine Führung vorbereitete. Anscheinend schrieben die Autoren voneinander ab. Auf den braunen Schildern an der Autobahn stand »Kaiserdom«. Woher die Bezeichnung kam, erklärte ihm niemand. Kaiserdom, so ein Quatsch. Er hatte sich angewöhnt, nach der Herkunft der Wörter zu fragen. Kaiserdom – Fehlanzeige. Keiner der vom Beten erschöpften Herren des Domkapitels konnte aufklären.

Eine Rollatorenreisegruppe ruckelte über das Kopfsteinpflaster des Katschhofes. Alle Köpfe nach links, alle Köpfe nach rechts. Gehhilfen in verschiedenen Variationen. Beige Übergangsjacken dominierten bei den alten Männern mit Krückstock, Freizeitjacken mit gefährlich vielen Schnüren bei den betagten Frauen. Gruppenausflug des Seniorenheims »Himmelsleiter« aus Roetgen. Ein programmatischer Name. »Himmelsleiter« und Seniorenwohnheim. Wäre eher eine Eins-a-Bezeichnung für ein Beerdigungsinstitut. Würde Fett eines Tages so durch eine Stadt wackeln? Entmündigt von einer jungen Führerin – »Ich bin die Steffi« –, immer auf der Suche nach einem öffentlichen WC, Butterbrote in der Plastiktüte, Pillen in einem Schächtelchen, Bockwurst vom Busfahrer, eine Wolke von 4711. Er bedauerte die Alten, die den Schutt weggeräumt hatten, die vom Krieg traumatisiert waren, nur gab es das Wort damals nicht. Reisebusse spuckten sie aus, warfen sie in die Stadt. Eisbein mit Sauerkraut wartete auf sie. Wieder ein Tag rum. Nächste Woche Moselfahrt; Traben-Trarbach für 34,90 Euro. Moselforelle inklusive. Zum Abschluss ein Schrumpfbembel mit Stadtlogo.

»Einfacher Espresso gegen die Herzschmerzen.«

»Ah, danke, wenn ich Sie sehe, geht es direkt besser.«

»Sie können ja noch was bestellen, dann sehen Sie mich öfters«, meinte die Kellnerin und legte beim Lächeln noch einen drauf.

»Gute Idee, bringen Sie mir die Speisekarte. Wer weiß, wie lange man noch draußen speisen kann. Ach, ein weiteres Glas Crémant, bitte, kalt. Hat mein Arzt empfohlen.«

»Den Arzt muss ich kennenlernen. Bin unterwegs.«

Fett schaute ihr nach und wunderte sich über seine Parliererei. Montag, Mann, es ist gerade Montag und eine Arbeitswoche steht bevor. Und schon perlt der Schaumwein. Das ist nicht gut. Sagte er sich. Er taumelte auf eine Lebenskrise zu. Etwas musste passieren, das kann nicht alles gewesen sein. Oder doch? Der Blick zurück ärgerte ihn. Rückblicke statt Ausblicke. Er haderte. Er haderte auch bei seinen Fällen. Was hat er übersehen, warum hat er nicht die richtige Frage gestellt, warum? Kollegen bereiteten sich bereits auf die Pension vor. Was hatte er neben dem Job? Er las neue Literatur. Theater, Kino, Ausstellungen – die Welt der Kunst faszinierte ihn. Die Buchhändler in Aachen kannte er persönlich. Er ging zu Lesungen und Diskussionen. Maxim Biller im Ludwig Forum, Tschingis Aitmatow im Kármán-Auditorium, Harry Mulisch und Herta Müller – er hatte sie gehört und gesehen, diese Vertreter einer anderen Welt, in der das Böse nicht täglich an die Tür klopfte.

Unten links drei plus. Die Zähne meldeten sich. Ungünstige Zeit. Sein Naschkatzendasein in der Kindheit, der Jugend, der Zeit bis Mitte 50, es forderte Tribut. Der nächste Besuch bei der Zahnärztin stand bevor. Zu ihr ging er gerne, sie war witzig, gebildet, informiert und machte ihre Arbeit ausgezeichnet. Manche Kariesruine hatte sie gerettet. Termin nicht vergessen. So verdrängte die Zahnärztin die Schriftsteller an diesem Montagabend, den Fett mit den »Tagesthemen« beenden wollte.

Er zahlte, ohne gegessen zu haben, und ging über den Marktplatz durch die Pontstraße in Richtung Wohnung. Karies und Lebenskrise, Sinnfrage, Liebesentzug, Hunger – alles ging ihm durch den Kopf, der nach den beiden Crémant leichter war. Er lächelte. Plötzlich kamen ihm Li und Willi Rechner in den Sinn. Absurd, dachte er. Nein, das war nicht das richtige Wort. Er mochte die Werke von Albert Camus und wollte dieses Wort nicht für den Tod der Studentin und das Leben von Willi Rechner verwenden. Tragisch, vielleicht tragisch. Eher grausam. Es ist grausam, wenn die Regierung ein Leben auf diese Weise zerstört, ein junges Leben, das Leben von Rechner, das Leben von Lis Eltern und von ihren Geschwistern. Den Fall wollte er nicht vergessen, sagte er sich, als er seine Wohnung betrat. Er aß eine Lütticher Waffel und wartete auf die »Tagesthemen«. Nach der Begrüßung durch Caren Miosga schlief er ein.

DIE UNVERBESSERLICHEN

Paul Verhoven, 86 Jahre alt, rüstig, unbelehrbar, traf sich jedes Jahr in Vossenack auf dem Friedhof vor dem Denkmal der Windhund-Division mit Kameraden der Waffen-SS aus der Region. Seit 2007 fuhren sie danach zur ehemaligen NS-Ordensburg Vogelsang. Diese Nazi-Schulungsburg war wieder zugänglich, nachdem die Belgier ihr Übungsgelände 2006 geräumt hatten. Dort oben, im Adlerhof, versammelten sich die Kameraden, die von Jahr zu Jahr weniger wurden, an dem Samstag vor jedem 20. April, dem Tag des Führergeburtstags. Sie verharrten mehrere Minuten reglos, gingen an den Fenstern der geschlossenen Schenke vorbei in Richtung Turm, um von dort aus die Symmetrie der Anlage zu betrachten, man kann sagen, um sie zu bewundern. Sie wanderten zum Fackelträger, starrten auf die Einschusslöcher, vor allem unterhalb des Bauchnabels, die aus diesem steinernen Germanen einen steinernen Kastraten gemacht hatten.

Obersturmbannführer a.D. Hausen hielt seine Ansprache. Es war die des vergangenen Jahres und der Jahre zuvor. Ehre, Treue, Vaterland, Heldenmut, Kameraden, gefallen für den Führer, den Reichsführer, vaterlandslose Gesellen, Ritterlichkeit. Die Wörter rauschten an Paul Verhoven vorbei. Er schaute auf die Ästhetik der Nazi-Kunst, die Muskelmänner, die Helden, die nackten Kämpfer. In der Ordensburg wurde der Nachwuchs gedrillt. Gauleiter und Parteibonzen, die nach dem Einmarsch in Polen und Russland hinter der Front den Terror fortführten.

Paul Verhoven stammte aus Kreuzau. Seine Vorfahren waren Niederländer und Deutsche. Paul fuhr auch in diesem Jahr zuerst nach Vossenack und dann nach Vogelsang. Es war seine letzte Fahrt zum Geburtstag des Führers.

STUNDE NULL

Paul Verhoven überhörte im Februar 1945 absichtlich den Befehl zum Abrücken. Als der Bauernhof in Jakobwüllesheim, in dem seine zusammengewürfelte Alarmeinheit lag, unter Artilleriebeschuss der Amerikaner geriet und mehrere Treffer den Bauernhof in Schutt und Asche legten, schrie er kurz auf, rollte sich in eine Ecke und wartete, bis alle Kameraden in dem Staub und Dreck verschwunden waren. Er hatte den Kleiderschrank des Knechts gefunden, seine SS-Uniform rasch ausgezogen und in die Güllegrube geworfen. In den Arbeitsklamotten wartete er auf die vorrückenden Amerikaner der 1. US-Division, der Big-Red-One, die bereits in der Eifel und den Ardennen gekämpft hatte.

Paul Verhoven war zu gesund, um einen kriegsuntauglichen Knecht zu spielen. Außerdem trug er 20 Zentimeter über dem linken Ellenbogen in der Innenseite des Oberarms die Tätowierung seiner Blutgruppe, die er als SS-Mann bei der Musterung bekommen hatte. Paul Verhoven hörte die Ketten der Shermanpanzer, die ersten Befehle des Vorauskommandos, eine Mustang P 51 flog im Tiefflug über den Bauernhof. Er starrte auf seine Blutgruppentätowierung. Waffen-SS. Da geben die Amerikaner kein Pardon. Paul Verhoven lief zu dem Feuer, das am Kuhstall wütete. Er suchte etwas, wusste nicht genau, was. Eine Eisenstange lag mit der Spitze im Feuer. Das Rumpeln der Panzerketten wurde immer lauter. Ein Einschuss brachte die Milchküche zum Einsturz. Paul Verhoven ergriff ein Stück Holz, steckte es in den Mund, nahm das Eisen, drückte es mit der glühenden Spitze auf die Tätowierung und biss mit aller Kraft in das Holz. Ihm wurde schwarz vor Augen. Er taumelte und presste das glühende und nach Fleisch stinkende Metall zusätzlich auf den Unterarm, um eine größere Verletzung vorzutäuschen. Dann brach er zusammen.

Die Amerikaner fanden ihn im Stall. Er roch nach verbranntem Fleisch, das Holzstück war ihm aus dem Mund gefallen. Nachdem der Hof gesichert war, kümmerte sich ein Sanitäter um Paul Verhoven. Es blieb nicht viel Zeit. Die Division stürmte voran in Richtung Rhein. Keine Pause einlegen, Wehrmacht und SS flüchteten in einem riesigen Durcheinander. Eisenhower hatte General Omar Bradley den Befehl gegeben, ohne Halt bis zum Rhein vorzudringen. Das war ein Glücksfall für Paul Verhoven. Er wurde hinter die Front gebracht, landete in einem Behelfslazarett in Merzenich und durfte mit einem verbundenen linken Arm einige Tage später in Richtung Kreuzau marschieren. Er hatte einen Entlassungsschein dabei. Der Krieg war für ihn zu Ende. Dachte er.

In Kreuzau traf er seine Eltern in einem fast ausgebombten Haus. Beide hatten ihn vor der Waffen-SS gewarnt, vor dem Führer, hatten am Endsieg gezweifelt, aber Paul war nicht abzubringen. Wegen Leuten wie seinen Eltern war Deutschland auf dem besten Weg, den Krieg zu verlieren. Sie hatten die Wehrkraft zersetzt. Sie hatten nicht alles gegeben. Paul Verhoven hasste seine Eltern, diesen Pessimismus, dieses ewige Nörgeln, kein Glaube an die Vorsehung, an den Führer, an die Wunderwaffen. Ohne viele Worte war er in den Rest des Hauses zurückgekehrt, das von einer Splitterbombe beschädigt war. Drei Tage nach seiner Rückkehr starben seine Eltern bei einer Explosion, als sie versuchten, den Schuppen auf dem Hof von Schutt zu befreien. Beide waren sofort tot. Paul Verhoven wusste, dass kein Blindgänger detoniert war, sondern mehrere zusammengebundene Stielhandgranaten, die er platziert und gezündet hatte. Paul ritzte sich die Stirn blutig, wühlte sich durch den Schutt und vergoss ein paar Tränen. Der Krieg war noch nicht zu Ende. Niemand ermittelte. Blindgänger eben. Paul Verhoven erbte Haus, Hof, Garten und einige Felder an der Rur, die ihm später, als Bauland gebraucht wurde, eine Stange Geld einbrachten. Verwandte waren keine mehr da, zumindest nicht in der Nähe. Paul Verhoven richtete sich ein. In einem neuen Leben. Ohne Skrupel.

CHRISTOS KAM NUR BIS KRETA

Schutt überall: das Theater der Stadt Düren lag als Schutt-haufen am Hoeschplatz, die Mauern des gegenüberliegen-den Museums waren von Splittern vernarbt, aber es stand, es stand alleine in einer Wüste von Schutt. Es gab den Plan, Düren an einem anderen Ort aufzubauen. Neu aufbauen. Nach der Eroberung zählten die Amerikaner vier Zivilis-ten und eine Handvoll Zwangsarbeiter. Sonst lebte in der Geisterstadt an der Rur niemand mehr.

Es kam anders. Düren wurde an alter Stelle aus den Trümmern wieder aufgebaut, das Leopold-Hoesch-Museum hergerichtet. Die Menschen schauten nach vorne. So auch Heinrich Hubschmid, der Registrar im Museum. Kunstwerke, die von 1933 bis 1945 eingeliefert worden waren, blieben zunächst im Depot. Die Karteikarten, die nicht verbrannt waren, wurden weggeschlossen.

Der Kriegsheimkehrer Paul Verhoven blickte auf das beschädigte Museum und sah seine Chance. Als junger Mann hatte er die Liebe zur Kunst entdeckt, auch weil der von ihm verehrte Führer eine Vorliebe für Architektur und Malerei hegte. Paul eiferte ihm nach, malte, skizzierte, aquarellierte, bis die Einberufung kam und die Werber von der Waffen-SS im Gymnasium den Jahrgang 1926 einsam-melten. Elite, ja Elite, das wollte er sein. Elite des Führers – und so wurde Paul halb geschoben und halb freiwillig ein SS-Standartenjunker. Er, der Kriegsversehrte, knüpfte an seine Kunstbegeisterung an. Paul Verhoven war zunächst

Hilfsregistrar im Leopold-Hoesch-Museum, brachte es in späteren Jahren sogar zum Hilfskurator.

Der offizielle Registrar, Heinrich Hubschmid, litt unter dem Zweiten Weltkrieg. Die schönen Tage in Paris, die er dort nach dem Einmarsch verbracht hatte, waren schnell vergessen, als Hubschmid, der Kunsthistoriker, plötzlich mit seinem Mauser Karabiner 98k auf Kreta an Sondereinsätzen teilnehmen musste. Eigentlich sollte Heinrich Hubschmid die Schätze der Museen von Iraklion und Chania einordnen, bewerten und für den Versand nach Deutschland vorbereiten. Er folgte den Fallschirmjägern, die Kreta unter großen Verlusten erobert hatten. Der berühmte Boxer Max Schmeling, der ebenfalls auf Kreta abgesprungen war, lenkte in der Propagandamaschine der Nazis von den horrenden Verlusten ab. Tausende Fallschirmjäger waren im Mai 1941 tot auf der steinigen Erde von Kreta aufgeschlagen, bereits in der Luft erschossen. Hitler tobte, nie mehr kamen die Fallschirmjäger aus der Luft zum Einsatz.

Heinrich Hubschmid war dem Einsatzstab Reichsleiter Rosenberg zugeordnet, um Kunst zu rauben. Kunst aus den besetzten Ländern für den Führer, das Volk und die Bereicherung der Nazigrößen. Er hatte sich angefreundet mit dem Kustoden des Museums in Chania, mit Christos Nicolakis, einem 55-jährigen Kreter, der in Athen Kunstgeschichte studiert hatte. Hubschmid, der Altgriechisch beherrschte, stöberte mit ihm mehrere Wochen lang durch das Depot. Die beiden kamen gut miteinander aus. Christos lud Heinrich in sein kleines Haus ein. Er stellte ihm seine Frau Elissaveta und die Kinder Margarita und Alexandros vor. Heinrich Hubschmid war von der Gastfreundschaft überrascht und half der Familie so gut es ging. Sie aßen gemeinsam und Christos erzählte ihm die Geschichte dieser wunderschönen Insel, die Geschichte von Griechenland, von der Kunst, vom Olivenanbau, von dem Leben in der Sonne, dem kargen Boden und dem blauen Meer. Hubschmid fühlte sich wohl. Und wenn er ein Kunstwerk für den Versand nach Deutschland aus dem Depot des Museums von Chania stahl, sagte Christos achselzuckend zu ihm: »Aftos einai o polemos – Das ist eben der Krieg.«

In der Atmosphäre der Sonne und des Lichts ergriff Heinrich Hubschmid Leichtigkeit. Manchmal vergaß er, dass er in der Uniform der Besatzer durch die Straßen der Altstadt von Chania schlenderte.

Der Widerstand auf Kreta war stark. Partisanen griffen deutsche Soldaten an, verübten Anschläge auf die Besatzer und entführten Wehrmachtssoldaten. Die Rache der Nazis war fürchterlich. Im Oktober 1941 wurde Hubschmid einem Erschießungspeloton zugeteilt. Die »Kunstheinis« waren dem örtlichen Wehrmachtskommandanten von Chania ein Dorn im Auge. Früh am Morgen stand Heinrich Hubschmid mit seinem Karabiner in einem Olivenhain, als griechische Geiseln von einem Lastwagen gestoßen wurden. Für drei bei einem Anschlag ermordete Wehrmachtssoldaten sollten jeweils zehn wahllos aufgegriffene griechische Männer sterben. Darunter Christos, der Kustode. Heinrich Hubschmid rann der Schweiß unter dem Helm hervor, er zitterte am ganzen Körper.

»Wer daneben schießt, kommt vor das Standgericht!« Der Offizier des Erschießungskommandos brüllte die Soldaten zusammen: Küchenpersonal, Schreibstube, Post und eben Abteilung Rosenberg. Diese Drückeberger, so der Oberleutnant, sollten nicht mit sauberen Händen davonkommen; der Führer erwarte rücksichtsloses Durchgreifen. Das war die Parole an diesem wunderschönen Morgen im Oktober 1941 in einem Olivenhain nahe bei Chania. Noch vor Mittag lagen 30 erschossene Kreter im Gras, und der Alkohol kreiste bei den Männern des Erschießungskommandos. Alexandros und Margarita Nicolakis sahen ihren Vater nicht wieder. Elissaveta Nicolakis trug schwarze Kleider für den Rest ihres Lebens.

Heinrich Hubschmid trank, er trank seit diesem Tag. Er entdeckte den Ouzo oder Raki, wie die Kreter sagen. Er wollte versetzt werden, weg von Chania, und so kam er zurück nach Frankreich, denn der Hunger des Reichsleiters Rosenberg nach Kunst war so unersättlich wie der Görings und Hitlers.

Hubschmid ertränkte seine Alpträume in Raki, Cognac, Wein, Wodka, Schnaps; das Grauen, den Horror, die Erschießungen, die Barbarei, all das, was auf der Insel von Deutschen angerichtet wurde, auf der Insel, zu der Zeus die Königstocher Europa entführt hatte.

In seinem Büro im Dürener Museum hing stets eine alkoholschwangere Luft, die durch ständiges Rauchen von Overstolz ohne Filter nichts von ihrer Explosivität verlor. Paul Verhoven hatte leichtes Spiel. Spätestens nach dem Mittagessen war Heinrich Hubschmid so voll wie die Rur bei Hochwasser. Das war Verhovens Stunde: Er ließ Karteikarten und mit den Karteikarten Gemälde, Zeichnungen, Grafiken verschwinden. Zunächst bot Paul Verhoven seine Dienste für ein warmes Essen an, später als bezahlter Assistent, dann als Registrar. Der Direktor des Museums erkannte schnell, dass Paul ein Mann von vielen Talenten und mit vielen Kontakten war. Sie kamen gut miteinander aus, und wenn es Probleme gab, sprach der Direktor Verhoven an.

Paul wurde nach Köln und Aachen ausgeliehen, um dort beim Wiederaufbau der Museumslandschaft zu helfen. Manchmal hielt er sich mehrere Wochen in den Nachbarstädten auf. Ab und an blieb er in Aachen, um an der Rheinisch-Westfälischen Technischen Hochschule, kurz RWTH, Kunstgeschichte zu hören, bildete sich fort und machte sich unentbehrlich. Paul Verhoven erkannte, dass es neben den Zahlungsmitteln Geld, Gold, Schmuck, Nahrung und Immobilien eine andere Währung gab: Kunst. Sie war nicht so auffällig wie ein neues Haus, ein Jagdschloss in der Eifel, ein Wochenendhaus an der Küste in Domburg, eine Hütte in Tirol. Es gab die Sammler, die obsessiven Sammler, die Kunstwerke besitzen wollten. Und es gab die stillen Investoren, die kaum Ahnung von Kunst hatten. Sie verließen sich auf einen Mann wie Paul. Gute Spürnase, gute Kontakte. Er konnte den Direktor fragen und mit ihm über Preise fachsimpeln. Das war Gold und Geld wert. Kunst war ein knappes Gut und alte Meister eine sichere Geldanlage. Trends aufzuspüren, das war Paul Verhovens Genie. Er erkannte früh, dass die von den Nazis als »Entartete Kunst« bezeichneten Werke nach dem Krieg im Wert steigen würden. Viele Besitzer waren ermordete Juden. Nachfahren, wenn sie überhaupt noch lebten, in der Welt verstreut. Wen kümmerte ein verschwundener früher Otto Dix, Marc Chagall oder George Grosz? Im Depot waren die Werke der Welt entzogen. Keine Karteikarte, eine rausgerissene Seite im Inventarbuch, Kriegsschäden eben. Folglich vermisste niemand das Werk.

HEIMATKUNDE

Am Montag, dem 21. Mai 2012, trafen sich um 18 Uhr im Restaurant des Golfclubs »Eifelblick« die Mitglieder zum monatlichen Vortrag. Die Stimmung war gelöst, der Präsident, Rechtsanwalt Jürgen König, begrüßte im dunkelblauen Sakko mit Einstecktuch die eintreffenden Damen und Herren. Wangenküsse flogen hin und her. Die Spielerinnen kamen teils sportlich, teils hatten sie sich für konservativen Dresscode entschieden. Mit einem Glas Schaumwein glitt König von Gast zu Gast, begrüßte Kollegen und Architekten, Ärzte und Unternehmer. Zwei durchtrainierte Offiziere des Jagdbombergeschwaders 31 Boelke aus Nörvenich, mit Freundin und in Ausgehuniform, lockerten die Runde auf. In den 60er-Jahren, als der Wirtschaftsaufschwung richtig durchstartete, wurden die Erinnerungen an den Krieg, an die kargen Jahre, vielleicht an den einen oder anderen Schatten der Vergangenheit, weggefeiert. Sekt floss in Strömen. Hin und wieder brachte jemand echten Champagner mit. Ehen wurden geschlossen oder getrennt. Die Stimmung war gut. Es ging aufwärts. Die Handicaps wurden immer besser. Der Sport wurde ernst genommen. Neue Mitglieder strömten nach der Jahrtausendwende in den Club. Viele entdeckten die sportliche Seite: Ausdauer, Konzentration, Training, Disziplin, mentale Vorbereitung, Mannschaftsgeist. Einige lernten die Regeln nie. Andere waren verbissen wie Terrier. Ganz ätzend die pensionierten Politiker und Sparkassenvorstände, die plötzlich den Club fluteten, alles besser wissend, sofort für den Vorstand kandidierend und sportlich im unterirdischen Bereich dilettierend. Teure Ausrüstung und kaum Erfolg. Die Zahl der Bälle im Wald, im Teich und in den Gebüschen wuchs seit ihrer Mitgliedschaft exponentiell. Der Caddiemaster fluchte still, weil er ständig im Unterholz auf Ballsuche war. Die Newcomer sprach man besser nicht auf ihr Handicap an. Die echten Golfer machten einen Bogen um sie.

»Lieber Herr Verhoven, wie schön Sie zu sehen. Was macht Ihr Handicap?« Paul Verhoven hatte das Golfspiel früh als den Sport der Führungsschicht erkannt. Auf dem Grün ließen sich Geschäfte machen, und wenn man Golf spielte, gehörte man dazu. Während in Düren die Jugend zahm rebellierte, trat Verhoven 1967 in den Golfclub ein. Er sah das strategisch, und es hatte sich gelohnt. Hier waren sie, die Abnehmer der Raubkunst, die Käufer, die Liebhaber, zumeist in der Gruppe der Newcomer. Von den Kennern der Kunst hielt er sich fern. Fast blind pickte er die heraus, die keine Ahnung hatten, dafür umso mehr über Kunst redeten. Sie verrieten sich selbst, und schon hatte er sie am Haken. Vor allem die, die investieren wollten, denen das Wort Rendite auf der Stirn geschrieben stand.

Ohne ihm die Chance einer Antwort zu geben, glitt König lächelnd von Paul Verhoven zu Grete Pfeiffer, Eisenwaren en gros, deren gestraffter Körper unter den Händen von Dr. Hellen immer jünger wurde.

»Grete, du wirst immer jünger. Wundervoll siehst du aus. Schön dich zu sehen, auf deine Schönheit.« König prostete ihr zu.

Grete Pfeiffer, Eisenwaren en gros, lächelte tapfer die Schmerzen der letzten Schönheitsoperation weg und trank behutsam den Schaumwein. Die Tabletten wirkten. Sie wurde monatlich jünger und ihr Konto leerer.

»Ah, Frau von Gablowski, schön, Sie heute zu sehen. Wie geht es Ihnen, was macht die Hüfte, alles gut?« Jürgen König begrüßte eine der Gönnerinnen des Vereins, die stehenden Fußes die Einladung zur Klage aufgriff:

»Nichts ist gut. Ach, die Hüfte schmerzt. Egal, ob es regnet oder die Sonne scheint. Auf die Ärzte ist kein Verlass mehr. Da kann man nichts machen. Prosit. So jung kommen wir nicht mehr zusammen.«

Die Damen sind neugieriger als ihre besseren Hälften, sagte sich Jürgen König. Immer freuen sie sich auf Anregungen, neue Themen, Vorträge und Exkursionen, Diskussionen und Feiern. Diese Starrköpfe von Männern müssen erst überzeugt werden. Kein Mut zur Lücke. Nur da, wo sie Geschäfte riechen, werden sie wach. König war frustriert, weil er bei den Herren nicht so viel Anklang fand wie bei den Damen.

Jürgen König war immer auf der Suche nach Neuem, nach Geistigem, nach Anregungen. Eine 18-Loch-Runde war schön und gut, manche Geschäftsanbahnung begann bereits am zweiten Bunker, aber brauchten sie nicht mehr Anregungen? Dies fragte er seine Frau Ingrid, die sich nach anderen Anregungen sehnte und dementsprechend bei dem Thema Heimat leise atmend einschlief. Sie bekam Anregungen vom 27-jährigen Sohn des Caddiemasters, der während der Semesterferien mit ihr trainierte. Nicht nur auf dem Golfplatz.

Jürgen König hatte die innere Unruhe des kleinen Mannes, der zumeist bei der Kleiderwahl falsch lag, irgendwelche mausgrauen Slipper mit einer braunen Hose kombinierte und seine eigene Kleidungsgröße Hilfe suchend in den Augen der Verkäuferin ablas.

Heimat, Heimat interessiert alle, sagte Jürgen König im Frühjahr zur schlafenden Ingrid und nahm ihren leisen Atemhauch als Zustimmung. Bei dem Thema, das spürte er instinktiv, war noch Luft nach oben.

»Unsere Heimat«, lautete die Vortragsreihe des Golfclubs »Eifelblick«. Die Zuhörerschaft saß angeregt plaudernd auf den Stühlen, leicht angeheitert von dem viel zu warmen Schaumwein – Prosecco, sagte Jürgen König, hörte sich besser an. Erwartet wurde ein Politikwissenschaftler von der RWTH Aachen, Privatdozent Dr. Sonnenfeld.

Die Anwesenheit von Paul Verhoven machte Jürgen König nervös. Sie hatten manchen Strauß ausgefochten. Verhoven wollte immer recht behalten. So sah es König. König habe keine Ahnung und keine Führungsqualität, so meinte Verhoven, der gerne die Grundsätze der inneren Führung resümierte, die er mit 17 Jahren als Offiziersanwärter der Waffen-SS aufgesogen hatte.

»Heimatkunde, Herr König, da wollen wir sehen, was Sie darunter verstehen. Haben Sie überhaupt gedient oder im Altenheim die Toiletten gereinigt?« Verhoven war in Angriffsstimmung.

»Herr Verhoven, ich muss schon bitten. Ihre maliziösen Bemerkungen können Sie im Kreise der alten Kameraden machen. Niemand zwingt Sie zu dem Abend. Gehen Sie angeln oder spazieren.«

»Herr König, Sie werden mir nicht sagen, was ich tun oder lassen soll. Sie bestimmt nicht. Ich habe für die Heimat und das Vaterland gekämpft. Sie organisieren hier

Multikultiabende oder versuchen den Frauen beim Einlochen zu helfen. Wenn ich es mir recht überlege, passe ich überhaupt nicht mehr in diesen Verein. Ihre Geschäftemacherei stinkt zum Himmel, Herr König.«

König nahm Verhoven auf Seite und sprach direkt in dessen rechtes Ohr:

»Geschäfte, Herr Verhoven, die haben Sie genug gemacht. Ich sage ›Wüstenbrand‹ von Witte. Oder der kleine Otto Dix. Hören Sie auf. Ihre Zeit ist vorbei, und dieses Hintenrum mit Investitionen in die Kunst ist nicht vergessen. Sie haben Ihren Schnitt gemacht. Ob der Kram echt ist, steht auf einem anderen Blatt. Glauben Sie nicht, ich allein wüsste von Ihren Machenschaften. Der Austritt steht Ihnen jederzeit frei.«

»Nicht so schnell, Herr König. Nicht so schnell. Sie wollen einem Kriegsversehrten drohen? Einer Stütze der Gesellschaft. Wer hat denn für Ordnung im Museum gesorgt? Sie oder ich? Sie wollen mir drohen? Herr König, ich warne Sie. Unterschätzen Sie mich nicht. Ich bin zwar 86 Jahre alt, aber ich habe alles gespeichert. Auch Ihre Ratenzahlungen für den ›Wüstenbrand‹. Ruhig bleiben. Paul Verhoven ist immer gut dabei.«

Verhoven lachte innerlich. König hatte keine Ahnung. Eine Null. Er hatte ihm einige Werke zu horrenden Summen verkauft, die König abstotterte.

Verhoven war in den letzten Jahren immer hartleibiger geworden. Er hatte es sich mit fast allen im Golfclub verscherzt. König fiel das seit geraumer Zeit auf. Er hatte sich so seine Gedanken gemacht. Verhoven wusste zu viel. Zu viel über manche der anwesenden Frauen und Männer aus der besseren Gesellschaft. Dieser Verhoven könnte ein Problem werden, dachte König.

Verhoven ließ König stehen und setzte sich in die erste Reihe der Zuhörer. Dr. Sonnenfeld saß neben ihm. König betrat das Rednerpult und bat um Stille.

»Liebe Freundinnen und Freunde des Golfclubs ›Eifelblick‹. Liebe Gäste. Bevor ich eine kurze Einführung gebe, begrüßen Sie bitte mit mir herzlich Dr. Sonnenfeld von der RWTH Aachen, Institut für Politische Wissenschaft, der heute Abend zu uns über Heimat sprechen wird.«

Sanftes Händeklatschen. Dr. Sonnenfeld erhob sich kurz in seinem irgendwie braunen Anzug, einem nach Sonderangebot aussehenden Hemd, das ungebügelt wirkte. Die Farbe war undefinierbar.

König fuhr fort: »Heimat ist selbstverständlich für uns alle der Golfclub. Wo wir Freunde treffen. Wo wir zweckfrei, ausschließlich dem Golfsport und seinen Regeln verpflichtet, zusammenkommen. Wir sind hier alle gleich. Wir gleichen uns alle …« Er kam aus dem Konzept, hatte sein Blatt mit Notizen verlegt und fuhr holpernd fort. »Ja, wir sind unter uns. Hier. Im ›Eifelblick‹. Wie der Name sagt, schauen wir in die Eifel. Sie soll unseren Blick nicht beschränken. Nein, ausweiten, über den Horizont, hinaus in die Ardennen, in die Vogesen …«

»Alpen«, knurrte Verhoven und brachte damit König ganz aus dem Konzept.

»Kurzum. Dr. Sonnenfeld ist ein ausgewiesener Heimatexperte. Heute, wo viele Menschen nach Deutschland kommen und kommen möchten, brauchen wir diese Experten. Von der RWTH Aachen. Bitte. Lieber Herr Dr. Sonnenweg.«

»Feld«, knarzte Verhoven in den sanften Applaus hinein. König stolperte vom Rednerpult zu seinem Platz.

»Meine sehr geehrten Damen und Herren, lieber Vorsitzender, Herr König, herzlichen Dank für die Gelegenheit, Ihnen heute Abend über das vortragen zu können, was uns mehr oder minder alle umtreibt: die Heimat. Wie sagte bereits Karl Jaspers: Heimat ist da, wo ich verstehe und verstanden werde.«

König klatschte, Frau von Gablowski schloss sich an und mehrere Damen und Herren, die innerlich bereits ihren Frieden mit dem Thema und dem Abend gemacht hatten, ruckten leicht zusammen und wollten gerade applaudieren, als Sonnenfeld fortfuhr.

»Heimat kommt von Heim, von beheimatet sein, von heimelig, von heimsuchen und von Haus. Und dieses Haus ist heute größer geworden. Es ist sozusagen die ganze Welt und wir sind mal hier und mal da Gast und die Gäste wechseln und finden hier sozusagen eine neue Heimat. Wer Deutsch beherrscht und auf dem Gebiet von Deutschland lebt, der hat hier seine Heimat. Gemeinsam mit uns, mit denen, die schon länger hier leben.«

Verhoven konzentrierte sich auf das Wörtchen »sozusagen«, denn es war das Lieblingswort aller Direktoren und Kuratoren und Kunsthistoriker. Immer, wenn ihnen kein Argument einfiel, was oft vorkam, tauchte das Füllwort »sozusagen« auf und die Satzgirlande setzte sich fort.

Nach weiteren 30 Minuten Heimatexkurs und 65 »sozusagen«, setzte Sonnenfeld zum Schlussspurt an. Jaspers, Adorno und Ernst Bloch flogen dem Auditorium um die Ohren. Selbst jüngere Damen und Herren der A-Mannschaft rollten mit den Augen, sehnten sich nach einem kühlen Getränk und stutzten, als nach Dank und Aufruf zur Diskussion als Erster Paul Verhoven die Hand hob.

»Bitte, Herr Verhoven, Sie haben das Wort«, sprach Diskussionsleiter König.

»Herr Dr. Sonnenfeld. Ich weiß jetzt, warum dies nicht mehr mein Land ist. Wer so schludrig und unklar über Heimat spricht, der hat nicht verstanden, um was es ging, geht und gehen wird. Ich bin entsetzt. Lieber Sportskamerad König, verschonen Sie mich mit unausgegorenem Quark. Laden Sie von mir aus Golfplatzarchitekten ein oder Golfschlägerproduzenten. Ich habe nicht mein Leben riskiert, um hier das deutsche Vaterland zu einem willkürlichen Lebensort von Nomaden denunzieren zu lassen. Schuster, bleib bei deinen Leisten. Guten Abend, Sportskameraden, meine Damen. Ich bitte um Entschuldigung. Bonsoir!«

Paul Verhoven stand auf und ging mit festem Schritt in Richtung Ausgang, als der Restaurantpächter auf ihn zukam, ihm etwas ins Ohr flüsterte und nach draußen zeigte. Verhoven nickte kurz und nahm den Seitenausgang. Danach wurde er nie mehr im Golfclub gesehen.

Grete Pfeiffer und Frau von Gablowski sahen sich verwundert und irritiert an. Gewiss, dieser Dr. Sonnenfeld war angezogen wie aus einem Altkleidercontainer und verstanden hatten sie höchstens die Hälfte, sagen wir ein Drittel. Den Rest der Zeit waren ihre Gedanken auf Wanderschaft gegangen. Sie verglichen die soeben verwitweten rüstigen Golfveteranen mit den Herren, die zum Kreis der ewigen Junggesellen zählten. Was heißt schon ewig? Warum der alte Verhoven hier so einen Aufstand machte, war ihnen schleierhaft. Dieser merkwürdige Sportskamerad war ihnen seit Jahren unangenehm. Er wurde immer schneidiger, schärfer. Heimat, mein Gott, der stellte sich an. Als er im Museum arbeitete, war er viel zugänglicher und ein guter Ratgeber für das eine oder andere Schnäppchen. Setzte man ein wenig Charme ein, verzichtete er sogar auf einen Teil seiner Provision.

Die Stimmung verbesserte sich nach dem Abgang von Paul Verhoven. Prosecco wurde gereicht; der eine oder andere Spieler gönnte sich etwas Härteres. Die Damen der ersten Mannschaft sahen blendend aus, die engen weißen Hosen standen ihnen. Am Nachmittag hatte mancher Friseur der Stadt gut verdient. Wallende Haare in Blond und Schwarz, strahlende Zähne, funkelnde Blicke in Richtung der beiden Offiziere des Jagdbombergeschwaders. Nein, die Damen des Clubs hatten keine Angst vorm Fliegen. Die Scherze wurden lasziver und schlüpfriger. König kümmerte sich um Dr. Sonnenfeld. Friedrich, genannt Fritz, der Sohn des Caddiemasters, gab derweil Frau König eine Privatstunde und erklärte ihr, wie man den Schläger optimal hält.

DIE LEICHE AM SCHWAN

Dienstag, 22. Mai 2012, 8 Uhr. Paul Verhoven trieb langsam in Richtung Obermaubach. Hin und wieder verheddderte er sich an einem Ast, er blieb an Steinen im Wasser der Rur hängen; so träge die Rur auch fließt, die Kraft des Flusses lässt nie nach. Gegen 9.30 Uhr erreichte der Angler Heinz Körfer seinen Steg, öffnete das Tor und wollte, wie an jedem Tag, die Wassertemperatur prüfen.

Die Sonne strahlte, der Mai war wundervoll, das Geschäft des Bootsverleihers brummte. Ausflügler und Schulklassen kamen nach Obermaubach, Wanderer parkten hier ihre Autos, das Café Flink meldete Umsatzrekorde. Die Rurtalbahn ist ein Segen, dachte Heinz Körfer. Die Bundesbahn war ein Fluch. Die juckelte einmal am Tag und meist unpünktlich. Seitdem die Rurtalbahn fuhr, kamen mehr Gäste nach Obermaubach, diesem kleinen Ort mit Stausee unterhalb von Bergstein und Nideggen. Heinz Körfer wackelte auf dem Steg zu seinem Angelboot. Der Steg braucht eine Renovierung. Plötzlich blieb er stehen.

»Scheiße!«

Heinz Körfer stolperte, fiel beinahe in den See oder in das Tretboot, das wie ein Schwan aussah, und torkelte zurück in Richtung Kiosk auf der Staumauer.

»Willi, ruf die Polizei! Da treibt ein Toter im Wasser, direkt am Plastikschwan!« Kiosk-Besitzer Willi Geuenich fiel der Schlüssel aus der Hand.

»Schöne Bescherung. Jippt et doch nich«, murmelte Willi und wählte die 110.

Während Willi Geuenich telefonierte, hastete Heinz Körfer zurück zum Steg. Bloß nicht abtreiben, dachte er. Wo ist die Stange, die Stange für die Boote oder die Rettungsstange. Er hinkte leicht, stolperte erneut, dann sah er die Bootsstange, mit der ungeschickte Tretbootfahrer an den Steg zurückgezogen wurden. Er schnappte sich das Teil und humpelte zurück zum Schwan. Da trieb die Leiche, schaukelte langsam hin und her. Heinz Körfer zog den Körper mit der Stange zum Steg. Der Sog des Stausees war beständig, sodass er Mühe hatte, ihn zu halten. Er setzte sich auf einen Poller und wartete, schaute zum Kiosk. Willi Geuenich winkte und zeigte auf das Telefon. Heute wird nichts mit Angeln, dachte Heinz Körfer. Der Appetit auf Fisch war ihm vergangen.

Der Polizeinotruf in Düren alarmierte sofort einen Wagen der Polizeistation Kreuzau und informierte den Kriminaldienst. Leiche im Stausee Obermaubach am Bootsverleih. Oberkommissar Norbert Heinen fuhr zusammen mit seiner Kollegin Birgit Jakobs sofort los. Wasserleichen waren in ihrem Bereich nichts Ungewöhnliches. Im Sommer wurde auf den Campingplätzen an der Rur kräftig getrunken. Danach kamen die Mutproben, danach die Wasserleichen. Herzversagen, kaltes Wasser, zu viel Alkohol, Sonnenstich. Alles zusammen. In dieser Verfassung ertrinken Leute sogar in einer Wassertiefe von 1,20 Meter. Die Kommissare näherten sich der Ortseinfahrt, drosselten das Tempo und hielten vor dem Kiosk.

»Birgit, bitte kümmere dich um die Schaulustigen, die gleich kommen werden. Verkehr nur den nötigsten, wir sperren hier ab.«

Sie kannten sich lange und konnten sich aufeinander verlassen. Norbert Heinen ging zu Heinz Körfer auf den Steg, Birgit Jakobs sprach mit dem Kioskbesitzer und stellte danach eine Absperrung auf.

»Morgen. Was haben wir denn hier?«

»Toter Mann, Herr Kommissar. So ein Mist. Den hab ich gegen 9.30 Uhr am Schwan gefunden.«

»Ich zieh mir Handschuhe an und hol ihn ran.«

Paul Verhoven trieb mit dem Gesicht nach unten im Wasser. Norbert Heinen zog ihn vorsichtig näher und drehte ihn langsam um. Er sah das Einschussloch in der Mitte der Stirn.

OBERMAUBACH

Fett und Schmelzer erhielten den Anruf gegen 10.15 Uhr von der Polizeileitstelle in Düren. Ein Toter treibe in Obermaubach im Stausee, vermutlich erschossen und danach in den See geworfen. Man brauche die Hilfe der Aachener Mordkommission und der Aachener Kriminaltechnik. Sie seien ja zuständig. Fett und Schmelzer, die den Fall »Chinatown« als erledigt betrachteten, nahmen den nächstbesten VW-Passat und fuhren auf der A 4 mit Blaulicht nach Düren, von dort in Richtung Kreuzau und anschließend über Untermaubach nach Obermaubach. Am Café Flink war Hochbetrieb, als sie gegen 10.45 Uhr eintrafen und über den Steg zu der Stelle gingen, wo die Kriminaltechnik ein Zelt aufgebaut hatte. Auf dem Steg lag ein alter Mann, vollständig bekleidet, die Ausweispapiere lauteten auf Paul Verhoven. Mitten in der Stirn ein Einschussloch.

»Tag zusammen. Fett und Schmelzer, Mordkommission Aachen. Was wissen wir bis jetzt?«

Norbert Heinen fasste den Stand der Dinge zusammen: »Gegen 9.30 Uhr meldete die Leitstelle Düren den Fund einer männlichen Leiche im Wasser. Herr Körfer, Angler, hat ihn gefunden, als er zu seinem Boot ging.«

Claus Korsten von der Kriminaltechnik ergänzte: »Paul Verhoven, Alter 86, wohnhaft in Kreuzau. Liegt vermutlich seit der Nacht im Wasser. Der Fundort ist kaum der Tatort. Nach erstem Befund wurde er zunächst erschossen

und danach ins Wasser geworfen, wahrscheinlich flussauf-
wärts. Hautabschürfungen und Risse in der Jacke dürf-
ten von Ästen und Steinen im Wasser herrühren. Es sind
keine weiteren Spuren von Gewaltanwendung feststell-
bar. Genaueres nach der Obduktion.«

»Gibt es was zum Einschussloch?«, Schmelzer schaute
Korsten an.

»Vermutlich 7,65 Millimeter. Vorne rein und hinten
raus. Wie bei einer Hinrichtung.«

»Danke, Kollegen. Die Leiche kann abtransportiert
werden. Herr Heinen, wer wohnt in der Nähe, wer könnte
etwas mitbekommen haben, einen Schuss oder einen PKW,
der nachts hier entlang fuhr?«

Heinen dachte kurz nach.

»Es gibt da drüben das Restaurant, die Pächter wohnen
dort. Weiter hinten einen Reiterhof und auf dem anderen
Ufer ein Gestüt, kurz vor Gut Kallerbend. Und auf der
rechten Seite die Wohnbebauung.«

»Nehmen Sie Ihre Kollegin und zwei weitere Teams.
Fahren Sie zu den Bewohnern, fragen Sie, ob jemand
etwas gehört oder gesehen hat. Herr Korsten, sobald Sie
den Todeszeitpunkt haben, rufen Sie den Wasserverband
Eifel-Rur an. Die sollen die Fließgeschwindigkeit mit den
Angaben zum Todeszeitpunkt, zur Liegedauer im Wasser
und dem Gewicht und der Größe der Leiche simulieren.
So kreisen wir den Ort ein, wo er ins Wasser geworfen
wurde. Vielleicht finden wir Spuren, bevor ein Regen-
guss alles verwischt. Fragen Sie bei der Rurtalbahn nach.
Möglicherweise hat einer der Lokführer morgens oder
nachts etwas gesehen.«

KREUZAU

Die Befragung der Restaurantbesitzer, der Pächter des Reiterhofes und des Gestütes ergab ein verschwommenes Bild. Einige hatten gegen Mitternacht ein Fahrzeug gehört, andere meinten einen schwarzen VW-Bus gesehen zu haben. Es könne auch ein Mercedes-Vitra-Kleinbus gewesen sein. Schwarz mit Abblendlicht. Einen Schuss hatte niemand gehört. Verwertbare Reifenspuren fand die KTU nicht. Die Lokführer konnten nicht weiterhelfen. Sie hatten nichts gesehen, nichts bemerkt. An dem Streckenabschnitt mussten sie sich auf die Schienen konzentrieren. Oft stand ein Reh oder eine Kuh auf den Gleisen.

Fett und Schmelzer fuhren unterdessen zur Wohnung von Paul Verhoven in die Dürener Straße nach Kreuzau. Der Tote hatte seine Ausweispapiere und einen Schlüsselbund in der Manteltasche. Der Täter oder die Täter hatten keinen Wert darauf gelegt, die Identität von Paul Verhoven zu verwischen. Das frei stehende Einfamilienhaus lag abseits.

»Nichts Besonderes, normales frei stehendes Haus, Eternitplatten wie überall in der Eifel. Probieren wir die Schlüssel.«

»Es riecht wie bei alten Leuten«, sagte Schmelzer. Aufmerksam gingen sie vom Flur in die Küche, von dort ins Wohnzimmer, alles Eiche massiv. Ein kleines Arbeitszimmer, hinauf in die erste Etage, Schlafzimmer, Bad, eine

Abstellkammer, ein Zimmer voll mit alten Möbeln und ein Speicher.

Den beiden Kommissaren fiel zunächst nichts auf. Wonach sollten sie suchen? Plötzlich sagte Fett: »Hier stimmt was nicht. Das ist nicht die typische Wohnung eines alten Mannes, der in einem größeren Ort namens Kreuzau lebt. Schauen Sie sich um, Schmelzer, was fällt auf, was ist anders?«

»Die Bilder. Hier hängen viele Bilder, Gemälde an den Wänden. Das überrascht. Bereits im Flur. Und wenn Sie mich als anerkannten Kunstspezialisten fragen, vermute ich, dass er die nicht selber gemalt hat. Die sehen nicht nach Drucken aus, eher wertvoll, aber ich hab keine Ahnung davon.«

»Ich bin auch überrascht. Kein röhrender Hirsch, keine Zigeunerin mit Gitarre, keine Schwarzwaldhütte, kein Sonnenuntergang in schreienden Farben. Wenn mich nicht alles täuscht, hängen hier Werke von Expressionisten, vielleicht Impressionisten und sachliche Gemälde. Wenn es sich um Originale handelt, sind sie richtig wertvoll. Es gibt ein paar weiße Rechtecke an der Wand, wo wahrscheinlich mal Bilder hingen. Wo sind die hin?«

Sie gingen zurück ins Erdgeschoss und schauten sich das Arbeitszimmer genauer an. Eine Bücherwand links und rechts, Papierkram auf dem Schreibtisch. Obenauf lag die Einladung des Golfclubs zum Heimatabend.

»Vielleicht war unser Opfer gestern Abend im Golfclub. Jedenfalls liegt hier eine Einladung für 18 Uhr, Vortragsabend zum Thema Heimat mit einem Referenten der RWTH Aachen. Die Telefonnummer des Vorsitzenden ist unten aufgeführt.« Schmelzer zeigte Fett die Einladung.

»Rufen Sie ihn gleich an. Wir müssen versuchen, den gestrigen Tag zu rekonstruieren. Je schneller wir das schaffen, desto besser. Der Mord wirkt professionell. Was steht denn hier alles in den Regalen herum?«

Zwischen den Rechnungen und Prospekten, den Informationen des Golfclubs, der Post vom Freundeskreis des Leopold-Hoesch-Museums lag eine Postkarte. Sie zeigte den amerikanischen Militärfriedhof in Henri-Chapelle und trug die Aufschrift »Memorial Day«. Sie war unbeschrieben und an Paul Verhoven adressiert. Fett betrachtete das Motiv, danach schaute er die Bücher und Aktenordner an. Viele Werke über Kunst, Architektur und den Zweiten Weltkrieg. Auffällig viele über die Waffen-SS. Ein dicker Wälzer mit dem Titel »Wenn alle Brüder schweigen« stand schräg, weil er nicht in das Regal passte.

»Schmelzer, versuchen Sie alles über Verhoven rauszubekommen. Das kann im Präsidium sofort gemacht werden. Auch Auskunft über seine Zeit als Soldat im Krieg, wenn er Soldat war.«

»Er hat im Leopold-Hoesch-Museum gearbeitet«, sagte Schmelzer. »Ich habe hier einen Aktenordner mit Lohnabrechnungen, Arbeitszeugnis, Papieren von seiner Zeit als Hilfskurator. Jedenfalls war er bis 1992 dort angestellt mit einer halben Stelle. So wie es aussieht, hat er später ab und an ausgeholfen. Das erklärt die vielen Bilder.«

»Wir brauchen einen Kunstfachmann. Er wird bestimmt in der Lage sein zu sagen, ob das hier alles echt ist und welchen Wert die Werke haben. Wir versiegeln die Wohnung. Die Kriminaltechniker sollen alles untersuchen. Die Nachbarn müssen befragt werden. Rufen Sie den Präsidenten des Golfclubs an. Hören Sie nach, was Heinen rausgefunden hat. Der Mann kennt die Gegend und macht auf mich einen engagierten Eindruck. Vielleicht kann zudem die Gerichtsmedizin was sagen. Ach, und die KTU, soll die Postkarte aus den USA untersuchen.«

Einige Fotos fielen ihnen in die Hände, auf denen Verhoven mit verschiedenen Personen zu sehen war. Alte Aufnahmen mit zwei und drei anderen Männern. Eines zeigte ihn mit einer jungen Frau, vielleicht damals noch ein Mädchen. Schmelzer zögerte nicht lange, er nahm die meisten Fotos mit, die vermischt in einer Klarsichthülle lagen. Beweismaterial.

KANZLEI AM MARKT

Jürgen König löste Fälle in seiner Kanzlei in Düren am Markt. Sein grauer Anzug kam frisch aus der Reinigung. Das blaue Hemd mit weißem Kragen war seit Jahren aus der Mode, die karierte Krawatte breit wie ein persischer Teppich, die goldene Uhr ein Replikat aus Belek, sein Aftershave grenzte an Körperverletzung. Schmelzer hatte ihn erreicht, und König bestätigte, dass Verhoven gestern Abend im Golfclub war. Fett und Schmelzer fuhren von Kreuzau aus in zehn Minuten nach Düren, um mit König zu sprechen.

»Was ist denn passiert?«, wollte König wissen. »Am Telefon klangen Sie so geheimnisvoll. Mordkommission? Mein Spezialgebiet ist Arbeitsrecht, wie kann ich Ihnen helfen?«

»Paul Verhoven wurde tot aufgefunden. Wir rekonstruieren den gestrigen Tag. Verhoven war gestern Abend im Golfclub?« Fett übernahm die Gesprächsführung.

»Tot aufgefunden, das gibt es nicht. Ja, er war gestern im Golfclub, wie ist das passiert, ein Unglück?«

»Wir recherchieren. Bitte schildern Sie uns den Abend.«

»Wir hatten den Vortragsabend von Dr. Sonnenfeld. Paul Verhoven kam gegen 17.45 Uhr. Das Thema Heimat war ihm wichtig, deshalb war mir klar, dass er kommen würde. Wir wechselten ein paar Worte, ich musste mich ja um alle Mitglieder, die Gäste und den Referenten kümmern. Wir waren rund 50 Zuhörer. Der Vortrag endete gegen 19 Uhr, 19.15 Uhr. Paul Verhoven stellte eine Frage oder besser machte eine Bemerkung und ging, bevor die Diskussion endete. Das war nichts Besonderes. Herr Verhoven, wie soll ich sagen, er war eigenwillig. Er ging so gegen 19.30 Uhr. Da habe ich ihn das letzte Mal gesehen.«

»Ist Ihnen etwas aufgefallen? Kam Paul Verhoven alleine oder war er anders als sonst?« Fetts Blick wanderte zu den Bildern an der Wand. Expressionisten, meinte er zu erkennen.

»Nein, mir ist nichts aufgefallen. Er kam alleine. Ich begrüßte ihn kurz und kümmerte mich dann um andere Gäste. Wir diskutierten nach dem Vortrag lange. Es war ein interessanter Abend. Ich bin um 22.15 Uhr nach Hause gefahren.«

»Gibt es Zeugen für Ihre Heimkehr?«

»Ja natürlich, meine Frau Ingrid. Sie schaute ›Tagesthemen‹, als ich zurückkam. Ach, da fällt mir ein. Als Paul Verhoven das Clubhaus verließ, kam der Restaurantpächter und machte ihn auf irgendetwas aufmerksam. So, als ob jemand angerufen hätte oder auf ihn warten würde. Fragen Sie die anderen Gäste und Mitglieder oder besser den Pächter direkt.«

»Wo finden wir den Mann?«

»Herr Krings müsste im Clubhaus sein. Rufen Sie ihn an. Hier ist seine Nummer.«

»Wir brauchen eine Liste der Gäste des gestrigen Abends. Wenn Sie die bitte an uns mailen könnten. Bestimmt wurde mit Anmeldung gearbeitet.«

»Selbstverständlich. Ich habe sie irgendwo auf meinem PC. Sie können sich auf mich verlassen.«

»Sie haben hier schöne Gemälde«, sagte Fett mit Blick auf die fünf Bilder an den Wänden.

»Ach, ja. Zum Teil von meinem Vater, andere habe ich zugekauft. Drucke gefallen mir nicht. Originale haben eine besondere Abstrahlung.«

»Wenn man es sich leisten kann«, meinte Schmelzer. »Wir melden uns bei Ihnen, wenn wir Fragen haben.«

SPANNENDE POSITION
IM ÖFFENTLICHEN RAUM

Fett und Schmelzer standen auf dem Marktplatz in Düren. Mittlerweile war es 13 Uhr. Sie riefen Krings an. Er versprach, in der Golfgastronomie auf sie zu warten.

»Was haben wir bisher?«, fragte Fett, als sie die Kanzlei verließen. »Einen 86-jährigen Toten, der mit einem Kopfschuss umgebracht worden ist. Vermutlich gestern Nacht. Man hat ihn mit allen Papieren in die Rur geworfen. Er war am Abend im Golfclub, den er gegen 19.30 Uhr verlassen hat. Paul Verhoven hat im Museum gearbeitet, war nicht verheiratet, interessierte sich für Kunst und Architektur und den Zweiten Weltkrieg. Wer könnte ein Motiv haben, den alten Mann hinzurichten?«

»Ich habe keine Idee. Golfclub und die Bilder, Arbeit im Museum – er gehörte zur besseren Gesellschaft, wie man so sagt. Auch wenn das Haus einen kleinbürgerlichen Eindruck macht. Das passt alles nicht so ganz zusammen. Wir sollten seine Vermögensverhältnisse überprüfen. Die Kleidung, die er trug, war von Qualität. Der Anzug schien mir maßgeschneidert. Die Schuhe bekommen sie nicht in Düren, und der Trenchcoat war nicht von der Stange im Kaufhof. Wir sollten alles zusammentragen, wenn wir mit diesem Herrn Krings gesprochen haben.«

»Bevor wir zu dem fahren, gehen wir rasch rüber in

das Leopold-Hoesch-Museum. Es liegt 300 Meter entfernt. Außerdem müssen wir Verhovens Personalakte bei der Stadtverwaltung anfordern.«

Sie überquerten zügig Markt und Kaiserplatz und gingen an der Marienkirche vorbei zum Museum. An der Kasse fragten sie nach der Leitung des Hauses. Der Kassierer telefonierte kurz, worauf eine blasse junge Dame herbeischwebte, die sich als Volontärin Melanie vorstellte. Ob der Direktor im Haus sei, Fett und Schmelzer von der Polizei, sie hätten eine Frage.

»Oh, das tut mir leid, Frau Direktor Dr. Dohmann-Härter ist sozusagen leider in einem Termin, genau. Kann ich etwas ausrichten?«

»Vielen Dank, Frau Melanie. Richten Sie bitte Frau Direktor Dohmann-Härter aus, es geht um Mord und wir haben keine Zeit. Ansonsten muss sie den morgigen Tag in Aachen im Polizeipräsidium einplanen. Genau.«

»Ja, ach so. Ich sage es ihr sofort. Genau.«

»Ja, genau«, betonte Fett und betrat gemeinsam mit Schmelzer den kühlen Eingangsbereich des Museums.

»Dieses ewige ›genau‹ geht mir auf den Senkel. Früher hieß es ›echt‹ oder ›cool‹. Achten Sie bloß bei Söhnchen Justus darauf, Schmelzer.«

»Genau, Chef. Mach ich«, sagte Schmelzer.

»Mord, das kommt nicht alle Tage vor, sozusagen.« Frau Direktor Dohmann-Härter kam mit wallendem grauen Haar auf die Herren zu, farbig gekleidet, selbst fast ein Kunstwerk.

Fett musterte Schmuck und Kleidung. Ja, die Damen in der Kunst neigten zur Unterscheidung. Volontärin Melanie kombinierte einen überteuerten und nach nichts aussehenden Rock mit einer pinken Bluse. Auffallen ist wichtig, das war ein Kernsatz und alltägliches Leitmotiv im Kunstgewerbe.

»Für uns ist Mord leider Alltag. Wir wären ohne Mord arbeitslos, Sie ohne Künstler. Fett, Mordkommission Aachen, mein Kollege Schmelzer. Wo können wir sprechen?«

»Kommen Sie in mein Büro. Melanie, machen Sie uns bitte Kaffee. Ist das recht, meine Herren?«

»Kaffee immer, Frau Dohmann-Härter.«

»Wer ist das Opfer und warum kommen Sie zu mir, meine Herren?«

»Paul Verhoven.«

»Paul Verhoven, du meine Güte, wie schrecklich, einer der ältesten Mitarbeiter, ein Autodidakt. Mein Gott, was ist passiert?«

»Wann haben Sie ihn zuletzt gesehen?«

»Herrn Verhoven, das war, das liegt lange zurück. Manchmal kam er unangemeldet ins Museum, ging durch die Räume. Ab und an besuchte er eine Ausstellungseröffnung. Wochen, es ist Wochen her.«

»Wie war Ihr Verhältnis zu ihm?«

»Verhältnis? Herr Verhoven war hier vor meiner Zeit Registrar, Hilfskurator, eine Mischung zwischen Hausmeister und Mädchen für alles. Er kannte jeden Winkel, war von 1946 bis, ich schätze, bis Ende der 80er-Jahre hier tätig.«

»Gab es besondere Vorkommnisse?« Schmelzer schaltete sich ein.

»Nicht, dass ich wüsste, ich habe 1992 meine Arbeit im Museum aufgenommen. Kurz vorher ist er pensioniert worden.«

»Keine Anzeigen oder Unregelmäßigkeiten?«

»Da gab es mal was. Heinrich Hubschmid, der Hauptregistrar, hat in den 70er-Jahren eine Anzeige erstattet. Aber, meine Herren, Herr Hubschmid war krank, sozusagen. Er hatte ein Alkoholproblem. Bevor es zu einer Untersuchung kam, verstarb Herr Hubschmid.«

»Um was ging es bei der Anzeige?« Schmelzer hakte nach.

»Das war delikat für das Haus. Hubschmid, wie auch immer, behauptete, dass Karteikarten über den Bestand und die dazugehörigen Werke verschwunden seien. Ich bitte Sie, wie soll das gehen?«

»Im Prinzip einfach.« Schmelzer schaute sie direkt an. »Oder hatten Sie ein Computerprogramm?«

»Nein, es gab Bestandskataloge und Karteikarten; einen Computer hatten wir nicht.«

»Fehlen Ihnen Werke?«

»Fehlen, nein. Kriegsverluste ja. Kriegsverluste. Wir arbeiten an der Aufklärung. Betreiben Provenienzforschung.«

Fett und Schmelzer schauten ratlos. »Das müssen Sie uns bitte erklären.«

»Wie soll ich sagen. Wir erforschen die Herkunft. Wir hatten ja Zugänge. Schenkungen, Ankäufe. In der Zeit von 1933 bis 1945. Andererseits besaß das Museum sogenannte ›Entartete Kunst‹, die aus den Beständen entfernt wurde. Es gab also Abgänge. Sozusagen.«

»Werke, die jüdischen Eigentümern oder sozialistischen Lagerinsassen für einen Spottpreis abgenommen wurden. Aktion 3, nicht wahr?« Fett mochte das Herumgeeiere nicht. Über die Aktion 3 hatte er kürzlich einen Artikel gelesen.

»Genau, kann man so sagen, Herr Kommissar. Aktion 3? Sagt mir nichts.«

»Aktion 3 war eine Tarnbezeichnung des Reichsfinanzministeriums. Dabei ging es um das Vermögen von Juden, die man in die Vernichtung schickte. Aktion 3 gab Richtlinien, wie mit dem Vermögen umzugehen war. Stadtverwaltungen, Gerichtsvollzieher, Bankangestellte, Spediteure und, aufgepasst, Auktionshäuser – sie alle kannten sich aus mit Aktion 3. Dadurch konnte Ihr Museum das Depot erweitern. Die Nachfahren der Bestohlenen wundern sich, warum sie 67 Jahre nach Ende des Krieges aus den deutschen Museen keine Hinweise über den Verbleib ihres Besitzes bekommen.«

»Das ist komplex, Herr Fett«, wand sich die Direktorin. »Sehen Sie, wir müssen die Provenienz genau überprüfen, den Weg eines Werkes sozusagen von der Staffelei bis zur letzten Wand. Heute wollen wir ja alles richtig machen, nicht wahr, ganz richtig. Es ging bisher einfach nicht.«

»Schade, dass darüber die ursprünglichen Eigentümer wegsterben und die Nachfahren ihr Geld für Anwälte rausschmeißen müssen.«

»Sorgfalt vor Geschwindigkeit, Herr Fett.«

»So hätte Michael Schumacher nie einen Grand Prix gewonnen, Frau Dohmann-Wärter.« Fett wurde ungehalten.

»Härter, Herr Fett, Härter.«

»Was macht Ihr Mann, Herr Dohmann oder Herr Härter?«

»Ich bin geschieden, habe den Namen behalten. Schließlich erscheinen all meine Aufsätze und Bücher seit Jahren unter diesem Namen. Herr Härter lebt in Zürich. Galeriebesitzer.«

»Na dann. Hat Verhoven Bilder gestohlen, hat er ›Entartete Kunst‹ auf den Markt geworfen, hat er aus dem

Depot im Rahmen der Kriegsschäden Werke mitgehen lassen?«

»Herr Fett, wir stehen am Anfang. Ich kann es nicht sagen. Wir bereiten gerade eine große Ausstellung von Karlheinz Riemenschmidt vor, da kann ich nicht einfach die Arbeit meines Registrars der letzten 40 Jahre prüfen. Es geht um absolut spannende Positionen im öffentlichen Raum, die sehr viel Aufsehen erregen werden.«

Fett dachte kurz über Sex im Wald nach, als er von der »spannenden Position im öffentlichen Raum« hörte, die sehr viel Aufsehen erregen wird. Er verkniff sich eine Bemerkung und sagte lakonisch: »So, so. Karlheinz Riemenschmidt, der Sohn vom alten Riemenschmidt.«

»Woher, wieso, Sie kennen Karlheinz Riemenschmidt?«

»Sein Vater war der alte Riemenschmidt. Ja.«

Schmelzer schaute Fett an. Den Witz kannte er bestens. Immer fielen die Leute darauf rein.

»Frau Dohmann-Härter, wir werden die Personalakte von Verhoven morgen abholen lassen. Und bitte einen Überblick über die Werke und mögliche Lücken – den kann uns Volontärin Genau-Melanie bestimmt geben. Wir finden es eh heraus. Kleine Nachtschicht für Melanie und dann genau: Ergebnisse. Kollege Schmelzer meldet sich am Mittwochnachmittag. Wie sagt man hier im Museum: Auf bald. Oder so. Und viel Freude und Erfolg mit der spannenden Position im öffentlichen Raum. Kann ich mir lebhaft vorstellen.«

Fett und Schmelzer ließen die Direktorin stehen und gingen an Volontärin Melanie vorbei zum Ausgang. Sie lächelte verdruckst und ahnte nicht, dass sie den Abend im Büro verbringen würde und nicht im angesagten Szene-Club an einem der Kölner Ringe.

»Auf zum ›Eifelblick‹, der liegt hinten bei Lendersdorf.«

Sie fuhren ein Stück zurück in Richtung Niederau, überquerten die Rur, in der am Morgen Paul Verhoven lag, nahmen einige Seitenstraßen und gelangten schließlich zum Golfclub.

RÜCKBLICK: AM MONTAG
VON HENRI-CHAPELLE NACH KREUZAU

Ray Bell verbrachte den Montagmorgen in Eupen. Er ging langsam durch die Hauptstadt der Deutschsprachigen Gemeinschaft, schaute die Auslagen an, trank Kaffee, aß Croissants und hin und wieder ein Pain au Chocolat. Will verfolgte eigene Pläne. Er mietete einen schwarzen Ford Mondeo und wollte die Strecke nach Henri-Chapelle fahren, um für den Memorial Day vorbereitet zu sein. Der Superintendent des Friedhofs hatte ihn um Informationen über seinen Vater gebeten. Ray Bell sei schließlich Guest of Honor, Ehrengast. Der Oberbefehlshaber der NATO-Streitkräfte in Europa, Admiral James G. Stavridis, benötige einige aktuelle Infos über Ray, um ihn in seiner Rede zu würdigen.

Will Bell fuhr zügig die Strecke zum American Cemetery von Eupen aus über Welkenraedt und Henri-Chapelle. Er traf an diesem Montagmorgen gegen 10.30 Uhr ein. Superintendent Max Miller erwartete ihn im Büro hinter dem riesigen Kartenraum, in dem das Vorrücken der Alliierten ab der Landung in der Normandie markiert war. Die Sonne schien, ein frischer Wind strich über das Hochplateau, von dem man in Richtung Westen weit in das Land schaute.

Das Gespräch dauerte ungefähr 20 Minuten. Gemeinsam mit Matthew Arnold, dem Assistenten von Miller, gingen sie danach über das Gräberfeld mit den fast

8.000 weißen Kreuzen und Davidsternen. Miller zeigte ihm die Gräber der Tester-Brüder. Henri-Chapelle ist der einzige amerikanische Militärfriedhof, auf dem drei Brüder nebeneinander liegen. Dann gingen sie zu den Gräbern von Eric und Gerald. Dort verharrten sie schweigend. Max Miller lud Will zu einem Kaffee ein, aber Will hatte andere Pläne. Für den Memorial Day sei alles vorbereitet, der Kranz würde am Samstagmorgen geliefert, er komme mit seinem Dad gegen 15 Uhr, damit er im Vorfeld der Zeremonie, die um 16 Uhr beginnen würde, in Ruhe alleine über den Friedhof gehen könne. Möglicherweise würden sie bereits am Freitag den Weg abgehen. Er kenne seinen Dad. Der wolle gut vorbereitet sein.

Der Friedhof glich dem National Cemetery in Arlington und war zugleich verschieden. Das Hochplateau, der weite Blick, die Davidsterne, die weißen Kreuze. Will dachte an seinen Vater, der auch unter einem dieser Kreuze liegen könnte. Es hätte keinen Will Bell gegeben. Er stünde jetzt nicht hier. Schicksal? Eric und Gerald hatten sich ergeben. Nach den Gesetzen des Kriegsrechts hätte man sie als Kriegsgefangene behandeln müssen. Nach der Kapitulation Deutschlands wären sie frei gewesen. Sie hätten eine Familie gründen und Kinder bekommen können. Brave Väter, gute Hirten ihrer Familie mit traumatischen Erlebnissen von der Normandie bis zum Rhein. Hätten. Wäre da nicht der SS-Mann Paul Verhoven mit dem Flammenwerfer gewesen. Nachdenklich ging Will zu seinem Wagen und fuhr um 11.30 Uhr los in Richtung Deutschland. Er überquerte bei Lichtenbusch auf der Autobahn die Grenze gegen 12 Uhr. Kurz vor 13 Uhr erreichte er Niederau. Er hielt an, orientierte sich und fuhr weiter nach Kreuzau, um auf einem großen Parkplatz in der Nähe eines Freizeitbades den Wagen abzustellen. Will Bell trug eine schwarze Sonnenbrille, eine helle leichte Sommerhose und ein Shirt. Er hatte einen Daypack-Rucksack dabei, den er über der rechten Schulter trug. Langsam schlenderte er in Richtung Ortsmitte. Er wusste exakt, wo die Dürener Straße lag.

RÜCKBLICK: DER LETZTE SPARGEL

Paul Verhoven lebte noch an diesem Montagmittag, als Will Bell sich Kreuzau näherte. Er war früh aufgestanden, hatte schwarzen Kaffee getrunken, Graubrot mit Marmelade gegessen und die Zeitung gelesen: Nachberichte über die Karlspreisverleihung an Wolfgang Schäuble. Die gegenwärtige Politik interessierte ihn nicht. Seine Gedanken gingen zurück in die Vergangenheit, zu einem Treffen der alten Kameraden in Vossenack. Dort sprach ihn Obersturmbannführer Hausen auf das Kriegsende an. Wie denn der Kamerad Verhoven in Gefangenschaft geraten sei. Hausen leitete die Kameradschaft seit den 60er-Jahren. Er kämpfte am Kriegsende im Stab der SS-Panzerdivision von Sepp Dietrich und geriet während der Ardennenoffensive schwer verletzt in Gefangenschaft. Verhoven, lange Zeit Kassenwart der Kameradschaft, hatte wenig über das Kriegsende erzählt. Er sei in Jakobwüllesheim verschüttet und verbrannt worden. An mehr könne er sich nicht erinnern. Hausen fragte nach den Verbrennungen. Verhoven zeigte ihm den linken Arm.

»Ach, die Blutgruppentätowierung ist verbrannt. Ganz praktisch, Standartenjunker, nach denen haben die Amis gesucht. Es gibt Überlebende in Ihrer Einheit, die werden wir fragen. Sie kennen unseren Wahlspruch ›Meine Ehre heißt Treue‹. Wer die Ehre beschmutzt, ist ein Verräter, Standartenjunker. Mir sind da so Sachen zu Ohren gekommen. Dunkle Geschäfte mit Ihren alten Kameraden aus Frankreich und den Niederlanden. Wenn Sie die Ehre der Waffen-SS und Ihrer Einheit beschmutzen, Verhoven, dann gibt es kein Pardon. Verstanden!«

Verhoven hatte diese Bemerkung zugesetzt. Was sollte das alles, 67 Jahre nach Kriegsende? Er wusste, dass rund um Hausen eine Gruppe von Neonazis agierte, die sich der Waffen-SS verpflichtet fühlte. Sie waren fanatisch und Hausen hatte die Männer nicht immer im Griff. Was wusste Hausen von seinen Kontakten mit den alten Kameraden? Verhoven dachte an den Roman »Die Akte Odessa«, wie realitätsnah der geschrieben war. Ein Frösteln überkam ihn. Hausen war ein Fanatiker. Der würde selbst im Jahre 2012 Kameraden über die Klinge springen lassen, wenn sich herausstellte, dass sie nicht seinen SS-Idealen entsprachen. Hausen lebte weiter in der Welt des Nationalsozialismus. Menschenleben zählten nicht. Opfer mussten gebracht werden. Ständig wiederholte Hausen diese Sätze. Und es wurde von Unfällen und merkwürdigen Todesfällen gemunkelt. Plötzlich verschwanden alte Kameraden. Wurde Zeit, dass Hausen endlich abberufen wurde ins Jenseits. Dieser alte Wüterich, der musste weit über 90 sein, umgab sich mit jungen Nazis, die ihn verehrten wie die Hofschranzen den Führer und genauso fanatisch waren wie die Leibstandarte SS Adolf Hitler beim Röhm-Putsch 1934.

Verhoven entschloss sich, ins nahe gelegene Seniorenheim zu gehen, um dort den Mittagstisch einzunehmen. Ihm fiel die Nachfrage vom Museum ein. Die gaben keine Ruhe. Der Verbleib von etlichen Werken aus dem Depot sei ungeklärt. Ob er helfen könne? Manche Werke aus der Zeit vor dem Krieg seien verschwunden, während sie 1945 im Depot registriert waren. Nun würde alles auf Computer erfasst und man sei auf einige, um nicht zu sagen, zahlreiche Abweichungen gestoßen. Er, Paul Verhoven, sei einer der ältesten Mitarbeiter. Er werde dringend gebeten, bei der Aufklärung zu helfen. Wie nannten die das: Provenienzforschung. Da können sie suchen, bis sie schwarz werden, sagte sich Paul Verhoven.

Sorgen machte ihm zusätzlich eine Postkarte, die Anfang Mai aus den USA bei ihm eintraf. Sie zeigte den American Cemetery in Henri-Chapelle, Belgien, mit der Aufschrift »Memorial Day«. Sonst stand nichts auf der Karte. Die Adresse war mit einer Schreibmaschine getippt worden. Mit einer Lupe entzifferte Verhoven, dass die Karte in Washington eingeworfen worden war.

Memorial Day – Paul Verhoven hatte gegen Amerikaner gekämpft. Zunächst im Hinterland der Normandie, dann bei der Ardennenoffensive. Das war seine Aufgabe. Warum diese Karte?

Verhoven riss sich von den Gedanken los und fasste den Entschluss, einen Spargelteller mit Schinken in der Seniorenresidenz »Rurgarten« zu essen. Es war 13.30 Uhr, die meisten Bewohner Frühesser, die bereits schlafen würden, sagte er sich. Er nahm den Schlüsselbund, den leichten Trenchcoat und trat in dem Moment aus dem Haus, als auf der anderen Straßenseite ein Mann mit heller Hose, Shirt und Daypack vorbeiging und ihn durch die Gläser der dunklen Sonnenbrille fixierte.

Paul Verhoven ging die 400 Meter zur Seniorenresidenz zu Fuß. Den Mercedes benutzte er kaum, höchstens für Einkaufsfahrten oder eine Tour zum Golfclub.

»Ah, der Herr Verhoven. Haben wir Lust auf Spargel? Schön, Sie zu sehen.«

Immi Schneider redet zu laut, zu oft und zu aufdringlich, dachte Paul Verhoven und knurrte irgendetwas von Spargel, Heinsberg, Jahreszeit und so weiter. Er ging mit schnellem Schritt zum Tisch am Fenster, bevor ihm einer der 70-Jährigen den Platz wegnehmen würde. Verhoven fühlte sich viel jünger als die meisten, die im Speisesaal dämmerten. Er bestellte den Spargelteller und Selters, als Nachtisch Pudding mit Kirschen. Das würde ausreichen. Zur Not würde er am Abend im Golfclub einen Toast Hawaii essen. Essen war ihm nicht wichtig. Es musste sein, damit man die Dinge erledigen konnte, die zu erledigen waren. So hatte er es auch als Soldat gesehen.

»Ist hier frei?«

Peppi Waldmüller, 80, leicht dement, wartete die Antwort nicht ab, sondern setzte sich direkt zu Paul Verhoven.

»Wenn es sein muss«, knarzte Verhoven.

»Schuss, ja, morgens schießen die Jäger im März«, sagte Peppi, der schlecht hörte und wenig verstand von dem, was er hörte.

»Im Herbst, im Herbst wird geschossen«, sagte Paul laut.

»Den März hab ich genossen, ja, ja. Im März, Paul. Im März«, sagte Peppi.

»Was gibt es denn zu essen, Paul?«

»Spargelteller mit Schinken und Kartoffeln. Der ist gut hier!«

»Bier, Bier gibt es nie. Immer nur Tee. Was isst du denn?«

»Spargel, Peppi, Spargel!«

»Ist heute nicht Freitag? Ich dachte, es gibt Fisch?«

»Heute ist Montag und es gibt Spargel mit Schinken.«

»Ah, Schinkenbraten. Den esse ich so gerne, du auch?«

»Ja, Peppi, ja. Schinken und Tannengrün.«

»Grünkohl auch. Ja, schön.«

»Einmal Spargel an Schinken mit Kartöffelchen für den Paul«, die Bedienung brachte das Tellergericht und Peppi sagte: »Ah, Suppe gibt es. Ich nehme eine Suppe, liebe Frau, denn heute ist ja Freitag. Und danach bitte den Sahnepudding und ein Glas vom Rumtopf.«

Peppi versank in einen Zustand der inneren Einkehr. Das würde ungefähr eine Stunde dauern. Paul hatte Ruhe.

RÜCKBLICK:
KEINE KOLLATERALSCHÄDEN

Während Paul Verhoven in stummer Anwesenheit von Peppi Waldmüller den letzten Spargelteller seines Lebens aß, schoss Will Bell einige Aufnahmen des Hauses von Verhoven. Er überquerte den Bahnübergang, um durch die Bahnhofstraße und die Hauptstraße in Richtung Winden zu gehen, wo sein schwarzer Mondeo parkte. Will Bell berechnete die Fakten: Fahrtdauer, Parkmöglichkeiten, Fluchtweg, Eingang, Ausgang. Auch der Mercedes wäre eine Möglichkeit. Will Bell wollte allerdings Kollateralschäden vermeiden, falls er den Plan A umsetzte. Es gab bereits genug Opfer. Um 14.30 Uhr saß er in seinem Mietwagen, hatte eine Coke light in der Flaschenhalterung und verließ Kreuzau in Richtung Nideggen. Selten nahm er denselben Weg zweimal. Alte Routine eines CIA-Agenten.

Um 16 Uhr traf er in Eupen ein. Sein Vater schlief. Der Gang durch Eupen hatte ihn angestrengt. Der Schlaf am Nachmittag war traumlos.

So verlief Montag, der 21. Mai 2012 für Ray und Will Bell. Beide waren angespannt. Beide aus unterschiedlichen Gründen. Sie hatten ihre Pläne. Die wurden spätestens am Dienstagmorgen hinfällig, als Heinz Körfer über den Steg zu seinem Boot wackelte.

DIENSTAG: GOLF UND PATHOLOGIE

Fett und Schmelzer fuhren auf den Parkplatz des Golfclubs »Eifelblick«. Dienstag war traditionell Damentag.
Zahlreiche Cabriolets standen auf dem Parkplatz, Mini-
Cooper und Coupés von Porsche, BMW und Daimler.
Der dunkelblaue Zivilpassat von Fett und Schmelzer
wirkte wie ein Lieferantenfahrzeug. Fetts Alfa Romeo
hätte besser gepasst. Gebräunte Damen schritten dyna-
misch mit ihrem Golfwagen in Richtung Driving-Range
oder Grün. Fett registrierte neugierige Blicke. Er kam sich
vor wie in einer anderen Welt. Gute Laune, Freundlichkeit,
ein herzliches »Hallo« schallte ihm entgegen, während
sich bei Schmelzer der Nahrungsmittelentzug bemerkbar machte. Seine Laune sank rapid. Er wurde stumm
und griesgrämig.

»Wir sollten hier eine Kleinigkeit essen«, sagte Fett zu
dem murrenden Kollegen, dessen Gesichtsausdruck sofort
lebendiger wurde.

»Da vorne ist das Club-Restaurant, mal sehen, was der
Wirt uns erzählen und empfehlen kann.«

Fett schaute einigen Damen nach, die mit ihrer Golf-
ausrüstung zum ersten Abschlag gingen. Die Atmosphäre
sagte ihm zu, die Ruhe, die Natur, die Gelassenheit, die
Freundlichkeit und die Anwesenheit von mehr Frauen
als Männern. So könnte es im Paradies sein, dachte Fett.
Oder im Robinson-Club, schob er nach.

Sie betraten den leeren Speiseraum. Die meisten Flights

waren unterwegs. Einige ältere Damen warteten bei einer Partie Bridge auf die Rückkehr ihrer Freundinnen.

Ein stämmiger Mittvierziger kam zur Theke und stellte sich als der Restaurantpächter Krings vor.

»Es geht um Paul Verhoven«, sagte Fett.

»Ich weiß«, antwortete Krings.

»Woher wissen Sie das denn bereits?«

»Herr König hat mich angerufen und informiert.«

»Was hat er denn gesagt, der Herr König?«

»Nur, dass Paul Verhoven etwas zugestoßen sei und Sie auch zu mir kommen würden. Das war es.«

»Wann haben Sie zuletzt Paul Verhoven gesehen?«

»Gestern Abend bei dem Vortrag. Er kam gegen 17.30 Uhr, unterhielt sich und ging als Erster.«

»Haben Sie mit ihm gesprochen?«

»Ja, gegen 19.10 Uhr, kurz bevor er gehen wollte. Jemand rief für ihn an. Es war eine Frauenstimme mit niederländischem Akzent. Paul Verhoven solle auf den Parkplatz kommen, da würden Freunde von Finni auf ihn warten. Es sei wichtig. Dann legte die Frau auf. Warten Sie, ich habe eine Nummernanzeige.«

Krings gab Fett einen Zettel mit der gespeicherten Telefonnummer.

»Was passierte danach?«, wollte der Kommissar wissen.

»Ich informierte Verhoven über den Anruf. Er fragte, ob das genau so gesagt wurde. Ja, sagte ich. Genau so. Er ging rasch raus durch den Seiteneingang. Ob da jemand auf ihn wartete, kann ich nicht sagen. Ich war hier im Raum beim Vortrag und habe bedient.«

»Wie lange blieben denn die anderen Gäste? Zum Beispiel Herr König.«

»Die meisten bis 21 Uhr. Herr König blieb länger mit dem Referenten hier. Ich glaube, gegen 22 Uhr ist er gefahren. Übrigens steht der Wagen von Paul Verhoven auf dem Parkplatz. Der braune Mercedes hinten links, E-Klasse.«

»Danke. Schmelzer, die Kriminaltechnik soll sich um den Wagen kümmern. Eine wichtige und ganz entscheidende Frage: Was empfehlen Sie uns für einen schnellen Imbiss?«

»Heute, am Damentag, Croque Madame, das geht rasch.«

»Zweimal, bitte.«

Fett und Schmelzer gingen hinaus auf die Terrasse, wo sie die Spielerinnen beobachteten, die gerade am 18. Grün einputteten. Fett war fasziniert. Hochkonzentriert standen die Damen mit dem Schläger in der Hand auf dem Grün. Sanft schoben sie den kleinen weißen Ball ins Loch und umarmten sich am Ende der Runde. Wie aus der Zeit gefallen. Zeitlos, meditativ, naturverbunden. Er baute sich einige Klischees zusammen. Ihm gefiel die sportlich-lässige Stimmung, dieses freundliche Refugium. Ob die Frauen schummelten? Bestimmt. Bei jeder Sportart wurde geschummelt. Die Luft und die Bewegung, das Erzählen und das Lachen, die Einsamkeit vor dem kleinen weißen Ball; Fett war beeindruckt. Er vergaß für einen Moment Paul Verhoven, Obermaubach, Chinatown und Schmelzer. Der war sowieso mit dem Croque Madame beschäftigt. Fett lächelte den Frauen zu, die ihre Ausrüstung zu den Autos oder in die Abstellboxen brachten. Sie lächelten zurück. Ein schöner Moment. Er nahm den Zettel mit der Nummer aus Maastricht zur Hand.

»Finni, eine Nummer aus Maastricht, Freunde? Schmelzer, geben Sie die Nummer an das Sekretariat. Frau Hof soll sich darum kümmern, die kann Niederländisch. Wer ist das, wer wohnt da, wer ist Finni und wer sind die Freunde? Norbert Heinen und seine Kollegen sollen sich in der Nachbarschaft von Verhoven umhören. Ob jemand gestern Abend etwas bemerkt hat in der Zeit von 17 Uhr bis Mitternacht. Ich gehe davon aus, dass er danach tot war.«

Schmelzer rief die Kollegin Gisela Hof an und erhielt erste Ergebnisse und Informationen zum Toten von der Kriminaltechnik:

Verhoven wurde 1926 in Kreuzau geboren. Einzelkind. Vater führte einen Tante-Emma-Laden. Mit 17 ging Verhoven zur Waffen-SS. Er kämpfte in einer Einheit in der Normandie, im Hürtgenwald und bei der Ardennenoffensive. Februar 1945 verletzt und Gefangenschaft. Im März 1945 starben seine Eltern bei der Explosion eines Blindgängers. Er blieb in Kreuzau, half im Leopold-Hoesch-Museum, wurde dort eine Art Registrar und Hilfskurator. Er arbeitete zum Schluss seiner Dienstzeit halbtags im Museum. Es gab Mitte der 70er-Jahre die Anzeige eines Vorgesetzten, eines Heinrich Hubschmid, wegen des Verdachts auf Handel mit Gemälden. Die verlief im Sand. Bevor Hubschmid aussagen konnte, wurde er tot im Mühlenteich gefunden. Unfall oder Selbstmord; das Verfahren wurde eingestellt. Verhoven wurde kommissarisch Registrar. Ansonsten keine Eintragungen. Paul Verhoven sei zwischen 22 Uhr und Mitternacht erschossen und danach in die Rur geworfen worden. Keine Kampfspuren. Er muss an dem Tag Spargel und Schinken gegessen haben, das ergab die Untersuchung des Magens. Interessant sei, dass er Markenkleidung trug. Im Futter des Sakkos waren Etiketten eines niederländischen Anzugmachers aus Maastricht. Die Schuhe seien nicht unter

500 Euro zu bekommen. Mit Blick auf den Zeitpunkt des Todes und die Fließgeschwindigkeit der Rur wurde er in der Höhe einer Rurbrücke, die auf dem Weg nach Kallerbend liegt, in den Fluss geworfen. Die Kriminaltechnik hatte die Brücke aufgesucht und eine alte, davorliegende Brücke entdeckt, die kaum benutzt wurde. Am Geländer hingen Stoffreste von Verhovens Trenchcoat. An der Stelle wurde er in den Fluss geworfen. Interessant war sein Kontostand. Mehrere Sparbücher bei der Sparkasse Düren über zusammen 750.000 Euro. Vielleicht vom Verkauf einiger Grundstücke. Zudem fanden die Kriminaltechniker in der Wohnung hinter einem Bild versteckt einen Tresor. Darin lagen Auszüge eines Kontos bei einer niederländischen Bank in Maastricht. Insgesamt rund 1,5 Millionen Euro. Woher das Geld stamme, war unklar. Es gab häufige Überweisungen in Höhe von rund 50.000 Euro. Die Nachbarn in Kreuzau hätten am Abend einen dunklen Kleintransporter oder Bus gesehen. Im Haus habe Licht gebrannt. Ab ungefähr 22 Uhr sei der Wagen verschwunden gewesen. Im Haus, wie immer um die Uhrzeit, habe kein Licht mehr gebrannt.

»Ein reicher alter Mann wurde erschossen. Warum so ein Aufwand, warum fährt der Mörder tief ins Unterholz und wirft ihn in die Rur?« Schmelzer schaute Fett fragend an.

»Keine Ahnung. Wir müssen uns auf das konzentrieren, was wir haben. Der Anruf aus Maastricht. Frau Hof soll sich drum kümmern.« Fett war zurück in der Welt der Toten. Die lebendigen Frauen im Golfclub verschwanden aus seinem Blick.

Dienstag, 22. Mai 2012, später Nachmittag. Fett und Schmelzer aßen rasch den Croque Madame. Sie fuhren danach über Langerwehe auf die Autobahnauffahrt bei Weisweiler zurück nach Aachen. Fett setzte Schmelzer vor dem Einfamilienhaus am Steppenberg ab. Diesmal ging er nicht mit ins Haus. Er wollte in seine Wohnung am Templergraben, vielleicht eine Runde um den Block gehen, alles sacken lassen. Ein diffuser Fall.

Und zum Friseur muss ich, überlegte Fett, sonst sehe ich aus wie ein Hirtenhund. Er lachte über sich, hupte kurz und winkte Schmelzer zu, dessen Frau gerade die Tür öffnete, im Hintergrund tauchte Justus auf. Fett hatte keine Kinder. Mit Wehmut hörte er Schmelzers Erzählungen über Justus. Er dachte an Iska Sonntag und an Nachkommen. Sie hatten beide den Zeitpunkt verpasst. Fett schaltete das Autoradio ein, um die Gedanken zu verscheuchen. Die Gedanken an ein Leben ohne Kinder. Die Kollegen, die zuletzt den Dienstwagen benutzt hatten, liebten Volksmusik. Fett landete bei den »Kastelruther Spatzen« und der Ankündigung, dass im Anschluss die »Wildecker Herzbuben« für eine Biggi aus Leverkusen aus der CD »Rutsch an meine Seite« singen würden. Er seufzte, schaltete das Radio aus, fuhr rasch zum Präsidium, stellte den Dienstwagen ab und nahm seinen roten Alfa für den Heimweg. Ins Museum wollte er. Mit Iska. Zusammen sahen sie mehr und anders. Er nahm sich vor, in der Wochenzeitung »DIE ZEIT« die aktuellen Ausstellungen nachzuschlagen. Köln, Düsseldorf, Bonn, Aachen, Mönchengladbach. Er würde ihr einen Ausflug vorschlagen.

Kampfradler jagten an ihm vorbei, schossen bei Rot über die Ampel. Es machte ihn kirre. Diese Raserei in der Innenstadt, dazu die Umweltbewussten mit den Kleinkindanhängern am Rad. Er würde die verbieten, wenn er Verkehrsminister wäre. Ein Kniefall vor Grün. Nichts gegen eine Rikscha, aber die Kleinen auf Radkappenhöhe hinter sich herziehen – Lebensgefahr, extrem. Blicke folgten seinem Oldtimer-Alfa, der außer der Form und der Farbe nichts Besonderes hatte. Einfach ein roter Alfa, ohne Sylt- und Sansibaraufkleber, ohne »Bitte ein Bit«, ohne einen Osborne-Stier oder die Nordkurve vom Nürburgring. Zu Alfatreffen fuhr er nie. Dieses Benzingerede langweilte ihn. Luigi, der Mechaniker bei der freien Werkstatt, besaß heilende Hände. Er kannte Fetts Wagen wie seine Kinder. Ohne Luigi hätte Fett längst einen Golf TSI. Mit Luigi blieb der Alfa frisch wie ein junger Stier. Oder so ähnlich. Fett lachte über den Quark, den er über sein Auto dachte und legte von Supermax »Love Machine« in den CD-Player. Er drehte die Bässe hoch.

PLAN B

Will Bell fuhr am Dienstagmorgen mit seinem Vater Ray ins Hohe Venn. Sie nahmen Kurs auf Baraque Michel und Mont Rigi, um einen Blick auf diese seltsame Landschaft zu werfen, in der viele Flüsse der Region entspringen, so auch die Rur. Sie bestellten im Ausflugslokal die Ardenner Schinkenplatte, tranken ein Jupiler, wechselten nur wenige Worte miteinander. Ray Bell war müde, erschöpft, mitgenommen. Die Sweet Afton rauchte er zur Hälfte, drückte sie im Aschenbecher aus. Will Bell brachte den Vater kurz nach Mittag zurück ins Hotel. Der Kranz für den Memorial Day war bestellt, der Anzug gereinigt. Keine Orden. Er war nicht stolz auf sie. Nur froh, dass er überlebt hatte. Das Purple Heart, seine Verwundetenauszeichnung, ließ er im Koffer.

Will Bell verabschiedete sich von seinem Vater. Er wolle einen kurzen Ausflug nach Verviers machen, bog allerdings auf die Autobahn in Richtung Deutschland ab. Gegen 15 Uhr erreichte er Kreuzau. Diesmal parkte er neben einigen Tennisplätzen. Er nahm seinen kleinen Rucksack, setzte die dunkle Sonnenbrille auf, zog eine sandbraune Feldjacke an und marschierte los in Richtung Dürener Straße.

Nach ungefähr 20 Minuten erreichte Will Bell den Bahnübergang, wartete, bis der Zug aus Heimbach vorbeiratterte. Am Haus von Paul Verhoven sah er einen Streifen- und zwei Zivilwagen, die offenkundig zur Polizei gehörten. Surprise, dachte Will Bell, was für eine Überraschung.

Er ging zurück zu seinem Wagen und suchte Erklärungen für den Polizeieinsatz. Egal, was da los war, er würde es herausfinden, spätestens vom Hotel in Eupen aus. Ein paar Klicks auf seinem Computer und er würde wissen, warum sich die Polizei in der Dürener Straße aufhielt. Will Bell fuhr los und warf im Vorbeifahren einen Blick auf das Geschehen am Haus von Paul Verhoven. Er sah einen Kriminaltechniker in weißer Kluft, der etwas aus dem Haus trug. Er überlegte, ob seine Mission bereits erledigt sein könnte.

Im Hotelzimmer wurde seine Vermutung zur Gewissheit. Über seinen Computer und einige Links verschaffte er sich Zugang zum Rechner der Dürener Polizei. Der Name Paul Verhoven tauchte auf: aufgefunden in der Rur am 22. Mai 2012 um circa 9.30 Uhr. Todesart: Kopfschuss. Vermutlich um Mitternacht in die Rur geworfen.

Jemand war Will Bell zuvorgekommen. Er klickte durch das Dossier und fand den Vermerk eines Kommissars Fett aus Aachen: Anruf von Finni Keulers, Montagabend gegen 19.15 Uhr, Anruferin stammt aus Maastricht.

Will Bell gab die Wörter Keulers, Maastricht, Verhoven in seinen Computer ein. Auf seinem Bildschirm tauchten verschiedene Hinweise auf. Einer davon elektrisierte ihn: Ton Keulers, Ehemann von Finni, und Paul Verhoven waren zusammen bei der Waffen-SS; Ton Keulers als SS-Unterscharführer in der Gruppe von Paul Verhoven. Beide hatten überlebt. Und, so sah es aus, Kontakt gehalten.

»Unbelievable«, murmelte Will Bell. »Son of a bitch.«

Er notierte die Adresse von Ton Keulers und googelte den Wohnort: Maastricht, Vrijthof. Der Name ist Programm, dachte Will.

MITTWOCH, 23. MAI:
MAASTRICHTER VERTRÄGE

Mittwoch, 23. Mai 2012. Fett las den Artikel über den Toten von der Rur. Der Journalist hatte kaum recherchiert. Die Todesart wurde aus ermittlungstaktischen Gründen verschwiegen. Es sah so aus, als ob ein alter Mann in die Rur gestürzt und ertrunken sei.

»Mag ik even mit Petro van den Burg praten, met Kommissar Fett uit Aken, politie.« Fett sprach ganz passabel Niederländisch. Er hatte es bei einer Niederlandistin privat gelernt, als er einen Fall in der Grenzregion zusammen mit Kollegen aus Heerlen und Maastricht bearbeitete. Mevrouw Mareike unterrichtete spielerisch. Sie lachten viel, und das kleine Land im Westen von Nordrhein-Westfalen wurde für Fett mit jeder Lektion bunter.

»Met Petro van den Burg.«

»Petro, mein Lieber, hier spricht Michael aus dem schönen Aachen. Ich brauche deine Hilfe, heel snell, ganz schnell.«

»Michael, hoe gaat het met jou, alles gut? Du brauchst meine Hilfe? Na, das muss ja was ganz Besonderes sein.«

»Petro, ich hab hier eine Telefonnummer aus Maastricht von einer Finni Keulers. Sie hat am Montag in Düren einen alten Mann angerufen, Paul Verhoven. Nach dem Anruf ist dieser Paul Verhoven verschwunden. Gestern Morgen wurde er tot in der Rur gefunden. Kopfschuss. Er ist nicht in die Rur gestolpert.«

»Sag bloß. Niet möglich. Oude Mann. Was sollen wir tun?«

»Ich möchte Finni Keulers sprechen. Wir müssen wissen, was sie Paul Verhoven am Montagabend gesagt hat. Denn danach wurde er nicht mehr gesehen.«

»Finni Keulers, ik keek even, ich schau mal, also Finni Keulers, die wohnt dicht bei der Vrijthof, vornehm. Moet, muss eine Menge Geld hebben.«

»Petro, wir sind in 30 Minuten bei dir. Können wir gemeinsam zu ihr fahren? Es ist wichtig.«

»Ja, goed. Dat kann. Ik moet even keeken, ich schau, dass sie auch da ist. Ich schicke einen Beamten hin. Okay?«

»Bedankt vielmals, Petro.«

»Schmelzer, auf nach Maastricht. Petro van den Burg lädt uns zu einem kopje koffie ein.«

»Kopje was?«

Schmelzer hatte einen harten Abend hinter sich. Zuerst die Versammlung der Eltern im Kindergarten. Auf der Tagesordnung stand ›Vegetarisches Essen‹. Er hielt es kaum aus. Morgens die Wasserleiche, mittags König, die Tante aus dem Museum, dann der Pächter, dann Aachen und zum Schluss, fast zum Schluss, der Elternabend. Die Mutter des kleinen Lukas, Charlotte Stollenwerk-Klöser, erklärte die Vorteile der vegetarischen Ernährung für die kindlichen Synapsen. Sie hatte alle Zeitungen und Journale zum Thema ›Kleinkinder vegetarisch erziehen‹ abonniert und eine Ausbildung als systemische Beraterin für nachhaltige Ernährung an der Zukunftsakademie in Nonnenbach als Jahrgangsbeste abgeschlossen. Privatakademie, Ehemann Dieter, Bauinvestor, zahlte den Kurs. Er nannte es Lottes Vegan-Schnickschnack. Und so bekehrte sie im Alltag ihre Zuhörerinnen aus dem Ladies Circle, wenn sie nicht ihren Jeep, Dienstwagen von Dieter, hin und her bewegte.

Charlotte Stollenwerk-Klöser ergriff das Wort:

»Wir müssen unsere Kinder ganzheitlich sehen. Mit Achtsamkeit, Dinkel- und Chiabrot. Das müssen wir zusammendenken. Bionade und Chiabrot, das ist so wichtig für unsere Liebsten. Ich habe das studiert. Ich weiß, wovon ich rede. Fleisch gehört der Vergangenheit an, liebe Eltern. Glauben Sie mir. Fasten ist beispielsweise eine Kunst der Erleichterung. Sie reduzieren das Essen und fühlen sich danach leichter. Sie spüren die Heilkraft im Sonnengeflecht. Wir werden glücklichere Kinder haben. Einen runden Tisch zur systemischen Ernährung, das schlage ich vor. Teilhabe, Teilhabe ist ganz, ganz wichtig. Spüren Sie das. Ganzheitlich denken, Dinkelbrot ...«

Sie hatte den Faden verloren und bedauerte, dass Ehemann Dieter ihre Ansprache nicht hörte. Dieter saß im Sauerbratenpalast vor einer XL-Portion und trank mit Kunden ein Bierchen. Aber das musste Charlotte nicht wissen.

Schmelzer hob die Hand und beantragte die Begrenzung der Redezeit pro Person auf zwei Minuten. Er wolle ein UEFA-Pokalspiel anschauen, ja, er sei da altmodisch. Er würde beim Spiel nichts anderes als Käsewürfel mit Traube obendrauf essen. Und Honiggurken. Großes Schweigen. Niemand hatte so eine Äußerung vom ruhigen Bernd Schmelzer, dem lieben Papa von Justus, erwartet. Die Mutter von Lisa prustete los und meinte, dem könne sie zustimmen. Schmelzer fühlte sich geschmeichelt, denn seine eigene Frau, die vegane Anne, blitzte ihn scharf an und zischelte schneidend: »Das ist kein Spaß, Bernd. Hier geht es um mehr.«

»Bestimmt«, sagte Bernd Schmelzer und verabschiedete sich kopfnickend. Er schaute zu Charlotte Stollenwerk-Klöser, hob den rechten Daumen und nickte ihr aufmunternd zu. Sie strahlte wie der Bhagwan selig in Poona und versuchte eine völlig missglückte indische Dankbarkeitsbezeugung oder so ähnlich.

Daheim folgte später ein wohltemperierter Streit über gesunde Ernährung, den Wert von Dinkelbrot und Urban Gardening. Bernd Schmelzer war bedient.

»Ich soll dieses Trümmerteil von Grünfläche mit dem Scheißbaum vor unserem Haus, wo niemand vernünftig parken kann, mit Möhren und Radieschen zupflastern, damit der Köter von Böttchers da morgens in aller Seelenruhe und gekitzelt vom saftigen Grün der Möhrenblätter sein Geschäft machen kann. Vielen Dank. Ich gehe zu Aldi, REWE und wenn es sein muss zu Lidl am Ende der Stadt. Den Zirkus mache ich nicht mit! Und auf diese Elternabende verzichte ich.«

»Mein lieber Bernd, deine Currywurstorgien mit Kollege Fett stinken mir schon lange. Ihr beide werdet nicht nur immer fetter, der Name sagte es, auch kurzatmiger und am Ende impotent.« Das saß. Schmelzer schaute sie prüfend an.

»Mir vergeht die Freude am Leben, wenn ich vor jedem Biss einen VHS-Ernährungskurs besuchen muss. Ich bin so konditioniert seit dem Holozän, und das hast du gewusst, als wir uns kennenlernten. Oder habe ich dich ständig zu Reisbällchen an Seetang eingeladen? Zu Sojapaste an Knäckebrot, Reiswaffeln mit Pinienpesto? Nein, wir waren im »Dinosaurus«, und das Zigeunerschnitzel hat dir geschmeckt. Da durfte man noch Zigeuner sagen. Ist jetzt auf dem Index. Servus!« Er knallte die Tür. Anne wurde ihm unheimlich mit ihrem Achtsamkeitsgerede, Yoga, Bioladen, Urban Gardening, Reiki, Teilhabegedöns und Resilienzgeschwafel. Wenn sie Justus so erzog, konnte der bereits jetzt eine Lehrstelle als Mormonen-Gärtner reservieren. Super. Justus saß derweil mit einer Bockwurst in seinem Zimmer und schoss auf Moorhühner. Mit Erfolg.

Kopje koffie. Auf nach Maastricht, dachte Schmelzer. Sie nahmen diesmal den dunkelroten Ford Focus. Fett und Schmelzer fuhren zum Politiebureau Maastricht Centrum-Zuid, wo Brigadier Petro van den Burg vor der Tür auf sie wartete. Der drahtige Petro. Kleiner als Fett, schwarze Haare, wache Augen. Auf ihn konnte man sich verlassen. Petro hielt alle Versprechungen und war gerne bereit, den Tag mit einem guten Abendessen und einem Genever abzurunden. Dabei nahm er nie zu. Petro hatte die Formel für ewige Schlankheit entdeckt, nach der Fett seit Jahren suchte, auch wenn er seinem Nachnamen nicht entsprach.

»Ik heb uw, also ich habe euch schon gesehen auf die Monitore. Wir haben alles unter Kontrolle. Welkom in Limburg, welkom in Maastricht.«

»Danke, Petro. Du bist eine große Hilfe. Auf zu Finni Keulers.«

»Verrassing, wie wir Niederländer sagen. Lieber Michael, da gibt es eine große Überraschung.«

»Sag nicht, Finni Keulers ist mit dem Königshaus verwandt.«

»Ton Keulers, der Ehemann von Finni Keulers, ist auch ein oude Mann, ein alter Mann. Er ist 85. Oude jong, wie wir sagen. Der Ton Keulers, der war Soldat im Krieg. Aber nicht bei die niederländische Armee.«

Fetts Gesichtsausdruck veränderte sich rapide, und auch Schmelzer hörte so aufmerksam zu wie bei einem Vortrag über die Bedeutung von Fleisch für Kleinkinder.

»Er war in die Waffen-SS.«

Es rauschte in den Köpfen von Fett und Schmelzer. Petro war zu ihnen in den Wagen gestiegen. Sie fuhren los.

»Es gab Freiwillige in die Niederlande. Freiwillige für die SS. Ton Keulers war in der 27. SS-Freiwilligen-Grenadier-Division ›Langemarck‹. Wurde in die SS-Division ›Hohenstaufen‹ versetzt und hat bei der Ardennenoffensive gekämpft. Irgendwo bei Malmedy in einer Einheit mit SS-Nachwuchs oder so. Aufpassen, bitte. In den Unterlagen zu seiner SS-Vergangenheit taucht auch der Name Paul Verhoven einmal auf.«

»Verdammt«, Fett war total wach, »haben wir hier eine Verschwörung von alten Kameraden oder was ist hier los? Das stinkt gewaltig.«

»Das ist nicht alles«, Petro fuhr fort, während sich der Wagen dem Vrijthof näherte, der voller Menschen war. Am nächsten Abend würde André Rieu ein Konzert geben, jedenfalls waren die Fans von Passau bis Flensburg und von Hilversum bis Utrecht bereits da.

»Ton Keulers, der alte Mann, hat ein Problem. Er braucht, wie sagt man, Stoff, Rauschgift oder Morphium. Er ist uns aufgefallen, als er diese harte Drogen kaufte bei einem Dealer. Ton Keulers hatte ganz schön viel Geld dabei für so eine alte Mann. 5.000 Euro in bar. Wir haben ihn in unsere Datei vom Drugdezernat, Rauschgift.«

»Das wird ja immer toller«, Schmelzer schaute auf die Schwertransporter, die die Bühne für André Rieu auf den Platz brachten.

»Da sind wir, da wohnt Finni Keulers. Ton Keulers ist nicht gesehen worden. Vielleicht sitzt er in eine Coffeeshop und lächelt den ganze Tag.«

Er klingelte, und nach wenigen Sekunden fragte eine Frauenstimme, wer denn da sei.

»Politie Maastricht, even openen alstublieft, bitte aufmachen!«

Finni Keulers, Anfang 70, sehr blond und mit sehr viel Gold geschmückt, öffnete die Tür und war überrascht, Besuch von drei Polizisten zu bekommen.

FINNI KEULERS

»Mevrouw Keulers, met Petro van den Burg, Politie Maastricht, das ist mein Kollege Fett, Kriminalpolizei Aken und Kollege Schmelzer. Wir hebben da ein paar Fragen.«

»Oh, Aken, welkom. Bitte, isch kann etwas Deutsch. Sagen Sie, um was geht es. Mein Mann Ton ist nicht da. Vielleicht kann er helfen. Bitte.«

»Frau Keulers, kennen Sie Paul Verhoven?«

Finni Keulers schluckte und fuhr mit der rechten Hand an die dicke und schwere Goldkette, die sie um den Hals trug.

»Paul, ja, den kenn ich. Paul Verhoven. Was ist denn mit Paul? Ist etwas passiert mit Paul?«

»Frau Keulers, haben Sie Paul Verhoven am Montag- abend in Düren angerufen?«

»Angerufen, den Paul, ich. Ja, ja. Ich habe ihn kurz angerufen den Paul.«

»Worüber haben Sie denn mit ihm gesprochen?«

Fett fragte hartnäckig, während Schmelzer die Woh- nungseinrichtung anschaute. Petro van den Burg hörte zu, ihm war das Verhör unangenehm, denn abgestimmt mit der Staatsanwaltschaft war das alles nicht. Nun ja, Mord, Gefahr im Verzug, er würde eine Begründung finden.

»Gesproken. Wir kennen uns. Wir haben ein beetje gesproken. Dat kann doch. Oder?«

»Mevrouw Keulers, Paul Verhoven, Paul ist tot.« Petro sah sie aufmerksam an. »Absolut tot. Zegt ma, worüber haben Sie mit ihm gesproken?«

»Wie tot? Paul tot. Dat kann niet. Nee.«

Finni Keulers setzte sich rasch auf das pseudoantike Sofa, plötzlich schossen Tränen aus den Augen. Der schwarze Lidschatten löste sich auf in einem Meer aus Tränen. Sie flossen auf den weißen Stoff. Petro reichte ihr ein Taschentuch.

»Het is van belang. Es ist wirklich wichtig. Helfen Sie uns. Wir suchen den Mörder von Paul Verhoven. Er ist ermordet worden. Das ist sehr, sehr schlimm. Und es tut mir auch leid. Was haben Sie zu ihm am Telefon gesagt? Wie gut kannten Sie Paul?«

»Ton, ik moet even warten, muss warten, bis Ton kommt. Bitte, alstublieft. Ton. Ermordet, Paul. Nee, dat kann niet.« Sie schluchzte und schien nahe einem Nervenzusammenbruch. Das fehlt noch, dachte Fett. Auch Petro schaltete um. Einen Krankenwagen konnte er in diesem Moment nicht gebrauchen. Das wird Ärger geben, verdammter Mist.

»Hebt uw kinderen, haben Sie Kinder, mevrouw Keulers?«

»Ja, ik heb Anna, Anna lebt in Amsterdam. Sie studeert noch was. Anna ist 30 Jahre alt. Paul. Ton. Als Ton kommt ...«

Sie konnte die Tränen nicht zurückhalten. Es muss mehr als ein loser Kontakt gewesen sein.

»Jammer, mar, aber Finni, ik moet even weten, ich muss wissen, was Sie Paul gezeggt hebben. Wir wollen doch den Mörder finden. Sie doch auch, Finni.«

Sie schluchzte, und auf die Goldkette tropften die Tränen. Das Sofa ist hin, dachte Fett. Er wurde den Verdacht nicht los, dass hier Geheimnisse schlummern.

Schmelzer betrachtete aufmerksam Fotos auf der Anrichte. Alle in Goldrahmen. Alte Männer, manchmal Finni Keulers, Finni Keulers mit ihrer Tochter Anna, so vermutete er. Ein Porträt von Anna vor einem Museum. Bernd Schmelzer verzog die Stirn. Die junge Frau hatte er gerade erst gesehen.

»Chef, schauen Sie kurz. Verhoven hatte zu Hause ein Bild mit ihr. Ich habe es gestern Morgen gesehen, liegt im Büro.«

»Frau Keulers, Anna kannte Paul Verhoven, nicht wahr?«

Finni Keulers war reichlich durcheinander. Sie nickte kurz und wollte nichts mehr sagen. All die Geheimnisse, all die Jahre mit Ton, Anna und Paul. Sie schwieg. Sie war noch nicht so weit. Sie wollte noch nicht so weit sein, denn Finni Keulers konnte gut weinen, wenn es sein musste.

»Wo ist Ihr Mann und wann kommt er zurück?« Fett wurde langsam ungehalten.

»Ton, Ton moet even nach Reims fahren, also er ist nach Reims.« Sie würden es ja eh herausbekommen, dachte Finni, sollen sie es halt wissen.

»Was tut er in Reims, warum ist er gefahren?«

»Er bezoekt eine alte Freund, den Pierre. Das macht er. Man moet doch, man muss doch Freundschaften pflegen. Gestern rief der Pierre an, gestern Mittag. Er soll doch helfen dem Pierre. Und heute ist Ton los. Er will noch etwas angucken unterwegs. Ja, er ist los so gegen neun Uhr. Er will bei Pierre übernachten, sagte Ton.«

Langsam bekam sich Finni Keulers ein und sortierte die Gedanken.

»Geben Sie uns den Namen und die Adresse des Freundes, Frau Keulers.«

Sie notierte den Namen Pierre Bonnet, Rue du Président Franklin Roosevelt, Reims.

Petro nahm Michael Fett auf die Seite.

»Michael, wir müssen die Staatsanwaltschaft einschalten. Wenn wir weiter ohne grünes Licht von oben zusammenarbeiten, werden die Aussagen später nicht verwertet. Sie darf auch einen Anwalt anrufen. Wir müssen aufpassen.«

»Stimmt. Aber wir haben nichts. Außer dem Foto, das zeigt, dass Paul Verhoven Anna Keulers gekannt hat.«

»Mevrouw Keulers, kommen Sie bitte morgen früh um neun Uhr in das Kommissariat neben der Provinzregierung, Sie wissen, Randwyck. Wir müssen Ihre Aussagen zu Protokoll nehmen. Sie können einen Anwalt mitbringen.«

Finni Keulers nickte leicht mit dem Kopf, der Goldschmuck am Hals verrutschte, als sie aufstand.

»Ja, bedankt. Ik moet even, ich muss nachdenken. Danke. Auf Wiedersehen.«

»Frau Keulers, durch Ihren Anruf verließ Paul Verhoven den Golfclub. Woher hatten Sie die Telefonnummer?«

»Ja, ja. Ik heb, ich habe nur gesagt, Finni, da war eine andere Mann an die Apparat. Nummer heb ik von die Paul. Ich kann mich nicht erinnern. Auf Wiedersehen.«

Petro drängte auf Aufbruch. Die Kommissare verließen das Haus und gingen über den Vrijthof in Richtung Dienstwagen.

»Wir setzen uns kurz da vorne in das Café, Michael. Lass uns das besprechen. Ich habe kein gutes Gefühl.«

Die Glocken der Kirchtürme von Maastricht schlugen zwölf Uhr. Sie hatten vor ungefähr einer Stunde von Finni Keulers nur erfahren, dass Ton auf dem Weg nach Reims war.

»Wir fahren zurück nach Aachen, Petro. Wir müssen alle Informationen durchgehen. Vielleicht haben wir etwas übersehen. Ich melde mich heute am Nachmittag bei dir. Ansonsten hoffen wir, dass Finni Keulers morgen gesprächiger ist. Was hat sie gesagt? Warum hat sie es gesagt? Wie gut kannte sie Paul Verhoven? Hat sie es im Auftrag von jemandem gesagt? Wir wissen es nicht. Vielleicht morgen.«

Sie trafen gegen 12.30 Uhr an diesem Mittwoch im Polizeipräsidium in Aachen ein.

Petro fuhr zurück in sein Büro, als gegen 12.15 Uhr an diesem Mittwoch ein Anruf aus Reims durchgestellt wurde. Ein Anruf mit einer Vorgeschichte.

RÜCKBLICK: DIENSTAG, 22. MAI, CHAMPAGNE UND DOM PERIGNON

Am Dienstag, dem Tag, an dem Paul Verhoven im Stausee von Obermaubach neben dem Plastikschwan dümpelte, fuhr Pierre Bonnet, der alte Freund von Ton Keulers, wie jeden Dienstag von Reims nach Hautvillers, einem malerischen Ort in der Champagne, um in der Abtei am Grab von Dom Perignon, dem Benediktinermönch, eine Kerze aufzustellen. Dem Abt verdankte die Champagne den Champagner und damit eine Weltmarke mit der Lizenz zum Gelddrucken, von der Pierre Bonnet ganz gut lebte. Er hatte einige Weinberge geerbt, andere geschickt hinzugekauft und alle erfolgreich verpachtet. An Geld mangelte es nicht. Pierre Bonnet, Jahrgang 1926, parkte seinen alten Renault Espace in der Nähe der Abtei, um im Anschluss an die rituelle Dankeskerze ein üppiges Mittagsmahl schräg gegenüber im Restaurant einzunehmen. Pierre Bonnet war nicht mehr gut zu Fuß. Er benutzte einen Stock, der Rücken schmerzte, Augen und Kopf waren klar. So ging er, auf den Stock gestützt, leicht bergan. Ab und an machte er eine Pause, atmete tief durch und dachte über den Champagner, die Kunst und das Leben nach.

Pierre Bonnet stammte aus einer konservativen Familie. Die Namen Charles Maurras und Maurice Barrès hatte er in seiner Kindheit fast täglich gehört. Maurras, ein glühender Nationalist, der am Ende des Zweiten Weltkriegs wegen Kollaboration verurteilt wurde, Barrès, ein Schriftsteller der nationalen Rechten, der bereits zur Zeit der Affäre Dreyfus durch antisemitische und antidemokratische Texte aufgefallen war. Pierres Vater, ein Galerist, der vornehmlich Landschafts- und Historiengemälde verkaufte, hegte große Sympathie für die beiden – und für den Führer. Als im Frühjahr 1943 auf dem Truppenübungsplatz Mailly-le-Camp, in der Nähe von Reims gelegen, die 9. SS-Panzer-Division »Hohenstaufen« Quartier nahm, stand der 17-jährige Pierre fast täglich am Rande des Übungsplatzes und bewunderte die Soldaten in den schwarzen Uniformen mit dem Totenkopf auf der Schirmmütze und den SS-Runen am Kragenspiegel. Er lebte bei seiner Großmutter in diesen Frühjahrstagen, um nicht als Zwangsarbeiter von der Straße weg nach Deutschland verpflichtet zu werden. Die Faszination der schwarzen Uniformen war groß. Zunächst meldete sich Pierre Bonnet ohne Wissen seiner Eltern für die 33. Waffen-SS-Grenadier-Division »Charlemagne«. Rasch wurde er der 28. SS-Freiwilligen-Panzergrenadier-Division »Wallonien« unter dem belgischen SS-Standartenführer Léon Degrelle überstellt, bevor er in die 9. SS-Panzerdivision »Hohenstaufen« versetzt wurde, die zur Auffrischung im Sommer 1944 in Südfrankreich stationiert war. Er kam in die Gruppe des Standartenjunkers Verhoven. Im Dezember 1944 kämpften sie in einer Kampfgruppe bei der Ardennenoffensive in vorderster Front gegen die Amerikaner. An seiner Seite Ton Keulers, der recht gut Französisch sprach. Sie stürmten los beim Gegenangriff. Verhoven trug den Flammenwerfer, denn er konnte am besten mit dem Ding umgehen.

Im Chaos der letzten Kriegstage warf Pierre Bonnet seine schwarze Uniform weg. Er fand in der Nähe eines

Konzentrationslagers Häftlingskleidung und wurde als ein politisch internierter Franzose von den Amerikanern aufgegriffen. Im Freudentaumel der bedingungslosen Kapitulation Deutschlands tauchte Pierre unter und machte sich auf den Weg zurück nach Reims. Zu seinem Glück war die Tätowierung seiner Blutgruppe ausgesetzt worden. Er wurde nicht als SS-Mann identifiziert. Seinen Eltern, die kurz nach dem Krieg starben, tischte er eine andere Geschichte auf, die Geschichte vom Zwangsarbeiter Pierre Bonnet, der in Deutschland in einer Fabrik gearbeitet hatte.

Pierre Bonnet betrat leicht verschwitzt die Abtei von Hautvillers und zündete eine Kerze an. Er atmete tief durch, dankte dem Herrgott, den Engeln, der Jungfrau Maria und allen anderen Beteiligten für das Leben, das er nach Ende des Zweiten Weltkriegs führen durfte. Und er dankte sich selbst, lächelte über seinen Geschäfts- und Spürsinn, dass er zur richtigen Zeit am richtigen Ort war, nämlich in der Galerie seiner Eltern. Eine Klitsche. Sein Vater hatte keinen Geschäftssinn. Den hatte er, Pierre, und er vermehrte das Erbe mit Raffinesse und Skrupellosigkeit.

Pierre Bonnet wandte sich den großen Gemälden im Mittelschiff zu, die er als Galerist eher abschätzig beurteilte. Das war nichts. Rien. Absolument rien. Bereits Ende 1945 leitete er die Galerie, schmiss den Laden, führte die Gespräche, machte die Preise. Als die Eltern Ende 1946 infolge einer Infektion starben, übernahm Pierre Bonnet das Geschäft und die Weinberge. Seine Auktionen liefen wie geschmiert. Wer Schwarzgeld hatte, steckte es oft in Kunst, die Wertsteigerung versprach; bessere Zinsen als die Banque nationale de Paris anbieten konnte.

Er verließ die Abtei erfrischt, geistig gestärkt und machte sich auf den Weg zum Restaurant, ein Stück bergauf gelegen. Kräftig bohrte sich sein Krückstock in die Kieselsteine des Weges, der gerade frei war von Gästen, Touristen und Gläubigen. Da spürte er einen Stich am Hinterkopf, ein Schlag, hörte schwach Getrappel von Schritten und wurde in einer leeren Lagerhalle irgendwo am Ortseingang von Verzenay wach. Seine Augen waren verbunden, er saß gefesselt auf einem Stuhl, nahm verschiedene Geräusche wahr, irgendwo musste eine Straße sein, er hörte Motoren.

»Monsieur Bonnet, Sie rufen sofort Ton Keulers an. Ihren alten Freund in Maastricht. Er soll morgen, am Mittwoch, um 20 Uhr zum linken Eingang des Cinéma Opéra in Reims kommen und da reingehen. Es ist dringend. Wenn er nicht kommt, fliegt alles auf, seine Tochter Anna bekommt Probleme und Sie sind ein toter Mann. Compris?«

Pierre Bonnet hatte verstanden. Er ahnte, dass jemand sprach, der mehr wusste, viel mehr.

So hörte Ton Keulers am Dienstag die Stimme von Paul Bonnet aus der Lagerhalle von Verzenay. Ton verstand, dass alles auf dem Spiel stand, dass Anna bedroht war. Alles, was er sich mit Pierre und Paul aufgebaut hatte, war in Gefahr. Eine neue, ihnen unbekannte Macht hatte Informationen und drohte. Gefahren muss man sich stellen, das wusste Ton Keulers. An Mut und Draufgängertum mangelte es ihm nicht. Das hatte er in der SS gelernt.

NICHTS FÜR BOCUSE:
OMELETTE UND COQ AU VIN

An diesem Dienstagmittag schwitzte Louis David auf der großen Runde. Er saß im FC Paris Saint-Germain-Trikot mit kurzer Hose auf dem Bock seines Renault-Sattelschleppers, fuhr verschiedene Champagner-Güter auf der Strecke von Reims nach Epernay an und lud Paletten mit frischem Champagner auf. Der Streit mit Odile, seiner Partnerin, saß ihm in den Knochen. Zum Frühstück fing sie wieder an. Er trinke zu viel. Was denn zu viel sei, fragte er. Er brauche nach der anstrengenden Arbeit eben ein Bier. Ein Bier, sie lachte ihn aus.

»Jeden Abend taumelst du betrunken an. Wann hatten wir zuletzt Sex? Du bist ein Schlappschwanz, Louis. Trink mit deinen Kumpels. Du Held der Landstraße.«

»Halt die Klappe! Ich schaff die Kohle ran. Madame schläft bis Mittag, dann Carrefour, dann Zara, dann Fernsehen. Ich reiße die Kilometer runter. Du, du kriegst noch nicht mal ein Omelette hin. Von Coq au Vin ganz zu schweigen. Den Fertigscheiß kann ich nicht mehr sehen, Madame Mikrowelle!«

»Danke, Monsieur Coq au Vin. Kümmer dich um deinen eigenen Coq oder treibst du es mit den Bistrotanten unterwegs? Wenn der liebe Louis kommt und wieder eine Flasche Champus springen lässt? Sonst springt bei dir nichts mehr. Rien! Tote Hose!«

»Das reicht. Es gibt genug Frauen da draußen, die mir

gerne ein Omelette machen, ja, ein richtiges. Und jetzt hole ich mir eins. Deine Fertigscheiße kannst du alleine mampfen.«

»Dann lass dir doch ein Omelette backen! Ich scheiß auf dein Omelette und ich scheiß auf deinen schlappen Coq au Vin!«, schrie Odile.

Louis schlug mit der Faust auf den Tisch. Salz- und Pfefferstreuer in den französischen Nationalfarben machten einen Satz, drehten sich kurz in der Luft und krachten auf die Kacheln des Küchenfußbodens. Peng. Kaputt.

»Das war ein Geschenk von Mama!« Odile blickte auf die Scherben der Keramikstreuer made in China.

»Die mochte ich noch nie!« Louis hasste diese Streuer, viel zu kleine Löcher und von der Schwiegermutter.

Er knallte die Tür und dampfte ab ins Bistro »Grand Café« an der Ecke. Diese Meckerei, dieses ewige Nörgeln, diese dauernde Kritik, immer ging es nur um sie, neue Schuhe, neue Kleider, neue Möbel, neue Fertiggerichte.

»Salut, Louis. Comme toujours? Wie immer?", begrüßte ihn Aurélie, die freundliche Kellnerin.

Louis David nickte, und rasch kam seine Lieblingskombination auf den Tresen. Das Omelette bestellte er später. Nach reichlich Pernod und zahlreichen »Kronenbourg 1664« wankte er in die Wohnung und ratzte auf dem Sofa. Louis David, 38, fuhr seit über zehn Jahren den Sattelschlepper der Spedition »Rapide«. Er musste früh raus, um die Tour zu schaffen. Seit die reichen Russen den Champagner entdeckt hatten, rollten der Rubel und der Euro. Noch mehr Touren, vite, vite, schnell, schnell. Der Disponent der Spedition baute den Fahrplan immer dichter getaktet. Kaum Ruhezeiten. Vite, Louis! Champagner für Moskau!

Bereits beim ersten Lieferanten in der Champagne, westlich von Reims, trank er nicht nur Mineralwasser. Louis konnte nicht widerstehen. Der Streit, der dauernde Ärger; höchstens das eine Glas. Er war ein guter Fahrer, beliebt bei Kunden und Kollegen. Würde schon klappen. Es blieb nicht bei einem Glas. Sein Zeitplan geriet außer Kontrolle, so wie Louis David und sein 44 Tonnen schwerer Sattelschlepper. Er schwitzte, der CD-Player war voll aufgedreht, um ihn wach zu halten. Johnny Hallyday sang sich die Seele aus dem Leib. Louis wollte pünktlich in Verzenay ankommen. Die letzte Ladung für heute und dann retour zur Spedition. Er sah bereits den Leuchtturm am Ende des Ortes, ein Leuchtturm mitten in den Reben. Merkwürdig, darüber hatte er sich nie Gedanken gemacht. Warum hier ein Leuchtturm mitten in den Feldern stand. An der Mühle, kurz vor Verzenay, schaltete er einen Gang runter und gab Vollgas, um mit Schwung in den Ort einzubiegen. Es war kurz nach 13 Uhr.

Louis David nahm zu viel Schwung. Seine Ladung verrutschte, er hatte einige Paletten nur lose befestigt. Der 44 Tonnen schwere Sattelschlepper Renault Magnum driftete nach rechts. Ehe Louis reagieren konnte, durchbrach er die Mauer eines verlassenen Hofes und rammte die Wand einer alten Lagerhalle, die nicht viele Umstände machte und einfach zusammenbrach. Der Auflieger kippte um, das Dach der Halle rauschte auf den Champagner und Louis David sah zuletzt eine Wolke von Staub und Dreck, bevor er das Bewusstsein verlor. Omelette – das Wort schoss ihm noch durch den Kopf.

In der Halle saß Pierre Bonnet auf einem Stuhl, ein frisches Einschussloch in der Stirn. Überrascht von dem einbrechenden Louis David, waren der oder die Täter durch den hinteren Ausgang der Halle geflüchtet. Louis David hatte sie nicht erwischt. Er hing über dem Lenkrad, während mindestens 15 verschiedene Champagnersorten den Hallenboden rund um Pierre Bonnet in ein Champagnerbad verwandelten. Ein letzter Gruß von Dom Perignon. Mit lautem Getöse brach der Rest der Halle zusammen. Ein Gewirr von Stahl, Beton, Champagner. Ab und an knallte ein Korken, denn diese Rüttelpartie waren die Flaschen nicht gewohnt. Fast konnte man meinen, im Schutt tobe eine Schießerei.

Pierre Bonnet und Louis David lagen in diesem Schutt, Dreck und auslaufenden Champagner, bis die Freiwillige Feuerwehr von Verzenay anrückte. Gegen 14 Uhr befreiten sie Louis David aus seinem zerstörten Fahrerhaus und fuhren ihn mit Blaulicht nach Reims ins Hospital. Er war schwer verletzt, würde aber, einer ersten Diagnose zufolge, überleben. Alkoholgehalt zwei Promille. Die Reste der Lagerhalle, die noch standen, wurden stabilisiert. Außerdem kontrollierten die Pompiers, die Verstärkung aus Reims erhalten hatten, ob Gas- oder Elektroleitungen durch den Unfall betroffen waren. Der Feuerwehrmann Jean-Luc Reveau, der in das Trümmerchaos kroch, fand gegen 14.50 Uhr einen aus dem Schutt herausragenden Fuß. Er forderte Verstärkung an. Um 15.10 Uhr befreiten sie den toten Pierre Bonnet aus dem Dreck. Gefesselt an einen Stuhl und mit einem Einschussloch in der Mitte der Stirn, lag er nun abseits der eingestürzten Halle. Der Einsatzleiter, André Lang, verständigte sofort die Kriminalpolizei, denn hier endete die Arbeit der Kollegen von der Abteilung Verkehr. Das Kriminalkommissariat in Reims wurde infor-

miert. Catherine Kaufmann hatte Dienst im Commissariat Central de Police von Reims, Boulevard Louis
Roederer.

CATHERINE KAUFMANN
UND DIE SEKUNDENLIEBE

Catherine Kaufmann, 42, geboren in Straßburg, leitete seit fünf Jahren die Mordkommission von Reims. Zusammen mit ihrem 40-jährigen Kollegen Luc Arbogast erreichte sie um 16 Uhr die Lagerhalle in Verzenay, diesen Haufen Schutt und Champagner. Sie näherte sich mit ihren grünen Coq Sportif Sneakern dem Opfer Pierre Bonnet. Ihre kurzen blonden Haare leuchteten in der Nachmittagssonne, unter der dunkelblauen Jeansjacke war die Neun-Millimeter-Glock 19 Pistole im Holster deutlich zu sehen. Sie grüßte die Polizisten der Gendarmerie, die Feuerwehrleute und ließ sich von dem Geschehen und dem Fund berichten. Die Kollegen der Kriminaltechnik untersuchten bereits vor Ort. Dr. Henri Lamartine berichtete den Sachstand.

»Er ist erst vor wenigen Stunden erschossen worden. Kurz bevor der Lastwagen in die Halle donnerte. Wahrscheinlich Kaliber 7,65 Millimeter. Keine Spuren von Misshandlungen, ein kleines Hämatom auf dem Hinterkopf. Vermutlich wurde er niedergeschlagen und in die Halle gebracht. Er trug Papiere bei sich, und unter dem Stuhl lag dieses Mobiltelefon mit großen Tasten. Pierre Bonnet aus Reims, 86 Jahre. Von den Tätern keine Spur.«

»Merci, Henri. Wir nehmen alles mit. Vor wenigen Stunden. Hat irgendjemand was gesehen? Sind die Anwohner befragt worden?«

»Die Gendarmerie hat alles abgesperrt und die Nachbarn befragt. Nur ein Pensionär, der dort drüben wohnt, hat einen schwarzen Kleinbus beobachtet, der kurz nach dem Aufprall des Sattelschleppers mit großem Tempo wegfuhr. Das ist alles.«

Catherine Kaufmann betrachtete Pierre Bonnet, der eben erst eine Kerze für Dom Perignon angezündet hatte. Sie brannte noch, während der alte Pierre Bonnet in einen Plastiksack gelegt wurde. Die Zeit lief. Die Täter hatten ungefähr vier Stunden Vorsprung. Genug Zeit, um in Paris oder anderswo unterzutauchen.

»Luc, alle Kameras in der Umgebung prüfen. Vielleicht sind die Flüchtenden zu schnell gefahren. Die Bewohner entlang der Hauptstraße befragen. Das Handy auswerten, Personendaten kontrollieren: Hatte Pierre Bonnet ein Auto? Gibt es Verwandte? Das volle Programm. Warum wird ein 86-Jähriger mittags in einer Lagerhalle in Verzenay hingerichtet? Ich will alles über Pierre Bonnet erfahren.«

»Wird gemacht. Wir treffen uns um 17.30 Uhr im Commissariat.«

Die Auswertung der Radarfallen ergab nichts, einige Anwohner hatten einen schwarzen Kleinbus gesehen, zu Kennzeichen oder Insassen konnten sie keine Angaben machen. Die Lagerhalle wurde seit mehr als zehn Jahren nicht mehr benutzt. Der Zugang zu ihr war kinderleicht. Keinem in diesem kleinen Champagnerort war etwas aufgefallen. Catherine Kaufmann, genannt Cathi, tappte bis 17.30 Uhr im Dunkeln.

Luc brachte ihr das Dossier zu Pierre Bonnet. Da wurde sie hellwach, wie nach dem doppelten Espresso in ihrer Lieblingsbrasserie. Sie steckte sich eine Camel ohne Filter an.

»Oh, Pierre Bonnet war ein reicher Galerist. Er besaß mehrere Weinberge, die er erfolgreich verpachtete. Und was sonst? Keine Kinder, Ehefrau bereits 1988 gestorben, lebte alleine, keine besonderen Vorkommnisse.«

»Über den jungen Pierre Bonnet gab es mehr.« Luc deutete auf eine Passage im Dossier.

»Er war in der Waffen-SS. Das ist erst spät rausgekommen, hat ihm nicht mehr geschadet. Lange hat er so getan, als ob er Zwangsarbeiter in Deutschland war. Irgendjemand hat in den 70er-Jahren den guten Galeristen verpfiffen. Da war alles bereits verjährt. Eine Jugendsünde, so Pierre. Er habe sich geschämt und schuldig gefühlt. C'ést tout.«

Catherine blies den Rauch zur Decke und schaute ihm nach. Vergangenheit, die nicht vergeht. Was sind Jugendsünden? Ab wann wird dieser Begriff zur Entschuldigung für Mordbrennerei? Wie lange darf man Jugendsünden begehen? Ihr Gefühl sagte, hier droht ein diffuser, ein dunkler Fall. Die purpurnen Flüsse der dunklen Zeit.

»Es könnte eine Spur sein. Aber nach so vielen Jahren – eher unwahrscheinlich. Wo war Pierre gestern Vormittag? Wo steht sein Auto? Ein alter Renault Espace. Der muss irgendwo sein. Was hat die Wohnungsdurchsuchung gebracht?«

»Rien. Nichts. Kunstwerke, Bücher, ein paar Fotos mit alten Männern und Bilder von ihm und seiner Frau. Wir werten die Kontoauszüge aus. On verra. Wir werden sehen.«

»Salut!« Der junge Kommissar Nicolas Muller stand in der Tür und wedelte mit einem Papier und einem Handy im Plastikbeutel.

»Pierre Bonnet hat telefoniert. Ein Anruf, heute, kurz vor der Ermordung, der ging in die Niederlande, nach Maastricht. Die Nummer haben wir gefunden. Es war ein kurzer Anruf bei einem Ton Keulers, Vrijthof in Maastricht. Hier sind alle Infos. Vielleicht hilft euch das weiter. Salut!«

»Merci, Nicolas. Wir schauen uns das an. So kurz vor der Ermordung. Merkwürdig. Luc, lass uns morgen früh alles zusammentragen. Dann haben wir das Ergebnis von der Obduktion und vielleicht Infos zum Tatort und Spuren. Heute finden wir die Mörder oder den Mörder nicht mehr. Eine Hinrichtung in Verzenay, seltsam.«

»Welches Motiv steckt dahinter?« Luc sprach mehr zu sich selbst als zu seiner Kollegin.

»Wenn ich es wüsste, hätte ich es dir durch den Qualm meiner unwiderstehlichen Zigaretten ins Ohr geflüstert. Ich weiß es nicht. Erbe, Konkurrenz, Erpressung. Schlag nach bei den sieben Todsünden.«

Sie schritt hin und her und formulierte im Gehen.

»Galerist, verpachtet Champagnerfelder, Waffen-SS, keine Kinder, Witwer, wohlhabend, entführt, gefesselt, telefoniert, ermordet. Der Anruf, es muss mit dem Anruf zu tun haben.« Energisch drückte sie die Zigarette aus.

»Schlaf nicht ein, Luc. Lass deine Synapsen arbeiten. Ruf morgen an: bei der Champagner-Innung, im Kunstmuseum, beim Verband der Galeristen, bei Künstlern, die er verkauft hat. Das war eine Art Hinrichtung.«

Luc blickte sie an, nickte leicht. Er war müde. Gestern hatte er lange gefeiert. Und außerdem war er in Cathi verschossen. Ihre Dynamik und Unberechenbarkeit gefielen ihm und natürlich ihr Aussehen. Er erinnerte sich an ihren ersten Tag in Reims. Sekundenliebe, dachte er. Ihm fielen die sieben Todsünden ein. Was sollte er damit machen? Sein Kopf war nicht ganz frisch.

»Oui. Stimmt. Hinrichtung. Ich check das alles morgen früh. Kunst, Champagner, Waffen-SS. Wer wird erben? Mal sehen, ob es ein Testament gibt. Ein Galerist hat immer einen Anwalt und Notar und Steuerberater. Bon, demain, morgen.«

Er machte eine kleine Pause.

»Ein Absacker zum Wochenanfang?«

»Merci. Heute nicht, ich möchte um 19 Uhr in die Kathedrale. Orgelkonzert. Bach. Das ist besser als Yoga und Zumba zusammen. Versteht nicht jeder. In Straßburg war ich oft in den Kirchen, im Münster und vor allem in der Thomaskirche, wo eine Silbermann-Orgel steht. Albert Schweitzer hat da gespielt. Damals war ich noch nicht auf der Welt.« Sie schaute aus dem Fenster. »Und du auch nicht.« Sie lachte.

»Schade. Bach und Orgel, das ist nicht mein Fall, offen gesagt. Vielleicht morgen. Merci. Salut.«

Es war mittlerweile 18 Uhr, Dienstag, 22. Mai 2012. Fett und Schmelzer saßen rund 400 Kilometer entfernt vor dem Croque Madame im Golfclub »Eifelblick« und ahnten nichts von einer Verbindung zwischen dem Toten im Stausee von Obermaubach und dem Toten in der Lagerhalle von Verzenay.

MITTWOCHMORGEN, 23. MAI 2012: TOMI UNGERER MUSS MAN MÖGEN

Catherine Kaufmann war jeden Tag die erste Kollegin im Kriminalkommissariat. Um 5.30 Uhr öffnete sie kurz vor dem Läuten des Weckers ihre hellblauen Augen. Die Sportsachen lagen griffbereit. Fünf Kilometer durch Reims, mehrfach um die Kathedrale, beobachtet von den wasserspeienden Monstern und all den anderen über 2.300 Skulpturen, die jedes Mal, wenn Catherine Kaufmann sie anschaute, einen anderen Gesichtsausdruck hatten. Die heiß-kalte Dusche erfrischte herrlich. Sie wollte so rasch wie möglich ins Kommissariat. Der Fall Pierre Bonnet ging ihr nicht aus dem Kopf. Jeans, Sportschuhe, Bluse, Lederjacke, heute war es zu frisch für die Jeansjacke. Sie schaute in den Spiegel, betrachtete ihre Haut, die Haare, die Augen, ihre Nase, mit der sie immer haderte, weil fast jeder Mann von ihrer süßen Nase sprach. Ja, sagte sie, wie bei Asterix und Kleopatra. Spätestens dann zeigte sich, wer von den Herren schlagfertig und gewitzt war, um ihr ein Kompliment zu machen. Catherine Kaufmann lebte seit fünf Jahren in Reims. Sie hatte sich ohne großen Abschiedsschmerz von ihrem Freund getrennt, einem Rechtsanwalt in Straßburg, der immer über ihre Arbeitszeit nörgelte, stets alles juristisch bewertete und mit dem Humor eines Tomi Ungerer nichts anfangen konnte. Ein schlechter Liebhaber war er zudem; einfallslos, mechanisch und ohne Ausdauer. Im Grunde eine Katastrophe.

Sah man ihm nicht an, sagte sie sich. Oder hatte sie etwas übersehen?

Catherine Kaufmann liebte Tomi Ungerer, den Kinderbuchautor und Zeichner des »Kamasutra der Frösche«. Sie verschob ihre Abreise nach Reims im Jahr 2007, um an der Eröffnung des Ungerer-Museums in Straßburg teilzunehmen. In der Abteilung für Erwachsene betrachtete sie, ohne rot zu werden, die erotischen Werke. Eher war sie amüsiert und lachte laut über manche Stellung. Da wäre der Rechtsanwalt blass geworden – über sie und die Stellungen. Ungerers Kindheits- und Jugenderinnerungen »Die Gedanken sind frei. Meine Kindheit im Elsass« von 1993 hatte sie verschlungen. Catherine Kaufmann traf erleichtert und wehmütig zugleich in Reims ein. Sie wuchs zweisprachig auf und wurde oft eingesetzt, wenn es Fälle gab, die eine Zusammenarbeit mit Deutschland erforderten. Sie mochte Reims, den Champagner, vornehmlich brut, aber manchmal, da fuhr sie rasch ins Elsass, um alte Freunde zu treffen, um richtigen Flammkuchen zu essen, um im Viertel rund um das Straßburger Münster über ihre eigene Kindheit nachzudenken und über Charles, den Freund, der ein Freund geblieben war, obwohl sie mehr für ihn fühlte. Dann zündete sie sich eine Camel ohne an und saß im Café Brant am Place de l'Université mit einem Glas Crémant d'Alsace, schaute auf das Goethe-Denkmal mitten auf dem Platz. Im Hintergrund die Universität, an der Goethe Jura studiert hatte. Ihr Blick wurde kälter, denn nach der Okkupation und Annexion des Elsass durch die Nazis wurde aus der Universität die Reichsuniversität Straßburg. Eine von vier Reichsuniversitäten: Straßburg, Posen, Prag und Graz. Die dunkle Seite der Universität.

Auschwitz belieferte das Konzentrationslager Natzweiler, rund 50 Kilometer von Straßburg entfernt in den Vogesen, mit sogenanntem Menschenmaterial. Experimente wurden mit ihnen gemacht für die Anatomie-Abteilung von Professor Hirt, Direktor des Anatomischen Instituts der Reichsuniversität Straßburg. Als Catherine Kaufmann diese Geschichte erstmals hörte, wollte sie zunächst Jura studieren. Sie entschied sich für den Polizeidienst. Und sie bereute ihre Entscheidung nicht, wie sie bemerkte, als sie sich von ihrem Juristen endgültig trennte. Humor hatte er auch keinen. Charles, der hatte Humor, mit ihm konnte sie lachen.

Um 7.30 Uhr hatte sie bereits den dritten Kaffee grand crème und zwei Pain au Chocolat gefrühstückt, als Luc, leicht verschlafen, auftauchte.

»Bonjour, Cathi, gelaufen?«

»Naturellement, wie jeden Tag, bonjour. Was haben wir? Lass uns alles zusammentragen. Gleich müsste das Ergebnis der Obduktion kommen. Bonnets Wagen ist gefunden worden. In Hautvillers. Er muss oft dort gewesen sein. Einige Anwohner und der Inhaber des Abteirestaurants sagen, er sei jeden Dienstag zur Abtei gekommen. Anschließend ab ins Restaurant. War so ein Ritual. Gestern sei er interessanterweise nicht erschienen. Der Küster der Abtei hat ihn kurz vor 12 Uhr im Kirchenschiff getroffen. Bonnet habe eine Kerze aufgestellt und sei nach draußen gegangen. Dann muss er seinen Mörder getroffen haben. Die Spurensicherung sagt, er sei in der Lagerhalle erschossen worden. Sie vermuten Kaliber 7,65 Millimeter. Ziemlich nahe. Das Seil, die Augenbinde und der Stuhl geben nichts her. Er muss aus Hautvillers nach Verzenay gebracht worden sein. Das alles hat höchstens eine

Stunde gedauert. Denn um 13 Uhr donnerte dieser Trucker mit seinem Sattelschlepper in die Lagerhalle.«

»Und dazwischen hat Pierre in Maastricht angerufen.« Luc sah Cathi nachdenklich an.

»Wir müssen dieser Spur nachgehen. Er muss von seinen Mördern zu dem Anruf gezwungen worden sein.« Catherine Kaufmann dachte nach.

»Wir brauchen Amtshilfe von Maastricht. Versuch dort jemanden zu erreichen. Wenn die nur Englisch und Niederländisch sprechen, sag mir Bescheid. Ich geh zur Gerichtsmedizin, um vom Doc den Befund zu bekommen. Wir sehen uns um 9.30 Uhr hier.«

Luc sortierte die Unterlagen und drückte sich um den Anruf in Maastricht. Sein Englisch war nicht gerade hervorragend. Und Niederländisch konnte er gar nicht. Zunächst sortieren und die Fragen notieren.

Um 9.15 Uhr versuchte er es. Der zuständige Kommissar, ein Petro van den Burg, sprach gerade. Ob man etwas ausrichten könne. Luc verstand die Hälfte, sagte »Pardon« und verschob einen zweiten Anruf auf 10.15 Uhr.

Cathi Kaufmann betrachtete den toten Pierre Bonnet. Die Obduktion hatte den ersten Befund des Arztes bestätigt. Kaliber 7,65 Millimeter. Kopfschuss aus nächster Nähe. Vielleicht mit einem Schalldämpfer. Das Projektil konnte nicht gefunden werden. Es war am Hinterkopf ausgetreten und im Schutt der Lagerhalle verschwunden. Cathi ging zurück zu Luc.

»Was macht Maastricht?«

»Der zuständige Kommissar ist ein Petro van den Burg. Der spricht. Ich versuche es gleich wieder. Die Untersuchung des Renault Espace von Bonnet hat nichts ergeben. Er parkte vorschriftsmäßig. Wir haben begonnen, alle Anwohner rund um die Abtei zu befragen, ob ihnen gestern Mittag etwas aufgefallen ist. Die Auswertung des Handys hat nichts gebracht. Ein paar Anrufe in einer Brasserie, Werbeanrufe an ihn. Er muss alleine gelebt haben. Und das mitten in Reims.«

»Oder er hat nicht gerne telefoniert. Ältere Leute mögen lieber einen richtigen Telefonapparat und nicht den modischen Schnickschnack mit Touchhandy und so. Klemm dich an Maastricht. Ich muss dem Chef berichten. Wir müssen bis Mittag jemanden in Maastricht erreichen. Compris?«

»Oui, das klappt. Mach ich. Gehen wir zusammen ins Bistro heute?«

Luc schaute Cathi verliebt an. Cathi lächelte zurück.

»Erst die Toten, dann die Lebenden. Du weißt, ich hasse Männer, die immer an die eine Sache denken. Ich gehe nur mit dir einen Salat essen, wenn du mir über das letzte Buch, das du gelesen hast, mehr als den Titel erzählen kannst. Salut.«

Mist, Luc hatte vergessen, das neue Buch von Yasmina Reza am Wochenende zu lesen. Er versuchte den Inhalt im Internet zu finden. Cathi würde es merken. Noch mal Maastricht.

»Monsieur Arbogast, Kommissar van den Burg ist unterwegs, er kommt gegen 12 Uhr.«

»Merci.«

Erst um 12.15 Uhr, kurz bevor Luc Cathi auf die Brasserie ansprechen wollte, erreichte er endlich diesen Kommissar Petro van den Burg.

»Luc Arbogast, Mordkommission Reims, homicide, ja, verstehen Sie mich?«

Petro sprach etwas Französisch, Deutsch und fließend Englisch.

Das Gespräch wechselte ständig zwischen Französisch und Englisch.

»Wir haben hier einen Mord. Ein 86-Jähriger ist gestern hingerichtet worden. Zuerst entführt, so gegen 12 Uhr, und dann an einem anderen Ort Kopfschuss. Das Opfer hat um 12.50 Uhr eine Telefonnummer in Maastricht angerufen. Verstehen Sie mich?«

Petro van den Burg hörte aufmerksam zu. Ein Anruf aus Reims von der Mordkommission. Komischer Zufall. Reims, Reims – da ist Ton Keulers gerade …

»Ich verstehe Sie gut. Wie heißt denn der Anschluss in Maastricht? Festnetz oder mobil?«

»Festnetz. Ein Ton Keulers.«

Petro zuckte zusammen.

»Wiederholen Sie den Namen.«

»Ton Keulers. So die Festnetznummer. Den hat Pierre Bonnet kurz vor seiner Hinrichtung angerufen.«

»Merde. Scheiße. Oh, sorry. Monsieur Arbogast. Also …«

Petro van den Burg war einen Moment durcheinander.

»Kommissar Arbogast. Bitte, ich brauche Ihre Nummer und die vom Dienstausweis. Wie heißt Ihr Chef? Ich rufe Sie zurück in zehn Minuten. Es ist wichtig. Bleiben Sie am Platz. Ich melde mich und bitte Ihren Chef an den Apparat holen.«

Luc war überrascht.

»Oui, ja. Pas de problème. Ich warte. Gut. Meine Nummer bekommen Sie. Auch per Mail. Bis gleich.«

Luc gab ihm alle Daten durch.

Petro checkte sofort Luc Arbogast im Hauptquartier der Polizei von Reims. Alles stimmte. Er rief sofort zurück.

»Oui, ja, wieder Petro van den Burg. Wer hört alles mit?«

»Neben mir steht Kommissarin Catherine Kaufmann, sie leitet die Ermittlungen und spricht fließend Deutsch, Englisch und natürlich Französisch. Ja, und ich, Luc Arbogast.«

»Gut. Hören Sie genau zu. Am Montagabend ist in Deutschland, ungefähr 70 Kilometer von hier, ein alter Mann erschossen worden. Kopfschuss. Wie eine Hinrichtung. Vorher erhielt er einen Anruf von Finni Keulers aus Maastricht, der Ehefrau von Ton Keulers. Wir haben sie heute Morgen verhört. Ihr Ehemann war nicht da. Frau Keulers sagte, er habe gestern Mittag einen Anruf von Pierre Bonnet bekommen, einem alten Freund aus Reims. Ton Keulers solle ihn besuchen, am Mittwoch, also heute. Und heute Morgen ist Ton Keulers nach Reims gefahren mit einem alten BMW 520 Limousine in Silbergrau. Kennzeichen kommt sofort. Er will bei Pierre Bonnet übernachten. Wenn Sie mich fragen, fährt Ton Keulers nach Reims und soll dort ermordet werden. Das wäre der dritte Mord. Der Tote aus Düren und Ton Keulers kannten sich. Sie waren beide Soldaten in der Waffen-SS. Über Bonnet wissen wir von Frau Keulers, dass er ein Freund und Kamerad war.«

»Merde. Vergangenheit kommt auf uns zu. Vermutlich drei alte Kameraden. Auch Bonnet war in der Waffen-SS.« Catherine dachte nach. Es war kein Einzelfall mehr. Drei alte Männer sollten aus dem Weg geräumt werden.

»Wir brauchen sofort ein Foto von Ton Keulers. Seinen Wagen lassen wir zur Fahndung ausschreiben. Können Sie zu uns kommen? Auch die deutschen Kollegen? Am besten fliegen Sie sofort nach Reims. Bringen Sie die Dossiers mit. Und Ihre Waffen. Einfach anmelden. Dienstausweis und so. Sie kennen das. Wenn Sie mit dem Hubschrauber kommen, landen Sie vor unserem Hauptquartier auf der Wiese am Boulevard Louis Roederer. Wir sperren ihn ab für die Landung. Wenn wir Ton Keulers heute nicht finden, dann ist er ein toter Mann. Einverstanden? D'accord?«

»Einverstanden. Ich informiere sofort die Kollegen Fett und Schmelzer aus Aachen, die im Fall Verhoven ermitteln. Ich komme mit meiner Agentin Maike van Dongeren. Ich informiere Sie, sobald wir starten.«

»Très bien. Wir machen hier den Krisenstab und ich informiere die CRS, die Compagnies Républicaines de Sécurité, die Sicherheitskompanien der Republik. Sie müssen uns bei der Fahndung und bei der Überwachung helfen. Alors, wir telefonieren. Bis später, Brigadier van den Burg.«

»Ja, bis später Kommissarin Kaufmann.«

»Luc, ich rufe Thierry Nungesser an, wir brauchen die CRS.«

Thierry Nungesser war seit fünf Jahren Capitaine der CRS-Einheit von Reims und Umgebung. Der Anruf von Catherine erreichte ihn auf dem Schießstand. Feuern mit Schnellfeuergewehren und Pumpgun stand auf dem Programm. Um ihn herum knallten die Salven ununterbrochen. Dazwischen die dumpfen Pumpgunschüsse. Die Gendarmen der zweiten Kompanie trainierten seit dem frühen Morgen.

»Thierry, professionelle Mörder sind in Reims. Ein alter Mann soll heute hingerichtet werden. Wir vermuten in der Innenstadt. Er kommt aus Maastricht. Wenn er ganz normal fährt, trifft er am frühen Nachmittag in Reims ein. Wir brauchen dich. Eine Kompanie, mindestens. Sofort. Urgent. Dringend.«

»Wenn du das sagst, pas de problème. Directement. Wir sind unterwegs. Kompanie zwei hat Bereitschaft. Wir rücken in 15 Minuten aus. Gefährlichkeitsstufe?«

»Sehr hoch. Sofortiger Schusswaffengebrauch. Dreierteams in der Innenstadt, Kontrolle. Foto des alten Manns, der vermutlich erschossen werden soll, kommt. Ton Keulers, Niederländer, 85 Jahre.«

In Maastricht rauschte Brigadier Petro van den Burg der Kopf. Er entwarf die To-do-Liste:

»Maike, schnell. Wir benötigen ein Foto von Ton Keulers, das Dossier Keulers an Kommissarin Catherine Kaufmann in Reims mailen, hier ist die Adresse, sofort einen Hubschrauber bei der Polizeidirektion anfordern, dringend, heel urgent, Mordgefahr, organisierte Kriminalität, grenzüberschreitend. Wir haben Amtshilfeanfrage aus Reims, in Reims uns beide anmelden mit Dienstausweis und Waffen, Waffennummer angeben, wir kommen jeder mit einem Reservemagazin, das ganze Dossier Ton Keulers und Finni Keulers auf Laptop mitnehmen, Handys und Ladegeräte. Aufgeschnappt, Maike?«

»Ja.«

»Wir brauchen den Hubschrauber schnell; 13 Uhr vor dem Hauptquartier, Platz für mindestens vier Personen, wir nehmen Fett und Schmelzer mit. Die rufe ich an.«

OPERATION REIMS

Frustriert kehrten Fett und Schmelzer am Mittwoch, dem 23. Mai, gegen 12.30 Uhr zurück nach Aachen.

»Wir haben nichts. Finni Keulers mauert und spielt uns was vor. Ton Keulers ist in Reims bei einem alten Freund und Paul Verhoven liegt im Leichenschauhaus. Irgendetwas stimmt nicht mit den Bildern in seinem Haus. Seine Vergangenheit ist diffus, er war bei der Waffen-SS, Ton Keulers auch. Verhoven kannte Anna Keulers, die Tochter von Ton und Finni. Finni ruft ihn an im Golfclub. Er geht raus. Er wird nicht mehr gesehen. Irgendwann vor Mitternacht bekommen Anwohner am Stausee in Obermaubach mit, dass ein Wagen dort entlang fährt. Und gegen Mitternacht fällt der tote Paul in die Rur und treibt am Morgen neben dem Plastiktretbootschwan des Bootsverleihers. Schöner Mist.«

Fett war genervt. Der Mord lag zwei Tage zurück, sie hatten Spuren, aber sie waren in einer Sackgasse.

»Chef, der Bericht der Kriminaltechnik. Sie haben die Wohnung auf den Kopf gestellt und einen LKA-Kollegen, Fachmann für Kunstraub, gebeten, einen Blick auf die Bilder zu werfen. Halten Sie sich fest, das sind vermutlich alles Originale, Ölgemälde, 16. und 17. Jahrhundert. Und Werke aus der sogenannten Goldenen Zeit in den Niederlanden, so steht es hier. Hoppla, Schätzwert, ganz grob, rund 1,3 Millionen Euro. An fünf Stellen im Haus fehlen Bilder. Die Schatten an den Wänden weisen darauf hin. Übrigens wurden keine Quittungen gefunden oder Kaufurkunden für die Bilder und Gemälde.«

»Ein dicker Hund. Woher hatte er die Werke? Kaum vom Flohmarkt in Lüttich. Was war denn Ton Keulers von Beruf?«

»Keulers, Keulers, Moment. Petro sagte was von Tentoonstellingen, das heißt doch Ausstellungen. Und Museum. Bonnefantenmuseum. Der hat auch in einem Museum gearbeitet.«

»Beide waren zusammen bei der Waffen-SS. Beide arbeiteten in einem Museum. Womit wurde Paul Verhoven erschossen?«

»Kaliber 7,65 Millimeter, Walther PPK, wahrscheinlich alte Dienstwaffe. Eine Hülse wurde nicht gefunden. Die Brücke und die Rur wurden abgesucht.«

»Walther PPK. Was soll das alles, Schmelzer? Anruf von Finni Keulers, Abfahrt, einige Stunden ohne Lebenszeichen, dann eine Art Hinrichtung um Mitternacht.«

»Keine Ahnung, Chef. Ich müsste übrigens heute pünktlich nach Hause, sonst hängt der Haussegen morgen schräger als er eh hängt. Und wenn Justus seine Mutter beim Yoga gestört hat, darf ich mir das Gejammer anhören. Und außerdem habe ich Justus versprochen, heute mit ihm KiKA zu gucken.«

»KiKA?« Fett kniff die Augen zusammen.

»Kinderkanal. Da kommt zum Schluss immer der Sandmann. Den Sohn interessiert der tote SS-Mann herzlich wenig.«

»In Ordnung. Klar. Wir machen um 17 Uhr Schluss. Viel Freude mit Justus. Und die Bockwürstchen nicht vergessen. Die im Kühlschrank vorne, meine ich. Ach, rufen Sie bitte den Kollegen Baumann von der Abteilung Wirtschaft an. Der müsste den Bereich Kunsthandel bearbeiten.«

»Den Hör-Baumann? Das wird ein Gespräch werden. Mach ich sofort.«

Schmelzer wählte die Nummer von Hör-Baumann, einem gebürtigen Aachener. Im Laufe der Jahre und nach einigen Abendkursen und Fernstudien hatte sich Baumann zum Experten für Wirtschaftsstrafsachen fortgebildet. Kunstraub, Handel mit Kunst – in der Region verschwanden in letzter Zeit auffällig viele Madonnenskulpturen aus Kirchen und Kapellen – gehörten zu seinem Spezialgebiet. Hör-Baumann war einer von der Sorte Männer, die sämtliche Schlüssel an einem Karabinerhaken am Hosenbund tragen. Fett grauste es vor diesem Typ Mann. Wer diese Macke erfunden hatte, der hatte seiner Ansicht nach nicht mehr alle Tassen im Schrank. Verkappter Gefängniswärter oder so.

»Schmelzer, lieber Kollege, wir haben da einen besonderen Fall, der eventuell mit Kunstraub zusammenhängt.«

»Hör, Kollege Schmelzer, da brauch ich alle Infos und die Namen. Sonst kann ich da nichts machen. Hör, das ist ein Gebiet, auf dem es still und leise abgeht. In der Vergangenheit, da waren wir gar nicht dran. Da gibt es viele Fälle.«

Kommissar Hör-Baumann berichtete Schmelzer ausführlich über einige Ungereimtheiten, den grauen Markt und die exklusive Maastrichter Messe TEFAF, The European Fine Art Fair. Ein Mekka für Kunstsammler, Kunstliebhaber, Kunstverkäufer und für Anbieter von Kunst ohne Herkunftsnachweis.

»Wenn die TEFAF läuft, steht der Flugplatz von Maastricht voll mit Privatjets aus der ganzen Welt. Hör, das hast du nicht gesehen, Schmelzer. Das ist wie Oscar-Verleihung mit Bambi zusammen. Da knüpfen manche Hehler Kontakte. Nicht zu den großen Nummern. Schwieriges Feld.«

Schmelzer betrat neues Terrain und hörte aufmerksam zu. Er kam der Aufforderung von Hör-Baumann einfach nach.

»Danke, Baumann. Wir melden uns. Der Fall ist ganz frisch. Wir kommen auf dich zu, sobald wir einen Überblick über die Gemälde haben.«

Fetts Telefon klingelt, eine Nummer aus Maastricht, das musste Petro sein.

»Met Petro. Michael, bitte komm sofort nach Maastricht. Wir müssen nach Reims. Der Mann, der Ton Keulers nach Reims bestellt hat, Pierre Bonnet, 86 Jahre alt, ist gestern mit einem Kopfschuss hingerichtet worden, vermutlich Kaliber 7,65 Millimeter, kurz nachdem er Ton Keulers angerufen und ihn nach Reims bestellt hat. Er kannte Keulers aus seiner Zeit als Soldat. Achtung: Pierre Bonnet war auch in der Waffen-SS. In derselben Einheit wie Ton Keulers und Paul Verhoven. Vermutlich haben wir es mit demselben Mörder zu tun. Die Kollegen in Reims haben eine Großfahndung nach Keulers ausgelöst. Sie möchten, dass wir zusammenarbeiten. Ich habe einen Hubschrauber angefordert. Wir fliegen um 13 Uhr. Du, Schmelzer, ich und Maike. Meldet euch mit den Dienstausweisen und Dienstwaffen an. Ein Reservemagazin kann nicht schaden. Und das Dossier mitbringen.«

Fett war hellwach und schaute Schmelzer an.

»Okay. Pass auf, Schmelzer bleibt hier, um eventuell von hier aus zu unterstützen. Ich bin um 13 Uhr bei dir. Bis gleich.« Fett gab Schmelzer eine Druckbetankung über das Gespräch.

»Schmelzer, ich will Sie nicht um einen Ausflug nach Reims bringen. Ich brauche Sie hier. Ihre Familie braucht Sie ja auch. Wir bleiben in Kontakt. Prüfen Sie einen Zusammenhang zwischen Paul Verhoven, Ton Keulers und Pierre Bonnet, der lebte in Reims, war in der Waffen-SS. Wir brauchen die Akten vom Bundesarchiv. Was haben die drei nach dem Krieg zusammen gemacht? Welche Verbindungen gibt es da? Fragen Sie bei der Schwerpunktstaatsanwaltschaft für NS-Verbrechen nach und im Simon-Wiesenthal-Zentrum. Und bleiben Sie per Handy erreichbar.«

»Mach ich.« Schmelzer notierte einige Punkte. Fett informierte seinen direkten Vorgesetzten, Polizeirat Ernst Kosslowski. Der stimmte sofort zu. Er erkannte die Brisanz und bat Fett, intensiv mit den Kollegen in Reims und Maastricht zusammenzuarbeiten. Der Fall könne, so Kosslowski, in die Politik hineinspielen: NS-Zeit, alte Seilschaften. Deshalb sei besondere Sorgfalt und grenzüberschreitende Zusammenarbeit erforderlich. Kosslowski würde am Donnerstag in der täglichen Lagebesprechung beim Polizeipräsidenten den Sachstand vortragen.

»Fett, ist im Prinzip überflüssig, dass ich Ihnen das sage, aber denken Sie bitte daran, Deutschland ist am 10. Mai 1940 in Belgien, die Niederlande und Frankreich einmarschiert. Sie haben die nötige Sensibilität. Manchmal haben die Kollegen in Frankreich und den Niederlanden auch eine individuelle Geschichte, die für uns nicht viel Gutes übrig lässt.«

»Kann ich mir vorstellen. Mein Vater kam mit drei Löchern im Rücken schwer verletzt aus der Kriegsgefangenschaft. Keine Sorge. Die beiden Ermordeten waren im Krieg Täter. Perspektivwechsel. Ich halte Schmelzer auf dem Laufenden.«

Fett verstand sich mit Kosslowski. Der ließ ihn arbeiten und Fett löste fast alle Fälle. Zuletzt den mit Li. Dieser Fall lag seinem Gefühl nach bereits lange zurück.

Fett wählte die Nummer von Iska Sonntag.

»Sonntag, hallo.«

»Iska, unglaublich, du bist direkt am Apparat. Ich muss nach Reims. Es gibt einen zweiten Toten in der Champagne. Der hatte Kontakt mit dem Toten in Obermaubach. Alte Geschichte mit Spuren zum Zweiten Weltkrieg. – Können wir uns am Wochenende sehen?«

»Pass in Reims auf, mein Lieber, und auch auf die Französinnen. Wochenende wäre gut, Samstag Kino. Ich muss gleich los. Lagebesprechung. Irgendetwas mit Aktivisten und Anschlägen am Tagebau Hambach. Ich weiß bald nicht mehr, wie du aussiehst. Freue mich auf dich. Ciao, du.«

»Ciao, Iska. Samstag halten wir fest.« Er lächelte. Wenige Worte mit einem bestimmten Menschen verwandeln einen grauen Tag in einen bunten Tag, hellen die Stimmung auf, zaubern ein Lächeln ins Gesicht, machen fröhlich und gelöst. Iska schaffte das.

Fett packte das Dossier in seine handliche Laptoptasche, nahm die Reisezahnbürste aus der Schublade und eine Flasche Aftershave. Er lief zu seinem roten Alfa Romeo Giulia, Baujahr 1978, der diesmal sofort ansprang.

ES GAB KEIN PARDON

Schmelzer machte sich sofort an die Arbeit. Bundesarchiv, Schwerpunktstaatsanwaltschaft für NS-Verbrechen, Simon Wiesenthal Center mit der Niederlassung
in Paris.

Was wollte er wissen? Die Namen, die Einheit, den Ein-
satzort, Verurteilung, Verfolgung, Kriegsverbrechen – er
sortierte die Fragen, suchte im Internet und im Polizei-
computer die Nummern heraus und telefonierte.

Bundesarchiv, dann die Zentrale Stelle der Landes-
justizverwaltungen zur Aufklärung nationalsozialisti-
scher Verbrechen in Ludwigsburg. Sie hat den Auftrag,
Vorermittlungen zu Gewaltverbrechen zu führen, die im
Zusammenhang mit den Kriegsereignissen von 1939 bis
1945 an der Zivilbevölkerung begangen wurden, insbesondere zu Taten in Konzentrationslagern. Danach
das Simon Wiesenthal Center. Er gab alle Infos weiter,
erklärte die Dringlichkeit und wartete auf Rückmeldun-
gen.

Gegen 14 Uhr rief Dr. Barth vom Bundesarchiv zurück.

»Barth, Herr Schmelzer, wir haben was gefunden und
sind auf einige Merkwürdigkeiten gestoßen, für die wir
keine Erklärung haben. Bei den Originalunterlagen der
9. SS-Panzer-Division ›Hohenstaufen‹ haben wir weder
Verhoven noch Keulers oder Bonnet gefunden. Ich weiß
nicht warum, die Karteikarten sind verschwunden. Weil
Teile dieser Division ein Massaker begingen, habe ich in

den entsprechenden Unterlagen gesucht, Unterlagen, die erst nach Ende des Krieges angelegt und vervollständigt wurden. Kurzum: Die dritte Kompanie des ersten Bataillons des Regiments ›Der Führer‹ war verantwortlich für dieses Massaker gleich nach der Invasion. Der Kommandeur, SS-Obersturmbannführer Sylvester Stadler, wollte die Einheit und ihren Kompaniechef sogar zur Rechenschaft ziehen. Die meisten der Truppe fielen aber bei den Kämpfen in der Normandie. Jedenfalls tauchen in den Unterlagen zu dem Massaker einige Namen von SS-Soldaten auf, die grausam gehandelt haben. Darunter Verhoven, Keulers und Bonnet.«

Schmelzer hatte Notizen gemacht. Er hielt den Hörer in der Hand und schwieg einige Sekunden, die wie eine Ewigkeit wirkten.

»Hallo, Herr Schmelzer?«

»Ja. Sagen Sie, wo fand das Massaker statt?«

»In Oradour-sur-Glane und in Tulle. Deshalb wurde es auch gemeinsam verhandelt.«

»Oradour-sur-Glane.« Schmelzer dachte nach. »Davon habe ich gehört.«

»642 Männer, Frauen, Kinder, Greise. Alle umgebracht. Kurz davor wurden bereits Massaker verübt. Verhoven, Keulers und Bonnet waren beteiligt. Die Stammkarten von ihnen sind verschwunden. Ich weiß nicht, warum. Das ist seltsam. Mehr habe ich nicht für Sie.«

»Danke. Bitte senden Sie mir auf dem Weg der Amtshilfe Kopien von den Unterlagen. Wir haben hier einen undurchsichtigen Mordfall. Und wenn mich nicht alles täuscht, müssen wir mit mehr rechnen. Vielleicht liegt in der Vergangenheit das Motiv. Ich gebe Ihnen meine Mail-Adresse. Nochmals danke.«

»Ach, Herr Schmelzer, ist vielleicht nicht so wichtig. Wir hatten Anfang des Jahres eine Suchanfrage zu Verhoven. Das ist hier vermerkt. Kam aus den USA. Classified. Vertraulich. Sollten Sie wissen. Es geht ja um Mord.«

»War das ungewöhnlich, kommt das oft vor?«

»Ja, kommt regelmäßig vor.«

»Senden Sie mir die Infos. Eventuell melde ich mich mit Nachfragen. Auf Wiederhören.«

Schmelzer trug alles zusammen. Waffen-SS, da gab es Treffen und Zusammenkünfte. Er gab die Schlagworte in den Computer ein und fand Informationen des Staatsschutzes über Treffen ehemaliger SS-Angehöriger. Auch Düren tauchte auf, Vossenack, Vogelsang. Er stieß auf den Namen Hausen, ein ehemaliger Obersturmbannführer, Dienstgrad wie ein Oberstleutnant. Jedes Jahr kam er mit den Ehemaligen nach Vossenack. Hausen, Schmelzer druckte alle Infos aus. Eine weitere Spur, sagte er sich.

IM TIEFFLUG ÜBER DIE ARDENNEN

Fett fuhr rasant über die Grenze zum Hauptquartier der Polizei für die Region Limburg in Maastricht. Er sah den blauen Agusta Westland AW 139 Hubschrauber mit laufenden Rotorblättern auf der großen Rasenfläche vor dem Gebäude. Petro van den Burg und seine Kollegin Maike van Dongeren warteten vor der offenen Tür und winkten ihn heran.

»Alles okay, Waffe angemeldet und Dienstausweis dabei?«

»Ja, die Kollegen in Reims sind informiert, dass ich komme. Die Waffe ist angemeldet. Schmelzer bleibt in Aachen, um von dort aus zu unterstützen. Wir können los.« Fett schlug Petro auf die Schulter und nickte Maike zu, die ihn anlächelte, vor ihm einstieg und sich anschnallte. Sie zogen die Helme an, der Pilot hob den rechten Daumen, der Motor beschleunigte und die Rotorblätter drehten sich immer schneller. Ein sanfter Ruck und der Agusta Westland schwebte über den Boden, dann ging es wie im Fahrstuhl hoch, die Nase des Hubschraubers senkte sich leicht nach vorne, und mit einem kräftigen Schub schoss er in südwestlicher Richtung davon und stieg in den Himmel über Maastricht bis auf 2.000 Meter. Mit einer Einsatzgeschwindigkeit von 290 Stundenkilometern würden sie in ungefähr einer Stunde in Reims landen.

»Voraussichtliche Landung in Reims, Boulevard Louis Roederer, 14.05 Uhr Ortszeit«, sagte der Pilot über die

Bordsprechanlage. »Genießen Sie den Flug und den Blick auf die Ardennen – und später auf die Champagne«, schob er nach.

Der Agusta Westland flog über die Ardennen in Richtung Reims. Spa, Malmedy, Bastogne, Sedan, und nach knapp einer Stunde schwebten sie über die Champagnerfelder in Richtung Kathedrale von Reims, die in der flachen Landschaft auftauchte wie ein Weltwunder, wie eine Erscheinung. Fett schaute zu Maike und Petro. Auch sie waren gebannt von diesem Anblick, als der Hubschrauber bereits in den Landeanflug überging.

»Wir landen, festhalten, Herrschaften.« Der Pilot setzte den Hubschrauber sanft vor dem Hôtel de Police in Reims auf. Der große Rasen vor dem Gebäude war dafür gedacht, der Verkehr wurde kurz angehalten. Als die Rotoren langsamer wurden, kamen Catherine Kaufmann und Luc Arbogast und öffneten die Tür.

»Bienvenue in Reims.«

Fett schaute in wache blaue Augen unter kurzem blonden Haar. Lederjacke, Jeans, blaue Bluse, sportliche Armbanduhr, schnelle Schuhe, die Pistole im Holster. Eine interessante Kollegin.

»Merci, Michael Fett, Aix-la-Chapelle. Aus der Partnerstadt von Reims.« Das fiel ihm gerade noch ein. Dann stellten sich Petro und Maike vor. Sie liefen hinter Luc Arbogast zum Präsidium, Catherine hob den Daumen, der Pilot gab Schub und flog nach 15 Sekunden zurück in Richtung Amsterdam, zu seinem Stationierungsort.

Es war 14.05 Uhr. Langsam trafen alle in Reims ein – die, die suchten, und die, die gesucht wurden.

Luc Arbogast ging vor und hielt die Türen auf. Sie liefen durch einen weiten Flur, an dessen Ende sich der Lageraum für Kriseneinsätze befand. Mehrere Polizisten in Uniformen saßen vor Computern, Großbildschirme an den Wänden zeigten zentrale Plätze von Reims, Funksprüche gingen ein, konzentriert wurde der Einsatz vorbereitet.

»Messieurs!« Catherine Kaufmann war nach vorne gegangen, sie klatschte in die Hände, alle Augen richteten sich auf sie.

»Ich stelle Ihnen die Kollegen aus Maastricht und Deutschland vor: Brigadier Petro van den Burg und Agentin Maike van Dongeren aus Maastricht, Kommissar Michael Fett aus Aachen, unserer Partnerstadt. Ich fasse kurz zusammen: Am Montagabend wird der 86-jährige Paul Verhoven mit Kopfschuss, Kaliber 7,65 Millimeter, getötet und in den Fluss Rur geworfen. Gestern wird der ebenfalls 86-jährige Pierre Bonnet aus Reims mit einer Waffe Kaliber 7,65 Millimeter erschossen. Er wurde in Verzenay in einer Lagerhalle gefunden. Vorher hat er in Maastricht bei Ton Keulers, 85 Jahre, angerufen. Keulers ist auf dem Weg nach Reims, wahrscheinlich schon angekommen. Wir gehen davon aus, dass Bonnet zu dem Anruf gezwungen wurde. Ton Keulers ist heute Morgen aufgebrochen mit einem silbergrauen BMW, Kennzeichen liegt vor. Wir gehen davon aus, dass er hier umgebracht werden soll. Ton Keulers muss in Reims sein. Wir müssen ihn suchen. Das Motiv für die Morde kennen wir bisher nicht. Wir wissen, dass die Männer sich kannten. Alle waren im Krieg als Soldaten in Frankreich. Sie waren in der Waffen-SS.« Ein Raunen ging durch den Raum, die Polizisten schauten sich an, einige schüttelten ungläubig den Kopf.

Catherine Kaufmann machte eine Pause und sah in die Gesichter der Kollegen. Sie schaute zu Luc Arbogast und fuhr fort.

»Rache, eine gefährliche Kenntnis von etwas, alte Verbindungen – wir wissen es nicht. Wir haben zwei hingerichtete alte Männer. Professionell ausgeführt. Wir müssen Ton Keulers finden. Das Foto liegt vor. CRS und Police municipale sind informiert. Wir beobachten das Stadtzentrum. Die Wohnung von Pierre Bonnet wird überwacht. Alle verdächtigen Personen müssen kontrolliert werden. Alle schwarzen Kleinbusse müssen kontrolliert werden. Das ist bisher die einzige Spur. Sämtliche Hinweise an mich und Luc. Fragen? An die Arbeit.«

Zu dritt gingen die Gendarmen der CRS durch die Innenstadt. Zwei von ihnen waren mit einer Maschinenpistole bewaffnet. Die städtische Polizei war in Doppelstreife unterwegs. Erste Anrufe von der Presse und aus dem Rathaus trafen ein. Warum denn so viel Polizei in der Stadt unterwegs sei. Man könne ja geradezu von einem Belagerungszustand sprechen. In Absprache mit der Polizeispitze wurde von einer Personensuche gesprochen. Nein, Terrorismusgefahr bestehe nicht. Mehr Information könne aus ermittlungstaktischen Gründen nicht gegeben werden.

Catherine Kaufmann saß mit ihren Kollegen in einem kleinen Besprechungsraum neben dem Lagezentrum. Kaffee und Wasser auf dem Tisch, eine Schale mit Obst. Nach einer kurzen Pause, in der sich alle bedient hatten, bat sie Fett um den Anfang dieser Geschichte.

»Wir sollten uns mit Vornamen ansprechen. Das ist einfacher. Oui? Ich spreche ganz gut Deutsch. Ich komme aus dem Elsass, da wächst man zweisprachig auf. Catherine, bitte. Das ist Luc, er hat auf dem Lycée, also Gymnasium, auch Deutsch gelernt.«

Luc Arbogast nickte ihnen zu. »Luc, bitte. Keine

Umstände. Ich verstehe ganz gut. Außerdem kann niemand meinen Nachnamen richtig aussprechen. Bis auf Catherine.« Sie lächelte.

»Michael Fett, Aachen. Kriminalpolizei. Merci, Catherine. Petro und ich kennen uns lange. Und Maike war oft in Aachen. Unsere Städte liegen nahe beieinander. Vielleicht ist das für Ton Keulers aus Maastricht und Paul Verhoven aus Düren wichtig gewesen. Catherine, du hast alles richtig dargestellt. Es gibt für mich einen weiteren möglichen Motivstrang: Kunst. Verhoven arbeitete nach dem Krieg in einem Museum und Keulers auch. Sie hatten Zugang zu Kunstwerken. Nach dem Krieg gab es ein großes Durcheinander. Wir fangen gerade erst an, die Herkunft mancher Kunstwerke zu untersuchen. Viele sind zwischen 1933 bis 1945 verschwunden, andere sind den Eigentümern abgenommen worden, denn die Eigentümer und ihre Familien wurden in Konzentrations- und Vernichtungslager geschickt. Gibt es da eine Verbindung zu Pierre Bonnet? In der Wohnung von Paul Verhoven sind Bilder von den Wänden abgenommen worden. Einige hängen noch. Wie wertvoll sie sind, lassen wir gerade überprüfen.«

Catherine hörte aufmerksam zu.

»Galerie Bonnet. Oui. Bonnet hatte eine Galerie. Von seinen Eltern geerbt. Luc, wir müssen die Verkaufsbücher und Konten checken. Das ist schwierig. Auf dem Kunstmarkt passiert viel ohne Quittung.« Sie schaute aus dem Fenster auf den Boulevard Roederer. Catherine Kaufmann dachte angestrengt nach. Vielleicht hatten die alten Männer nach dem Krieg ihr eigenes grenzüberschreitendes Geschäft gemacht.

Petro schaltete sich ein.

»Ton Keulers hat ein Problem. Er braucht Geld für Drogen. Das ist nicht zu unterschätzen. Wir haben ihn in der Drugkartei. Drogenkartei. Vielleicht hat er nicht bezahlt. Mit den Verkäufern von harten Drogen ist nicht zu spaßen. Seine Frau spielt ebenfalls eine Rolle. Finni. Sie rief Verhoven am Montag an. Nach dem Anruf ist er verschwunden. Das Verhör mit Finni heute hat nicht viel gebracht. Maike, ruf in Maastricht an, sie sollen alles zu Ton Keulers zusammentragen. Sein Job, seine Konten, welche Bilder hängen im Haus, Hausdurchsuchung.«

Maike ging vor die Tür, um mit den Kollegen in Maastricht zu telefonieren. Mit ihren 28 Jahren war sie die jüngste Kollegin im Raum; geboren in Heerlen, ging sie nach dem Abitur zur Polizei und arbeitete seit drei Jahren mit Petro zusammen. Ihre braunen schulterlangen Haare hatte sie zu einem Pferdeschwanz gebunden. Sie war eher ruhig, hörte zu.

Catherine ergriff das Wort: »Alors, Kollegen, gehen wir in den Lagerraum. Werfen wir einen Blick auf die Stadt. Eine Besichtigung der Wohnung von Bonnet ist zu riskant. Wenn Keulers uns bemerkt, verschwindet er. Und auch die möglichen Täter wären gewarnt.«

Catherine schaute sie alle an mit ihren hellen Augen unter dem blonden Pony, mit hochgekrempelten Ärmeln, einer funktionalen Armbanduhr und einer dünnen goldenen Halskette mit einem blauen Stein. Die bemerkte Fett erst jetzt. Sie sieht gut aus, dachte er. Sein Handy vibrierte.

WER HALB SICH RÄCHT,
DER BRINGT SICH IN GEFAHR

Schmelzer war am Apparat.

»Vielleicht ein weiteres Motiv, Chef. Deshalb rufe ich sofort an. Habe Infos vom Bundesarchiv. Ganz kurz: Verhoven, Keulers, Bonnet waren 1944 in einer SS-Einheit, die Massaker begangen hat in Frankreich. Sie haben von Oradour-sur-Glane gehört, Chef?«

»Ja. Weiter.«

»Die drei waren darin verwickelt. Ihre Akten sind durcheinander. Es hätte gereicht für einen Kriegsverbrecherprozess. Der ist nie angestrengt worden gegen sie. Keine Ahnung, warum. Jedenfalls, Rache für die Teilnahme an dem Massaker könnte ein Motiv sein für die Ermordung der drei Alten. Und noch etwas. Da gibt es eine Gruppe von ehemaligen SS-Soldaten um einen Obersturmbannführer Hausen. Die treffen sich jedes Jahr. Es sieht so aus, als ob Verhoven dabei war.«

»Danke, Schmelzer. Gute Arbeit. Bleiben Sie dran an der SS-Geschichte. Vielleicht bekommen Sie mehr raus. Schauen Sie nach, ob Rache an anderen Soldaten geübt wurde. Ich gebe die Information weiter an die Kollegen hier in Reims. Sie hören von mir. Das war's?«

»Kleinigkeit, Chef. Das Bundesarchiv hatte Anfang des Jahres eine Anfrage aus den USA zu Verhoven. Vertrauliche Anfrage.«

»Gute Infos. Wir sprechen später.«

Fett ließ alles einen Moment sacken, bevor er über Schmelzers Infos berichtete.

»Oradour-sur-Glane.« Catherine Kaufmann sprach den Ortsnamen ruhig und betont aus. »Oui, ein Massaker im Juni 1944. Von der Waffen-SS begangen. Als Schulkinder haben wir das alte Oradour-sur-Glane besucht. Der Ort wurde so belassen wie am Tag des Massakers. Er soll immer daran erinnern. Daneben wurde ein neuer Ort gebaut. Ob da jemand Rache nimmt? Es wäre möglich. Wir hatten solche Straftaten, Rache an ehemaligen Besatzern. Warum jetzt, 2012? Warum diese späte Rache? So professionell. – Was ist mit der Kunst? Die drei alten Männer haben alle mit Kunst gehandelt oder hatten damit zu tun. Es geht um hohe Summen. Könnte da ein Motiv liegen? Oder Rache aus dem Drogenmilieu? Warum aber Pierre Bonnet?«

Sie schaute in die Runde.

»Ich weiß es nicht«, sagte Petro. »Keine Idee. Die Professionalität macht mir Sorgen. Montagabend Verhoven, am Dienstag Bonnet, heute soll Keulers sterben. Drei Morde an drei Tagen hintereinander. Wurde perfekt geplant. Ein Team von Mördern oder ein Einzeltäter? Wer bewegt sich so rasch durch Deutschland, Niederlande, Belgien, Frankreich? Die Drogenmafia ist gut vernetzt. Die kriegt das hin. Zuerst die beiden Kameraden, damit Keulers zahlt. Wäre eine Möglichkeit.«

»Erinnern, Erinnerung«, Fett sprach laut vor sich hin. »Wie heißt es auf Französisch? Souvenir? Memoire? Da war was. Moment. Ja, wir haben in der Wohnung von Verhoven eine Postkarte gefunden. Die kam aus den USA. Darauf stand ›Memorial Day in Henri-Chapelle‹. Eine Postkarte von dem amerikanischen Militärfriedhof in

Henri-Chapelle in Belgien. Es stand sonst nichts auf der Karte. Nur das Fotomotiv. Eingeworfen, wenn ich mich richtig erinnere, in Washington.«

»Memorial Day haben wir auch«, sagte Petro. »In Margraten vor Maastricht liegt ein amerikanischer Militärfriedhof. Da war ich mehrfach. Immer im Mai, so Ende Mai, da ist dieser Memorial Day. Schau nach im Computer, Catherine.«

»Oui, offizieller Gedenktag für die Gefallenen. Immer am letzten Montag im Mai. Moment, ich schaue unter Henri-Chapelle nach. Die nehmen immer den Samstag vor dem Montag für die offizielle Feier. Das wäre demnach, ja das ist an diesem Samstag. Am 26. Mai 2012. Heute haben wir den 23. Mai 2012. In drei Tagen ist Memorial Day in Henri-Chapelle. Warum Henri-Chapelle?«

»In Henri-Chapelle liegen die amerikanischen Toten aus der Schlacht um den Hürtgenwald und von der Ardennenoffensive. Die haben gegen die SS-Einheit gekämpft, in der Verhoven, Keulers und Bonnet waren. Es ist eine vage Theorie. Die Postkarte scheint mir eher eine Art Drohung zu sein. Petro, lass morgen die Wohnung von Ton Keulers durchsuchen. Vielleicht hat er so eine Postkarte bekommen. Und Bonnet, habt ihr bei ihm was gefunden, Catherine?«

»Luc, schau alles durch. Ich kann mich nicht erinnern, dass wir da eine Postkarte entdeckt haben. Wie lautet die Schlussfolgerung aus deiner Theorie mit der Postkarte?«

Fett dachte einen Moment nach. Er versuchte die Gedanken zu sortieren.

»Die Karte kam aus den USA. Ich interpretiere sie als eine Art Warnung oder sie sollte Verhoven Angst machen. Angst vor etwas, das vor dem Memorial Day passieren wird. Es ist nicht die Ankündigung eines Mordes. Davor die Anfrage im Bundesarchiv. Vertraulich. Es werden immer wieder Täter aus der NS-Zeit gesucht und entlarvt. Merkwürdige zeitliche Übereinstimmungen.«

»Wann ist die Karte bei Verhoven eingetroffen?«, Luc stellte die Frage.

»Das muss im April gewesen sein, ungefähr vor vier bis sechs Wochen. Ich lasse meinen Kollegen Schmelzer die Karte scannen. Er soll sie an die Mailadresse von Catherine senden.«

Catherine nickte und sagte ganz ruhig: »Nehmen wir an, jemand aus den USA steckt hinter dem Mord an Verhoven. Wer könnte es sein? Wer macht das so professionell? Und wer tötet am nächsten Tag Bonnet? Die Tatausführung spricht nicht für einen Einzeltäter. Es müssen mindestens zwei Täter sein. Für eine Person ziemlich schwierig. Könnte der israelische Geheimdienst darin verwickelt sein, weil die Nazi-Verbrechen nie alle aufgeklärt wurden? – Das hilft uns nicht viel für die akute Bedrohung von Ton Keulers. Wir sollten alle Polizisten warnen. Die Täter sind Profis. Schusswaffengebrauch könnte notwendig sein. Luc, bitte alle Kollegen darauf hinweisen. Wir müssen warten. Warten auf Ton Keulers und seinen Mörder. Und wir müssen uns die Frage stellen, ob wir unsere Geheimdienste einschalten.«

Fett schüttelte den Kopf.

»Ich würde den Geheimdienst raushalten. Eine Abstimmung von drei Geheimdiensten käme einer Revolution gleich. Kann ich mir nicht vorstellen. Sie würden uns eher behindern als helfen. Ist sowieso zu spät. Wir müssen überlegen, wohin Ton Keulers bestellt wurde. Bestimmt nicht in die Wohnung. Wohin würdest du jemanden bestellen, den du umbringen möchtest? Außerdem mangelt es nicht an einer Vorliebe für spektakuläre Morde. Verhoven wurde in die Rur geworfen. Bonnet in der Lagerhalle an einen Stuhl gefesselt.«

»Luc, lass die großen Plätze und die Fußgängerzone stärker überwachen. CRS und Polizei sollen ruhig bei älteren Fußgängern öfters eine Personenkontrolle durchführen.«

»Oui. Wird gemacht.«

Luc ging ins Lagezentrum und gab die Anweisung weiter. Er sprach mit einem der Polizisten, die vor den Monitoren saßen, und kehrte rasch zurück.

»Wir haben den Wagen gefunden. Den Wagen von Ton Keulers. Er parkt in der Rue Voltaire. Parkticket bis 19 Uhr bezahlt, es wurde gegen 14 Uhr gezogen.«

»Öffnet den Wagen. Spurensuche rein. Wir fahren dorthin. Er wird zuerst zur Kathedrale gegangen sein, da bin ich mir absolut sicher.«

Gegen 16 Uhr brachen Spezialisten der Reimser Polizei Ton Keulers' Wagen auf. Viel fanden sie nicht. Allerdings Spuren von Betäubungsmitteln, leichte Drogen. Das Navigationsgerät war auf die Kathedrale programmiert. Im Auto leere Wasserflaschen, alte Autobahnkarten, eine Ausgabe vom ›NRC Handelsblad‹, ein Regenschirm. Nichts deutete auf den Ort hin, den Ton Keulers heute aufsuchen würde.

RÜCKBLICK: RÜCKKEHR NACH REIMS

Ton Keulers fuhr an diesem Mittwoch gegen 14 Uhr auf die Kathedrale von Reims zu. Oft war er nach Reims gefahren in den 50er- und 60er-Jahren. Damals dauerte die Fahrt länger. Die alten Autos, die schlechten Straßen in den Ardennen. Manchmal übernachtete er in Sedan, bevor er die letzten Kilometer zurücklegte. Keulers hielt auf die Kathedrale zu, die in der milden Mittagssonne von Südwesten her angestrahlt wurde. Er hatte sich Zeit gelassen; Regen in den Ardennen und abwechselnd Landstraßen, Autobahn. Mehrmals hielt er an, trank einen Kaffee oder ging ein paar Schritte.

Am Dienstagmittag hatte Bonnet ihn angerufen. Es sei sehr wichtig, dass er morgen komme. Pierre Bonnet hatte sich lange Zeit nicht mehr gemeldet. Er klang besorgt. Um 20 Uhr vor dem alten Cinéma Opéra, Rue du Thillois, linker Seiteneingang des verschlossenen Kinos. Übernachten könne er später im Gästezimmer von Pierre.

Ton Keulers fuhr mit seinem silbergrauen BMW auf einen Parkplatz am Seitenrand der Rue Voltaire, ganz in der Nähe der Kathedrale. Er bezahlte für die Zeit von 14 Uhr bis 19 Uhr. Ab 19 Uhr war es kostenlos. Das Fenster summte runter, Keulers starrte vor sich hin. Ihm gingen all die Bilder von seinen Fahrten nach Reims durch den Kopf. Er mochte die Stadt, er blieb stets einige Tage, der Champagner floss in Strömen. Pierre Bonnet sorgte für Damenbegleitung. Monique tauchte vor seinen Augen auf, Anfang der 8oer-Jahre. Er war verrückt nach ihr. Beinahe hätte er Finni verlassen, Finni, die all die Geheimnisse kannte. Das war die größte Krise. Pierre half. Monique verschwand plötzlich. Kein Lebenszeichen mehr. Ton suchte sie verzweifelt. Pierre beruhigte ihn. Danach kam Anna zur Welt; acht Monate später. Nach einem Jahr fand ein Wanderer bei Epernay im Wald die Reste von Monique. Sie war erschossen worden. Ton hatte das nie vergessen. Pierre machte im Alkoholrausch Andeutungen. Mehr nicht. Danach zogen die Kameraden nur noch durch die Kneipen, nicht mehr in die Tanzlokale. Keine Frauen mehr. Höchstens im Bordell.

Ton Keulers kramte in seinem Handschuhfach. Irgendwo lagen ein paar Pillen und die Sonnenbrille. Je älter er wurde, umso mehr brauchte er die Aufputschmittel, die Drogen. Er griff zu einer Flasche Badoit, die er unterwegs am Rastplatz gekauft hatte, schmiss zwei der blauen Pillen in den Mund und trank die Flasche leer. Die Geschichte kehrte zurück, Ton Keulers kehrte zurück. Pierre klang besorgt. Ton dachte an Anna, die ihm gar nicht ähnlich sah. Das Studium war fast finanziert. Nur einige Hunderttausend auf Seite schaffen für ihre Zukunft. Wenn er nicht immer Geld für das Morphium bräuchte. Verdammt, die Schulden, sie ließen ihn schlecht schlafen. Bald müsste er einige Bilder aus seinen Beständen verkaufen. Verhoven war nicht mehr zu sprechen. Ton hatte Schulden bei ihm. Zu viele Schulden. Und diese blöde Postkarte. Verhoven brabbelte etwas von »Memorial Day«. Ob er auch eine Postkarte bekommen habe. Quatsch, alles Quatsch. Er hatte keine Postkarte bekommen. Verhoven wurde immer komplizierter, böser, menschenfeindlicher. Er traf sich mit diesem Hausen und den anderen alten Soldaten vor dem Führergeburtstag. So ein Blödsinn. Die Unverbesserlichen. »Meine Ehre heißt Treue«. Ja, Treue zum Tod. Ton Keulers hatte es satt, an die Zeit in der SS erinnert zu werden. Das war über 60 Jahre her. Er war da hineingerutscht. Seine Eltern Anhänger des Führers, sie waren Kollaborateure, sein Vater begeistert von Hitler, Volk, Germanentum. So ein Mist. Sein Vater hatte ihn verführt. Ton wollte gar nicht, er wollte sein wie die anderen Jungs in seiner Klasse. Nein, der Vater wollte bei den Siegern sein, sein Sohn sollte bei den Siegern sein. Er schickte den Jungen zu den Jägern, den Soldatenjägern der Waffen-SS, die durch die Niederlande zogen und Kanonenfutter suchten. Ton wurde gemustert: tauglich. Waffen-SS. Tätowierung der Blutgruppe. Ab in den Kampf. Partisanenbekämpfung. Schnaps. Verhoven. Ein verdammter Musternazi. Ton Keulers war so jung.

Er schaute auf die Glockentürme der Kathedrale. Verhoven und die alten Kameraden. Scheiß auf die alten Kameraden. Mit Pierre Bonnet hatte er sich besser verstanden. Bonnet war lebenspraktischer, aber zugleich von einer Härte, Grausamkeit, Bestimmtheit. Das hatte Ton Keulers im Kampf gespürt. Bonnet und Verhoven machten keine Gefangenen. Sie schossen sofort. Und Verhoven rannte weiter zu diesem Hausen. Den Schein wahren, so nannte Verhoven das. Vielleicht weil er Deutscher war. Keulers und Bonnet hatten die Geschäfte abgewickelt, die Verhoven angestoßen hatte. Paul besaß den richtigen Riecher. Er war ihr Vorgesetzter auf dem Vormarsch in die Normandie, als sie den Befehl zur Vergeltung bekamen. Vergeltung für die Anschläge auf Wehrmachtseinheiten. Rache. Sie hängten die gefangen genommenen Franzosen an die Laternen entlang der Hauptstraße von

Tulle. Sie waren im Rausch, im Blutrausch. Wie später bei der Ardennenoffensive. Dieser Dreck, diese Albträume, diese verschleuderte Jugend. Betrug, ja betrogen, man hatte sie betrogen, um die Jugend und das Leben. Was damals richtig war, das war heute falsch. Grundfalsch, böse. Morphium half. Gegen die Albträume. Die Laternen von Tulle. Sie kamen jede Nacht, die Albträume. Immer, immer, immer. Der Entzug machte sich bemerkbar. Ton Keulers verfiel in melancholische Erinnerungen.

Er ging müde in Richtung Kathedrale, trug die Sonnenbrille, die ihm Finni vor vielen Jahren geschenkt hatte. 14.30 Uhr, Mittwoch, 23. Mai 2012. Langsam passierte er aus Richtung Osten kommend den Chor. Er blieb beim Fegefeuer stehen und betrachtete die Skulpturen, die zum ewigen Leid verdammt waren. Nie hatte er die realistische Darstellung bemerkt. Er sah in die Gesichter, schmerzverzerrt die Opfer, hämisch die Teufel und Monster, die sie ins Fegefeuer führten. In diesem Moment grauste es Ton Keulers und er schritt rasch weiter. Die Lust auf den Besuch der Kathedrale war verdorben, und doch zog sie ihn magisch an.

Er betrat den Kirchenraum, der kühle Duft von Weihrauch und Kerzenrauch umfing ihn. Die Welt blieb draußen. Ton Keulers setzte sich auf einen der Stühle. Warum wollte Pierre ihn unbedingt in Reims sehen, warum der geheimnisvolle Treffpunkt? Wir müssen Schluss machen. Wir haben nicht mehr lange, sagte sich Ton Keulers und merkte, dass die Wirkung der blauen Pillen schwächer wurde. Er würde gleich einen Champagner trinken, nach der Meditation in der Kathedrale. Erst kühle, katholische Kirchenluft. Kühle und Ruhe. Er setzte sich in eine der hinteren Reihen und schaute auf Christus am

Kreuz, auf die erleuchteten Kirchenfenster und atmete die frische Luft ein. Er vergaß die Zeit. Die Glocken läuteten. 15 Uhr in Reims. Fünf lange Stunden bis zum vereinbarten Treffpunkt. Er betrachtete die lichtdurchfluteten Kirchenfenster von Immi Knoebel neben den Fenstern von Marc Chagall. Die Helligkeit tat ihm gut, als ob die Fenster von hinten beleuchtet wären, so hell, so klar, so froh. Ton Keulers fasste Mut. Wer weiß, was Pierre Bonnet so wichtig war. Sie hatten all die Jahre gut zusammengearbeitet: Pierre, Paul und Ton. Es fing kurz nach der Kapitulation an, die in Reims unterzeichnet wurde. Paul war bereits in Kreuzau. Ton hatte sich aus dem Ruhrkessel in Richtung Maastricht durchgeschlagen. Pierre Bonnet kam in Häftlingskleidung zurück nach Reims. Captain Burns traf ihn in der Galerie seines Vaters. Captain Burns, mit ihm fing es an. Er war im Generalstab von Eisenhower, war bereits seit etlichen Monaten in Reims. Burns, der unscheinbare Burns, der Kunsthistoriker aus Boston, der in den Senat wollte und dem das Kleingeld dafür fehlte. Er stammte nicht aus einer Familie mit »Old Money« wie die Roosevelts, Cabots oder Astors. Burns wollte nach oben und er sah einen Weg. Er nutzte die Zeit in Reims. Er hatte Kontakt zu den Monuments Men, war eine Art Ansprechpartner. Monuments Men, das waren Kunstexperten, über 300 Männer und Frauen mit akademischer Ausbildung, die zumeist als Freiwillige im Dienst der US-Army geraubte Kunst aufspürten. Museumsdirektoren, Kuratoren, Architekten, Künstler, Kunsthistoriker, sie alle kümmerten sich um die von Hitler geraubte Kunst und gaben sie ihren Eigentümern zurück. Burns, dieser Etappenhengst, sah die Lücke im System: Kunst, die niemand vermissen würde, herrenlose Kunst, Originale aus der alten Welt. Und er kannte Abnehmer, Abnehmer für Kunst aus dem alten Europa an der Ostküste der USA. Burns war es, der eines Tages in der Galerie Bonnet auftauchte und sich umhörte. Er suchte alte Kunst als Souvenir für die Heimat. Der Krieg sei bald vorbei. Bonnets Vater hatte nicht viel auf Lager. Burns begann mit minderwertiger Ware, die er mit 100 Prozent Aufschlag in New York verkaufte. So kam er zu seinem Grundkapital für weitere Einkäufe. Dann traf Pierre Bonnet in Häftlingskleidung ein. Und mit Pierre Bonnet öffneten sich neue Horizonte.

Ton Keulers verließ die Kathedrale. 15.30 Uhr. Langsam bewegte er sich in Richtung Markthalle. Dort waren die Restaurants für die Reimser. Rund um die Kathedrale tummelten sich die Touristen. Ton Keulers wunderte sich über die vielen Polizisten und die Streifen mit je drei Mann von der CRS. Wahrscheinlich eine Vorsichtsmaßnahme. Terrorgefahr oder so ähnlich.

Mit Gedanken an Burns schaute er auf die Opéra und das Hôtel de Ville. Er schaltete sein Handy wieder auf laut. Finni hatte versucht, ihn anzurufen. Sie rief selten an, wenn er unterwegs war. Sie würde es nochmals versuchen, wenn es wichtig wäre.

RÜCKBLICK:
WILL BELL UND DER MITTWOCH

Am Mittwochmorgen frühstückten Will und Ray Bell gemeinsam im Best Western.

»Pläne für heute?«

Ray aß sein Rührei und trank den starken Kaffee, stärker als daheim in Arlington.

»Heute möchte ich mir Maastricht anschauen, wenn du nichts anderes vorhast. Kommst du mit, Dad?« Ray Bell kämpfte mit dem Rührei.

»Ich bleib heute im Hotel. Vielleicht ein Spaziergang durch Eupen. Ich möchte vor dem Memorial Day mit dir nach Henri-Chapelle. Es soll mich nicht alles so überraschen, so unvorbereitet treffen.«

Will nickte und nahm einen Schluck des starken Kaffees.

»Alles okay, Dad?«

»Ja, ja. Alles okay. Gut, dass wir hier sind. Danke, dass du mitgekommen bist, Will. Ich wollte dir etwas sagen. Gerade ist mir das Rührei dazwischengekommen. Will. Es tut mir leid. Jetzt, jetzt weiß ich es wieder. Diese Erinnerungen, dieser Albtraum. Sorry, Junge. Dass ich dich da seit Jahren reingezogen habe. Damals, nachts auf der Terrasse in Arlington. Und jetzt hier in Eupen.«

»Schon gut, Dad. So ist das Leben. Du bist nicht für den Zweiten Weltkrieg verantwortlich. Denk daran. Du hast Europa befreit von diesem Wahnsinn. Gute Männer und Frauen sind gestorben, umgebracht worden. Jede Zeit hat ihre Schatten. Du bist in den dunkelsten Schatten des 20. Jahrhunderts geraten. Wir werden am Samstag Eric und Gerald würdigen. Sie sind nicht vergessen. Sie leben weiter. In unseren Erinnerungen. Die USA machen bestimmt viele Fehler, auch wir von der Agency. Am Ende finden wir die richtige Lösung. Dass wir beide hier sind, das ist die Lösung für uns.«

Will stand auf und holte einen weiteren Kaffee. Die Bemerkung zu den USA, den Fehlern und der Lösung, sie haftete in seinem Kopf. Er hatte sie irgendwo aufgeschnappt und ja, verdammt, sie passte auf dieses Land, das immer, wenn es ernst wurde, bereit war einzugreifen.

Nach dem Frühstück begleitete er seinen Vater auf einem kurzen Spaziergang durch die Innenstadt von Eupen. Sie gingen zu dem modernen Europe Direct Büro der Stadt, wo der Besucher mit Prospekten zu den Leistungen der Europäischen Union überflutet wurde. Ray Bell setzte sich in ein Café. Will verabschiedete sich. Er checkte den Stadtplan von Maastricht, die Adresse von Ton und Finni Keulers. Er brauchte einen Plan, um an Ton Keulers heranzukommen. Für Will Bell stand fest, dass Ton Keulers und Paul Verhoven bei der Ardennenoffensive auf Eric und Gerald trafen. Die beiden amerikanischen Soldaten hatten sich ergeben, waren mit erhobenen Händen auf sie zugekommen und brutal ermordet worden. Ton Keulers, wieso war er bisher nicht aufgetaucht in den Unterlagen? Weil er sich immer auf den Namen »Paul« konzentriert hatte, ganz einfach. Paul war ermordet worden. Keulers schien zu leben und verheiratet zu sein. Ich muss mir einen Überblick verschaffen, sagte sich Will Bell. Mittwoch der Überblick. Donnerstag oder Freitag die Aktion: Vergeltung oder Verhaftung.

Will Bell fuhr gegen Mittag mit dem Ford Mondeo nach Maastricht. Er parkte den Wagen in der Tiefgarage vom Centre Céramique, nahm die Fußgängerbrücke auf die andere Seite der Maas. Er besuchte die Basilika Onze Lieve Vrouw, die ihn mit Dunkelheit umfing. Kerzen brannten, er konnte fast nichts sehen. Die Dunkelheit stand in einem scharfen Kontrast zur Helligkeit des Platzes vor der Kirche, zu all den belebten Cafés, zur Geschäftstüchtigkeit des Ortes. Wie ein Tourist schlenderte er in Richtung Vrijthof. Dort wurde eine Bühne aufgebaut. Irgendein großes Konzert würde am Wochenende stattfinden. Gut. Viel Lärm, viel Verkehr. Besser als ein toter Platz mit ganz viel Ruhe. Er setzte sich an einen Bistrotisch, um die Wohnung von Ton und Finni Keulers in den Blick zu nehmen. Er schaute auf die St. Servatiusbasilika und auf das Museum aan het Vrijthof. Dazwischen lag das Haus. Die Vorhänge waren zugezogen. Es war 14.30 Uhr, Mittwoch, der 23. Mai 2012. Finni Keulers ahnte nicht, dass ihre Wohnung vom Café »In Den Ouden Vogelstruys« aus beobachtet wurde. Der Verkehr zur Tiefgarage war abgesperrt, Sattelschlepper und Gabelstapler verursachten einen Höllenlärm, Absperrgitter wurden hin- und hertransportiert. Will Bell schmeckte der starke Kaffee, der Lärm, die Lage.

»Nog iets drinken?« Die Bedienung schaute auf die Gläser von Bells Sonnenbrille.

»Bedankt, okay, I'm fine.« Bill legte fünf Euro hin und ging mit seiner New York Yankees Basecap zur Hoofdwacht, ein ehemaliges Militärgebäude mitten auf dem Platz, von dem aus er Aufnahmen des Hauses von Finni und Ton Keulers machte. Ob es einen Hintereingang gab? Will Bell nahm den Stadtplan und studierte die Umgebung.

Laut Google Maps gab es Innenhöfe, vielleicht musste er die Papenstraat nehmen, um dorthin zu gelangen. Er schaute sich die Straße an, fand aber keine Möglichkeit, um von hinten an das Haus zu gelangen. Es blieb nur der Vordereingang. Will Bell ging zurück über den Vrijthof, vorbei an den Bühnentechnikern und Arbeitern in Richtung McDonalds, um von dort aus eine der schönsten Buchhandlungen Europas zu besuchen, die in der Dominikanerkirche untergebracht war.

»Wow!«, entfuhr es Will Bell, als er die Tür öffnete. Ein 30 Meter langes und über drei Stockwerke reichendes begehbares Regal ragte in die Kirche. Die Ruhe war geblieben. Im Altarraum war nun ein Café. Will Bell ließ alles auf sich wirken. Für einen Moment vergaß er seinen Plan, überwältigt von dem Gebäude und seiner Umnutzung. Er bestellte eine Cola light und konzentrierte sich auf das, was er unter der Überschrift »Memorial Day« seit Langem in Arlington vorbereitet hatte: Vergeltung – Justiz oder Selbstjustiz.

FINNI UND DER LETZTE CHAMPAGNER

Finni Keulers fühlte sich unwohl an diesem Nachmittag. Der Kreislauf schwächelte. Da half ein Mittel. Sie nahm eine Flasche Champagner aus dem Kühlschrank und entfernte mit Mühe den Korken, der mit einem sanften Plopp zur Decke schoss und in die Spüle fiel. Finni wollte Ton anrufen. Ton wusste bestimmt Rat. Nicht mit dem Korken, sondern mit Paul. Was hat Paul in den letzten Jahren gesagt? Trink, Finni, nimm einen Schluck, das hatte er ihr geraten. Ausflüge mit dem Museumsverein, Besuch der TEFAF-Messe, Essen und Trinken auf dem Preuvenemint, dem Luxus-Open-Air-Essen auf dem Vrijthof. Zeitvertreib, Kampf gegen die Leere im Herzen, in der Seele, vielleicht im Kopf. Rieu. Jetzt muss sie den Rieu wieder zehn Tage lang geigen hören. Dann kommen die Moffen, die Deutschen. Die lieben den André und seine langen Haare. Die singen alle Lieder mit. Warum lieben die den André so? Ist eine liebe Jung, der André. Kommt viel Geld nach Maastricht rein. Gut so. Muss ich mit Ton wieder André hören. Ton und seine Touren nach Reims. Und Paul ist tot. Finni wurde zornig und traurig. So ein Mist. Paul war, als Ton mit den Drogen anfing, immer für sie da. Paul hörte zu. Er saß da, wenn Finni über Anna, die Geldsorgen, die Drogen erzählte. Er half ihr mit Geld. Ja, Paul war der Vater von Anna. Eine Nacht mit Paul, als sie abgehauen war von Ton, weil er wieder auf dem Trip war. 1982 – eine ganz schwere Zeit war das. Da kamen diese Drogenhändler, die wollten Geld haben. Geld für die Drogen. Ton hatte alles verkauft. Paul konnte helfen. Paul ist tot. Und ich hab ihn angerufen. Weil ich nicht anders konnte. Ich musste Paul anrufen. Sie haben gesagt, Ton hat nicht bezahlt. Jetzt muss Anna zahlen. Oder Paul. Ich kann Anna nicht reinziehen in diesen verdammten Dreck. Scheiß Drogen. Alles Scheiß. Paul sparte für Anna. Er hatte ein Konto bei einer Bank in Maastricht. Hoffentlich ist das Geld noch da, kommen wir an das Geld ran? Finni trank mit einem Schluck das Glas Champagner aus. Das Prickeln tat ihr gut. Guter Champagner. Hatte Ton mitgebracht von Pierre. Pierre, auch so eine oude Mann, ein Lump, ein Drecksack, alle waren zusammen in die orloog, in die Weltkrieg. Als ob ich das nicht gewusst hätte. Die haben Schweinereien gemacht, die drei. Das wusste sie. Schweinereien. Bestimmt mit die Juden oder mit die Widerstand und so. Schweinereien. Alte Geschichten. Finni nahm ein weiteres Glas und leerte es in einem Zug. Orloog, ja der Krieg, alles war anders, der Krieg hat die Jungens kaputt gemacht. Paul, Ton und Pierre. So ein Mist. Kollaboration. Das waren doch Kinder, Jugendliche. Die konnten doch nichts dafür.

In ihrem Kopf lief alles durcheinander. All die Gemälde, die Ton angeschleppt hatte, all das Bargeld. Es kam und ging, Menschen kamen aus Amsterdam, aus Rotterdam, aus Utrecht, aus Löwen, aus Antwerpen. Sie kauften und brachten Geld oder Gold. Immer Bilder. Ja, es war Geld da, dann war es weg. Ton, wo ist das Geld? Wat heb je, was hast du mit dem Geld gemacht, Ton?

Finni schüttete nach. Langsam wurde sie ruhiger. Nicht gerade klarer, etwas ruhiger. Ton ging selten an das Handy. Er hob selten ab, wenn er die Nummer von Finni sah. Ton wollte keine Kontrolle. Ton, die Polizei war da, Paul ist ermordet worden. Doch, sie sollte es Ton sagen. Er kann es dann Pierre sagen.

Finni wählte die Nummer von Ton. Er hob nicht ab. Ton Keulers saß in der Kathedrale von Reims, das Telefon stumm gestellt. Er war ja in einem Gotteshaus.

Da klingelte es. Es klingelte an der Tür von Finni Keulers. Lasst mich doch in Ruhe, ich will meine Ruhe, Paul ist tot. Ich hab ihn zu seinen Mördern geschickt. Wieder klingelte es. Sie griff zur Sprechanlage.

»Ja?«

»Politie, wir haben eine Frage, Frau Keulers.«

»Sie wissen alles, lassen Sie mich in Ruhe.«

»Eine letzte Frage, Frau Keulers. Es hat sich alles geklärt. Es war ein Missverständnis.«

Missverständnis, vielleicht ist Paul verwechselt worden, dat kann. Finni trank rasch das Glas aus und öffnete. Sie stand in der Eingangstür, als Will Bell mit Sonnenbrille und Basecap die Tür aufdrückte und ihr eine täuschend echt aussehende Walther PPK an den Hals hielt.

»Sorry, Mrs. Keulers, wo ist Ton? Ruhe oder ich schieße.«

Finni wurde schwindlig. Drei Gläser Champagner auf leeren Magen und gerade eine Pistole am Hals. Sie verdrehte die Augen und fiel in die Arme von Will Bell, der sich das alles anders vorgestellt hatte.

Will schleppte sie auf das weiße Sofa, auf dem an einer Stelle merkwürdige dunkle Flecken waren. Mit einem feuchten Lappen brachte er Finni zu Bewusstsein.

»Wo ist Ton? Some questions. Ich hab ein paar Fragen.«

»Ich hab alles gemacht, ich hab …«

»Ton!«

»Ton ist nach Reims. Zu Pierre. Das ist alles. Pierre hat gestern angerufen. Ton ist in Reims, bei der Pierre.«

Verdammter Mist, wer ist Pierre? Will Bell spürte sofort, dass Finni Keulers die Wahrheit sagte. Pierre, Reims, Ton Keulers. Warum fährt er zu diesem Pierre?

»Er ist in Reims«, Finni seufzte und war der Ohnmacht nahe. Alles zu viel für sie.

»Wer ist Pierre?«

»Oude friend. Alter Freund, Pierre in Reims. Pierre Bonnet. Der hat opgebellt, angerufen, gisteren, gestern. Reims. Alter Freund.«

Will sah den Champagner, schüttete ein Glas ein und gab es ihr zu trinken. Mit seinen Handschuhen konnte er es nicht richtig anfassen und Champagner floss über die Lippen in den Ausschnitt. Finni wurde wach, trank das Glas aus, verdrehte die Augen und starrte Will an.

»Ik wet et niet. Ich hab alles gezeggt. Bitte, alstublieft. Ton, Ton.«

Sie sackte in sich zusammen.

Will hatte ein ungutes Gefühl. Er fühlte keinen Puls mehr. Sie war kollabiert, Herzinfarkt. Mist. So ein Mist! Wollte er nicht. Er wollte Ton Keulers. In Reims. Verdammter Mist. Ruhe bewahren. Finni Keulers, die Ehefrau von Ton Keulers, hat zu viel Champagner getrunken, hat sich zu sehr aufgeregt und einen Herzinfarkt bekommen. Sie ist natürlich und in Champagnerlaune gestorben. Es gibt einen schlimmeren Tod. Will Bell sagte sich das und dachte an Eric und Gerald. Dann schaute er sich um. Fotos, Bücher, Bilder. Ein Bild in Schwarz-Weiß von drei jungen Männern. Muss so Ende der 40er-Jahre gewesen sein. Sie stehen vor der Kathedrale von Reims und lachen in die Kamera. Hinten steht nichts auf dem Bild. Will steckte es in die Jacke. Es wird Zeit. Er fühlte den Puls. Nichts. Finni Keulers hatte einen Infarkt. Sie war in den Armen von Will Bell gestorben. Er legte sie sanft auf das Sofa mit den Flecken, so, dass sie nicht runterfallen würde.

Will Bell prüfte den Ort. Spuren hatte er keine hinterlassen. Das Glas war leer, er legte es auf den Teppich. Finni Keulers war mit einem Glas Champagner in der Hand gestorben. Das Glas war zu Boden gefallen und nicht zersplittert. Der Teppich war weich genug. Was noch? Er schaute durch die Gardinen auf den Vrijthof. Viele Sattelschlepper, viele Arbeiter. Er würde gleich die Treppe hinuntergehen und unauffällig das Haus verlassen. Wurde Finni Keulers observiert? Nein, das hätte er bemerkt bei seinem Kontrollgang rund um das Haus. Will war ausgebildeter Special Agent. Er hätte es bemerkt. Sollte er jemanden verständigen? Warum? Er hatte einen Informations- und Wissensvorsprung. Nein, er würde nicht anonym die Politie anrufen. Reims, Pierre Bonnet. Ein letzter Blick. Finni lag auf dem Sofa, die Goldketten waren verrutscht. Das hatte er nicht gewollt. Das konnte passieren. Sorry, Finni Keulers.

Will Bell schloss die Tür, ging die Treppe hinunter und wartete einen Moment mit viel Lärm ab. Rums. Es knallte auf dem Vrijthof, als einige Metallstangen von einem Gabelstapler fielen. In dem Moment öffnete er die Tür und war verschwunden in einer Gruppe Touristen, die sich in Richtung des Knalls umdrehten. Will Bell drehte einige Runden durch die Innenstadt, über den Markt, stand an einer der bekanntesten Frittenbuden an, kaufte eine Portion Fritten mit Mayonnaise, überquerte die Maas in Richtung Bahnhof und ging am Maasufer entlang zum Centre Céramique. Er betrat die Stadtbibliothek, schaute sich um und ging auf eine Toilette. Niemand war ihm gefolgt. Will Bell stieg in den Ford, verließ das Parkhaus gegen 15.15 Uhr und fuhr auf Umwegen nach Eupen. Pierre Bonnet und Reims und Ton Keulers. Er würde es herausfinden. Reims, das waren drei Stunden Autofahrt von Eupen. Pierre Bonnet und Ton Keulers. Er war sich sicher, dass das die beiden anderen waren, die neben Paul Verhoven standen, als Paul mit dem Flammenwerfer kam.

Um 16 Uhr traf er in Eupen ein. Sein Vater sei in der Stadt, teilte ihm die junge Rezeptionistin mit. Er würde gegen 17 Uhr zurückkehren. Abendessen sei um 19 Uhr. Will bedankte sich und ging auf sein Zimmer. Er schloss die Tür ab und öffnete seinen Computer. Er nahm eine Cola light aus der Minibar und setzte sich auf das Bett. Er dachte an Finni Keulers, an den Tod, der sie und ihn überraschte. Die Attrappe der Walther PKK legte er unter sein Kopfkissen. Er nahm das Bild mit den drei jungen Männern aus der Innentasche seiner Jacke und betrachtete es lange. Sie lachten dem Fotografen zu. Drei junge Männer, die den Krieg überlebt hatten. Sie stehen in der Stadt, in der Nazi-Deutschland bedingungslos kapitulierte. Die Kapitulation trat am 8. Mai 1945 in Kraft. Paul Verhoven, Ton Keulers und Pierre Bonnet – Will Bell war überzeugt, dass es diese drei waren.

Will trank die Coke in einem Zug aus. Er wollte seinem Vater keine Probleme bereiten. Die ganze Reise war problematisch genug. Reims, sollte er nach Reims aufbrechen? Mittwoch, Donnerstag, Freitag. Wenn er heute um 17 Uhr startete, wäre er um 20 Uhr in Reims. Die Nummer des Handys von Ton Keulers hatte er notiert. Er könnte versuchen, eine Ortung hinzubekommen. Spuren wollte er keine hinterlassen. Er nahm den Computer und gab

»Pierre Bonnet Reims« ein: Galerie Pierre Bonnet, Rue du Président Franklin Roosevelt. Na bitte. Eine Galerie. Was machte Ton Keulers? Irgendetwas mit Kunst. Und Verhoven, der war im Museum in Düren. Will Bell stutzte einen Moment. Er musste nicht lange darüber nachdenken, ob er heute nach Reims fahren würde. Er packte den PC und ein Hemd in die Sporttasche, die Attrappe der Walther PKK und eine Flasche Aftershave. Er rief seinen Vater an, der vor einem Stück Reisfladen in der Innenstadt saß. Es gab immer geheime Aufträge der Agency. Das wusste Ray Bell, so war es mit seinem Sohn. Wenn er dringend etwas erledigen müsse, sei das eben so. Wäre gut, wenn er Freitag zurückkommen könnte. Die letzte Chance, um gemeinsam nach Henri-Chapelle zu fahren, vor dem Memorial Day.

Will Bell warf die Sporttasche auf den Rücksitz. Die Tankfüllung würde reichen bis Reims. Die Uhr zeigte 17.05 Uhr. Um 20.05 Uhr würde er vor der Kathedrale stehen. Will Bell gab Gas und fuhr in Richtung Verviers, von da aus nach Bastogne und Sedan. Eine Strecke, die vormittags bereits Ton Keulers genommen hatte. Da war er noch nicht Witwer.

TODESERINNERUNGEN

Ton Keulers strich ziellos durch die Stadt. Er war zu früh
eingetroffen. Sollte er Bonnet anrufen? Nein, er würde
Bonnet nicht anrufen. Verhoven auch nicht. Vielleicht
ein letztes Geschäft? Er besaß einen Balthasar van der
Ast in Maastricht. Ein Stillleben von außergewöhnlicher
Schönheit. Der Marktwert müsste bei rund vier Millionen liegen. Wenn er es Bonnet für eine Million verkaufen würde, könnte der locker zwei Millionen erzielen.
Natürlich unter der Hand, ohne Quittung. Balthasar
van der Ast sollte die Absicherung für Annas Zukunft
sein. Viel mehr besaß Keulers nicht, nur noch ein paar
schlechte Bilder. Balthasar van der Ast – zwei hatte er
von Verhoven erhalten. Die Gemälde waren ausgela-
gert worden. Sie sollten zuerst nach Ostdeutschland in
einen Stollen. Wegen der Tieffliegerangriffe versteckten die Museumshilfskräfte die Bilder in der Eifel, in
einem Keller bei Gemünd. Verhoven holte die Werke
1948 zurück. Sie fielen ihm auf, er erzählte davon. Die
Kisten waren aufgebrochen, die Siegel zerstört. Verhoven zweigte in dem Durcheinander dieser Tage die
beiden van der Ast ab. Dauerleihgabe, brummte er im
Champagnerrausch. Berühmt war van der Ast damals
nicht. Es dominierten die großen Werke der alten Niederländer. Einen van der Ast verkauften sie Burns zum
Spottpreis. Natürlich mit gefälschter Provenienz. Den
anderen behielt Keulers.

Er würde heute mit Bonnet sprechen. Den van der Ast verkaufen. Es war die richtige Zeit dafür. Am Place du Forum setzte er sich draußen in die Sonne. Der Platz war belebt, die ersten Angestellten machten Feierabend und nahmen Kaffee oder Wein. Er dachte an die Geschäfte, die Risiken, den Verdienst. Burns, der hatte Bonnet auf die Idee gebracht. Sie hatten lange mit ihm kooperiert. Verhoven hatte geliefert. Keulers auch. Im Bonnefantenmuseum in Maastricht herrschte direkt nach dem Krieg großes Durcheinander, Inventarbücher waren verloren, Karteikarten verbrannt. Wer wusste noch, was die Nazis geraubt hatten oder was Ton Keulers in großen Koffern nach Hause schleppte. Ton ließ die Lieferungen von Verhoven über seinen Tisch laufen. Bescheinigungen von den Niederlanden erleichterten den Verkauf. Man musste an die Endabnehmer denken. Immer vom Ende denken, sagte Burns. Ein Bild ohne Herkunftsnachweis brachte höchstens die Hälfte. Keulers lieferte den Herkunftsnachweis auf Niederländisch. Das verstanden die Käufer in New York eh nicht. Nach dem Krieg und in den 50er-Jahren ging alles rasch. Burns klärte den Transportweg. Gut verpackt transportierten sie die Werke mit Maschinen der Air Force rüber. Kein Zoll, keine Kontrolle, Destination: Andrews Air Force Base bei Washington. Dort saß sein Verbindungsmann, der junge Lieutenant Cyril Weinert, ein begeisterter Kunstliebhaber, der den Krieg über ausschließlich mit Raubkunst beschäftigt war. Er war der Adressat aller Lieferungen. Die Besessenen, die obsessiven Käufer der amerikanischen Oberschicht, sie waren entzückt und kauften alles: Porträts, Landschaften, Stillleben, Impressionisten, Expressionisten, 16. Jahrhundert, 17. Jahrhundert, alte Niederländer und Bücher, Skulpturen, Porzellan, Möbel. Am besten gingen Gemälde. Paul und Ton lieferten. Erst Ende der 70er-Jahre wurde es schwieriger mit dem Transportweg, der Herkunft und dem Verkauf. Es meldeten sich Nachkommen ursprünglicher Besitzer. Museen begannen den Verbleib von Werken zu erforschen – zum Glück im Schneckentempo. Verhoven bekam erste Schwierigkeiten. Aber die Mühlen mahlten langsam, sehr langsam. Heinrich Hubschmid, der Verdacht schöpfte, wurde ab und an mit einer Flasche Ouzo ruhig gestellt. Verhoven erzählte im Champagnerrausch, wie er Hubschmid abfüllte, als der irgendwann bemerkte, dass im Depot die Lücken größer wurden. Hubschmid, der mit seiner Sauferei dem Direktor lange ein Dorn im Auge war, glaubte durch die Anzeige von Verhoven punkten zu können. Verhoven erzählte alles mit dem Champagnerglas in der Hand. An einem heißen Sommertag hatte er eine leere Mineralwasserflasche mit Ouzo gefüllt. Als Hubschmid, durstig wie immer, ansetzte, schoss der Ouzo in seine Kehle, und nach einem ersten Husten begann sein Gesicht zu leuchten. Verhoven wartete, bis sein Kollege sturzbetrunken durch das Büro torkelte. Als der Hausmeister kam, um die Räume abzuschließen, sagte Paul, dass Hubschmid bereits gegangen sei. Der lag unter dem Schreibtisch und schlief neben einer Studie von Joos van Cleve, frühes 16. Jahrhundert. Verhoven blieb für letzte Arbeiten. Er weckte Hubschmid nach Einbruch der Dunkelheit, zog ihm den Mantel an und sagte, dass er ihn nach Hause bringe. Hubschmid taumelte in Richtung Pleußmühle. Es war 22.30 Uhr, stockdunkel, kein Mond schien. Sie wankten am Mühlenteich entlang, als der gute Hubschmid austreten musste. Er stellte sich an den Rand des schnell vorbeischießenden Wassers, das von der Rur abgezweigt wurde, um die Turbinen und Wasserräder der Papierfabriken anzutreiben. Heinrich Hubschmid öffnete mit Mühe seine Hose, als er einen kräftigen Tritt in den Rücken erhielt und mit geweiteten Augen und offener Hose in das Wasser eintauchte, das ihn sofort nach unten drückte. Er wurde erst einige Tage später in der Nähe von Birkesdorf ertrunken und von den Wasserrädern übel zugerichtet aufgefunden. Verhoven hatte mit der Geschichte mehrfach im Vollrausch geprahlt. Am Ende lachte er jedes Mal schallend und lallte: »Mit offener Hose, er flog mit offener Hose in den Mühlenteich! Adieu, Hubschmid, alter Säufer! Hahahaha!« Keulers schauderte vor diesem Lachen.

Er nahm einen Kaffee und ein Mineralwasser. Ton Keulers wusste nicht, dass Paul Verhoven gestern selbst im Wasser der Rur aufgeschlagen war. Statt eines Tritts im Rücken hatte Paul ein Loch in der Mitte der Stirn.

Das Geschäft mit der Kunst, es lief nach Hubschmids Tod weiter. An Aufklärung bestand kein Interesse, denn bei zu vielen Sammlern hing Raubkunst an den Wänden und die Museen waren voll davon. Ganze Bibliotheken wechselten nach 1933 für einen Spottpreis den Besitzer, und der ursprüngliche Eigentümer verschwand auf Nimmerwiedersehen irgendwo im Osten vor Krakau oder bei Zamość oder Lublin oder in Sobibór, Treblinka, Majdanek. Die Bücher blieben im Reich, die Gemälde blieben im Reich, die Möbel blieben im Reich. Sie blieben bei lieben Nachbarn, in Museen und Archiven. Es gab »Judenauktionen« und »Möbelauktionen«. Versteigerungen in Auktionshäusern. Eine riesige Verschiebung von Eigentum und Werten fand zwischen 1933 und 1945 statt. Gestapo, Finanzämter, Kommunen, Auktionshäuser arbeiteten

Hand in Hand. Mancher deutsche Erbe wunderte sich in den 80er- und 90er-Jahren über den merkwürdigen Nachlass von Vater, Mutter, Oma und Opa.

Bonnet, Verhoven und Ton machten nach dem Krieg ihren Schnitt. Viele wollten die unter dubiosen Umständen erworbenen Werke schnell loswerden. Die drei Spezialisten halfen. Die Schätze landeten irgendwo zwischen Boston und Washington. Eine Erinnerung an die alte Welt, die keine gute Welt gewesen war.

Schwerpunktstaatsanwaltschaften wurden erst später aufgebaut. Sie ertranken in Arbeit. In den Museen blieben Werke mit zweifelhafter Herkunft lange im Depot, gut behütet. Nur die Registrare hatten einen Überblick über Zu- und Abgänge. Und Verhoven und Keulers waren gute Registrare in eigener Sache.

18.30 Uhr, Zeit für ein Abendessen. Ton Keulers zahlte und ging mit seinem Stock langsam in Richtung Markthalle. Ein kleines Abendessen vor dem Treffen würde ihm guttun.

WARUM MAN POLIZIST WIRD

Angespannte Ruhe im Lagezentrum der Polizei von Reims. Kaffee, Mineralwasser, Sandwiches standen auf den Tischen. Kaffee war der Bestseller, danach Mineralwasser.

Fett ging zu Catherine. Er war unruhig. Es braute sich etwas zusammen.

»Hast du fünf Minuten?«

»Oui, ich muss raus hier. Dieses Warten ist ätzend. Lass uns vor die Tür gehen. Ich muss eine rauchen.«

Fett blickte auf ihren federnden Schritt, einen selbstbestimmten schönen Schritt, die grünen Turnschuhe berührten kaum den Boden. Die braune Lederjacke trug sie locker über der rechten Schulter. Fett brauchte Gespräch, Ablenkung, Blickkontakt, Austausch. Seine Synapsen waren verstopft. Er fühlte, dass die Lösung vor ihm lag, er sie aber nicht sehen konnte. Er schaute Catherine Kaufmann an, das brachte ihn auf andere Gedanken.

»Hast du eine Theorie?« Fett blickte in ihre blauen Augen.

»Nein. Ich habe einen toten Galeristen, 85 Jahre alt. Er war in der Waffen-SS, hat Kriegsverbrechen begangen, danach keine besonderen Vorkommnisse. Er ist professionell entführt und umgebracht worden. Einen Tag, nachdem sein Kamerad in Deutschland erschossen wurde. Hört sich nach Rache an. Ist es Rache, ist es Vergeltung? Ist es das Fegefeuer?«

»Fegefeuer? Wie meinst du das?«

»Vergeltung für Sünden. Jemand übt Gerechtigkeit aus. Die drei Alten sind schuldig. Sie leben seit Jahren unbehelligt im Wohlstand und haben ihre Karrieren auf Verbrechen aufgebaut. Zeit der Abrechnung. Cold blood – kaltblütig, wie sie in Oradour-sur-Glane gehandelt haben, so werden sie zum Tod bestellt.«

Fett schaute in Richtung Kathedrale und dachte an den Aachener Dom, an das Christentum, die katholische Kirche und den Zusammenbruch in den Jahren 1933 bis 1945.

»Wo wurde die Kapitulation unterzeichnet?«

»Hinter den Bahngleisen, in einer Lehranstalt. Da war das Hauptquartier der Alliierten 1945. Der Raum, in dem die Unterzeichnung stattfand, steht unter Denkmalschutz. Wenn wir Zeit haben, zeige ich ihn dir. Ach, nicht weit davon entfernt ist die Galerie Bonnet, unten Galerie und da drüber die Wohnung von Bonnet. Alles in einer Straße.«

»Ich komme darauf, weil die Morde mit der Geschichte zusammenhängen, mit der Vergangenheit. Die drei Opfer, na gut, Keulers lebt wahrscheinlich noch, sie kannten sich aus der Waffen-SS.« Fett drehte sich um, ein Offizier der CRS kam auf sie zu.

»Pardon, Nungesser, Thierry.«

Der Capitaine der CRS kam ins Lagezentrum, um sich kurz mit Catherine abzusprechen. Catherine stellte die beiden Männer vor. Fett begrüßte ihn auf Französisch.

»Merci, danke, Kommissar Fett. Als Elsässer, wie Catherine, spreche ich ganz gut Deutsch, obwohl es hier nicht viele Möglichkeiten gibt, Deutsch zu sprechen.« Er gab Catherine Feuer, die tief inhalierte und den Rauch in den Abendhimmel stieß.

Nungesser war durchtrainiert wie ein Boxer vor dem Kampf um die Weltmeisterschaft.

»Thierry ist der beste Capitaine der CRS in ganz Frankreich.«

»Hör auf, Catherine, wenn wir den Fall gelöst haben, sprechen wir darüber.«

»Thierry hat ein Talent, die besten Männer auszusuchen. Er holt sie aus der Légion.«

»Légion, ich verstehe nicht.« Fett sah die beiden an.

»Alors, in meinen Kompanien sind in der Mehrzahl Exmitglieder der Légion étrangère, der Fremdenlegion. Sie haben mindestens fünf Jahre dort gedient und besitzen die französische Staatsbürgerschaft.«

»Die CRS von Thierry gewinnt jeden Wettkampf, Michael. Wir haben die besten Polizisten auf der Straße.«

»Ihr Name, Monsieur, Nungesser, ich erinnere mich schwach.«

»Ein Jagdflieger aus dem Ersten Weltkrieg. Charles Nungesser, über 40 Abschüsse. Ich bin nicht mit ihm verwandt. Er war im Himmel unterwegs, Thierry Nungesser liebt den Boden. Nennen Sie mich Thierry. Wir müssen das hier zusammen durchziehen.«

»Michael, ich heiße Michael. Das Elsass und Straßburg kenne ich ganz gut. Reims noch nicht.«

Catherine Kaufmann schaute den deutschen Kollegen interessiert an. Die grauen Haare, etwas zu lang für das Alter, ganz gute Figur in der Levis 501, blaues Hemd, dunkelblaues Sakko, braune Schuhe. Sieht nicht schlecht aus, dieser Fett, dachte sie. Er legt Wert auf seine Erscheinung und ist nicht so ein Narziss wie andere Junggesellen, die in ihr Spiegelbild verliebt sind. Sein Lächeln hat was, wie sein Aftershave, unaufdringlich, männlich, einfach gut. Konversation kann er, dachte Catherine.

»Du bist nicht verheiratet, Michael?«

»Nein, hat sich nicht ergeben. Und du, Catherine, so eine schöne Kommissarin?«

»Merci«, sie lächelte. »Hat sich auch nicht ergeben. Ich bin zu anspruchsvoll.«

Thierry Nungesser lachte über ihre Bemerkung.

»Catherine möchte einen Allrounder, so einen, der an allem interessiert ist. An Kino, Literatur, Theater, Kunst und der sportlich ist, mehrere Sprachen spricht und noch kochen kann. Stimmt doch, Catherine?«

»Exakt. Somit scheidest du aus, Thierry. Pech.«

Luc Arbogast rief Thierry Nungesser in den Lagerraum, seine Einheiten baten um Anweisungen.

Catherine und Fett standen vor dem Gebäude.

»Warum bist du Polizistin geworden?«

»Ich mochte Maigret, den alten, von Jean Gabin gespielt«, sagte sie lachend.

»Oh, der war gut, sehr gut. Ja, Jean Gabin war der Beste«, Fett erinnerte sich.

»Und du, bevor du das Verhör ausdehnst, warum bist du zur Polizei gegangen?«

»Ich mochte Erik Ode, ach, Quatsch. Was möchtest du hören? Die Wahrheit oder die Wahrheit, die richtige oder die falsche Wahrheit? Mein Vater war Polizist. Das ist alles. Vielleicht hatte ich nicht genug Fantasie für einen anderen Job. Ich wollte zur Polizei. Ich verrate dir ein Geheimnis: Ich mag Waffen.«

»Ach, komm. Gerechtigkeit, John Wayne, Pat Garrett, Chandler, Hammett, sei nicht so unromantisch. Deutsche Männer sind Romantiker. Komm mir nicht mit Waffen, dafür bin ich zuständig. Die beste Schützin des Kommissariats.«

»Romantiker. Ja, mag sein. Wenn ich auf die Kathedrale schaue, an den Aachener Dom denke, die Kathedrale in Köln. Dann spüre ich etwas von Gemeinsamkeit. Jetzt spiele ich dir den romantischen und an Architektur interessierten deutschen Kommissar vor. Die Nummer kann ich gut.«

Catherine lächelte. Die Selbstironie sagte ihr zu. Jemand, der sich nicht so ernst nahm.

»Schön, wenn man nach kurzer Zeit zusammen lachen kann.«

»Weinen wäre schlecht. Dafür sind deine Augen zu schön. Oh, ich muss aufpassen. Sonst schickst du mir die Gleichstellungsbeauftragte von Reims auf den Hals.«

»Gleich… was?«

»Das war eine Chauvi-Bemerkung. Mag man in Frankreich das Wort ›Flirt‹ überhaupt?«

»Wir stehen mit dem Wort auf und gehen mit dem Wort schlafen. Ich zumindest. Danke für das Kompliment. Wenn alles vorbei ist, zeige ich dir Reims.«

»Ich bitte darum, ja, gerne und ich lade dich ein, zu einem Essen deiner Wahl. Voilà.«

»Ich denke darüber nach, wenn du mir erzählst, was du in Straßburg gemacht hast.«

»In Straßburg habe ich mein Französisch verbessert. 1986 in einem Sommerkurs an der Uni. Der beste Kurs, den ich je besucht habe. Ein alter Professor zeigte uns am Wochenende das Elsass. Von Obernai bis Kaysersberg, von Riquewihr bis Hagenau, Mont-Sainte-Odile und Colmar mit Isenheimer Altar – es war fantastisch. Ich wohnte in einem Studentenwohnheim hinter der Kathedrale und bin morgens früh durch Straßburg spaziert an der Ill entlang. Abends feierten wir oder besuchten ein Orgelkonzert. Mittags saßen wir im Café Brant. Ich fragte, warum an einen Brand erinnert wird. Sie lachten. Ich kannte den Schriftsteller Sebastian Brant nicht.«

»Du hast Orgelkonzerte in Straßburg besucht und kennst das Café Brant?« Catherine schaute ihn erstaunt an.

»Ja, in Aachen habe ich nie Orgelkonzerte besucht, aber in Straßburg. Der Professor und die Lehrerinnen erzählten uns viel darüber. Über Albert Schweitzer, über die Silbermann-Orgel. So hieß sie, glaube ich. Und das Café Brant war mein Lieblingsort für die Träumereien nach dem Kurs am Vormittag.«

Catherine war überrascht. Das hätte sie nicht von einem deutschen Kommissar erwartet.

»Der Blick vom Straßburger Münster ist grandios. Am 14. Juli, eurem Nationalfeiertag, da war der Platz vor dem Münster überfüllt. Da hatte ich geradezu Platzangst.« Michael Fett versank in seinen Erinnerungen. Es war ein internationaler Kurs. Studenten aus Israel, den USA, Spanien, Italien, Irland. Eine Studentin aus Israel nahm ihn mit in die Synagoge von Straßburg. Er besuchte die Mitschülerin einmal in Tel Aviv. Da war der Zauber des Sprachkurses verflogen. Der Alltag hatte beide im Griff. Sie schenkte ihm ein Buch von Isaac Bashevis Singer: »The Slave«, die englische Ausgabe.

»Michael, hörst du mich?«

»Pardon, Catherine. Straßburg, ich war gerade in Straßburg. Du musst mir bitte über Straßburg erzählen, dein Straßburg. Ich habe sehr gute Erinnerungen an Straßburg. Der Kurs öffnete mir die Augen für vieles.«

»Und das Herz?«

Michael Fett lachte. »Oui, auch das Herz. Eine andere Geschichte.«

»Ihr werdet drinnen gebraucht.« Luc kam und blickte eifersüchtig auf Fett, denn das Lächeln im Gesicht von Catherine hatte unmöglich mit dem Fall zu tun.

Fett ließ Catherine den Vortritt. Er sah sie von hinten an, die blonden Haare, der betonte, sportliche Gang, dieses Federn, ihre gute Figur. Er atmete tief durch, lächelte vor sich hin. Der Aufenthalt in Reims war bereits erfolgreich. Alleine für das Lächeln von Catherine.

DER GERUCH VON FLEISCH

Ton Keulers aß Steak Frites, dazu einen trockenen Rotwein, zum Dessert Crème brûlée, danach Espresso. Er war kein großer Feinschmecker, Finni nie eine besondere Köchin. Sie bestellten etwas nach Hause oder aßen in einem der vielen Cafés am Vrijthof eine Kleinigkeit. Essen war für ihn nicht wichtig. Er brauchte den Stoff, die kleinen Drogen, die Pillen, Morphium, Cannabis. Er schluckte alles durcheinander. Die Albträume, sie hörten nicht auf, sie hörten nie auf, sie kamen jede Nacht. Oradour-sur-Glane, Tulle, Malmedy – die Toten an den Laternen, die Erschießungen, die Schreie, die Blicke der Kinder, der Frauen, der Alten. Der Geruch des verbrannten Fleisches, das Prasseln der Flammen. Direkt nach dem Krieg ging es einigermaßen. Überleben, bloß überleben. Das war sein Ziel. Er begann zu arbeiten und lernte Finni kennen. Sie heirateten. Alles war gut, fast gut. Plötzlich kamen die Erinnerungen aus der Kriegszeit hoch. Je länger der Krieg vorbei war, umso schlimmer wurde es. Er war bei einem Psychiater, einem Therapeuten. Er konnte ihm nicht alles sagen, nichts von den Massakern seiner Kompanie.

»Noch ein Glas Rotwein, du vin rouge, verre, oui.«

Er trank ein weiteres Glas. Alkohol, Pillen. Betäuben. Alkohol holte ihn runter. Und die Pillen. Bonnet, 20 Uhr. Cinéma Opéra. Ja, das alte Kino. Geschlossen. Linke Tür. Warum diese verdammte Heimlichtuerei. Zwei alte Idioten verstecken sich. Warum? Was hat Bonnet so verrückt gemacht? Er hörte die Glocke der Kathedrale schlagen. 19.15 Uhr. Zu Fuß ungefähr 20 Minuten in seinem Alter. Er bat um die Rechnung, trank rasch das letzte Glas, legte das Geld auf den Tisch, schaute sich um, ging auf die Toilette. Danach langsam in Richtung Cinéma Opéra. Sonnenbrille und Basecap machten ihn fast unsichtbar. Ton Keulers war entschlossen, mit Pierre Bonnet endgültig alles zu klären. Schluss, mit allen Geschäften. Blieb nur der van der Ast.

VERLORENE KUNST, VERGESSENE WURST

Mittwochnachmittag in Aachen. Schmelzer wollte gerade einen Kaffee holen, als Frau Dohmann-Härter durchgestellt wurde.

»Dr. Dohmann-Härter, Leopold-Hoesch-Museum Düren. Sind Sie der Kollege von Kommissar Fett?«

»Ja, Frau Dr. Dohmann. Wir haben uns gestern gesehen. Stimmt, wir lassen durch die Kollegen in Düren die Personalakten von Verhoven abholen. Die sind vermutlich im Personalamt der Stadtverwaltung?«

»Ja, so ist es, Herr Schmelzer. Aber darum geht es nicht. Herr Schmelzer, es gibt, sozusagen nach erster Sichtung, einige eklatante Lücken in unserem Bestand. Wir haben große Verluste im Krieg erlitten. Manche Karteikarten sind verbrannt. Im Inventarbuch der Ankäufe fehlen einige Seiten. Wir können uns letztlich den Verbleib mancher Werke nicht erklären. Das betrifft den Altbestand, das betrifft sogenannte ›Entartete Kunst‹, die wir von 1933 bis 1945 unter Verschluss hielten, das betrifft Schenkungen beziehungsweise Ankäufe im selben Zeitraum. Wie gesagt, es sind nicht die Signetwerke, die Klassiker, die auch in Schulbüchern auftauchen: Menzel, Slevogt, Spitzweg, Liebermann, Corinth, Ensor, Kandinsky, Dix, Schmidt-Rottluff, Beckmann und all die anderen. Die sind alle da. Kleinere Werke, durchaus wichtig für die Entwicklung eines Künstlers und den Sammlungsschwerpunkt des Hauses. Sie sind sozusagen weg. Wir haben den

Mord an Verhoven zum Anlass genommen, heute Morgen Stichproben zu machen, trotz der Ausstellungsvorbereitungen. Es liegt vieles im Argen. Ich wollte Ihnen das direkt mitteilen. Sozusagen im Sinne der Aufklärung. Ob es mit dem Mord zu tun haben könnte, das müssen Sie überprüfen. Nicht wahr.«

Schmelzer spürte, dass sie peinlich berührt war. Vermutlich wusste sie lange, dass Werke abgängig waren. Jetzt ploppte der ganze Skandal hoch.

»Sie haben richtig gehandelt. Absolut richtig. Danke. Bitte machen Sie uns eine Aufstellung der Werke, die auf den ersten Blick fehlen. Wir hätten Anhaltspunkte, Sie verstehen. Dann können wir die Liste mit den Werken aus Verhovens Wohnung abgleichen.«

»Ja, Herr Kommissar, wir werden das nebenbei machen. Es ist so, dass wir das Depot voll haben, kaum Personal, da kann man den Überblick verlieren. Wir kümmern uns darum, Herr Schmelzer, danke und grüßen Sie bitte Herrn Fett. Wir kooperieren gerne.«

Schmelzer legte auf. Kollege Hör-Baumann, der könnte mit den Informationen vielleicht etwas anfangen. Er griff zum Hörer, passt ja, Hör-Baumann.

»Baumann, hör zu.« Schmelzer konnte sich die Formulierung nicht verkneifen.

»Aus dem Leopold-Hoesch-Museum in Düren sind seit Jahrzehnten Werke verschwunden. Keine Klassiker, wie die Direktorin sagt. Hast du was bearbeitet mit Düren, mit Kunsthandel, mit Raubkunst, mit Beutekunst?«

»Hör, Schmelzer, vieles läuft da geheim ab. Ich muss nachschauen, ob wir einen Hinweis auf Düren bekommen haben. Auf Anhieb kann ich mich nicht erinnern. Die Geschäfte werden oft in den Niederlanden oder in Belgien abgewickelt. Irgendwo in Landhäusern oder alten Schlössern. Ich hör mich um.«

»Danke, Baumann. Melde dich einfach. Ich hör von dir.«

Schmelzer legte auf, Hör-Baumann hatte nur zweimal »Hör« gesagt. Na bitte, dachte Schmelzer, geht doch.

Die Kriminaltechnik lieferte einen weiteren Bericht in sein Büro. Das Testament von Verhoven war aufgetaucht. Verhoven setzte als Alleinerbin Anna Keulers ein, die Tochter von Finni. Schmelzer stutzte. Er erinnerte sich an die Fotos bei Verhoven und die Fotos in der Wohnung von Keulers. Anna Keulers erbte alles von Verhoven. Eine Information für Fett.

Er schaute auf die Uhr: 17 Uhr. Heute ist Justus-Tag mit KiKA und Bockwürstchen. Ach, die Würstchen. Beinahe hätte er sie im Kühlschrank vergessen. Er überlegte einen Moment, ob er Fett in Reims anrufen sollte. Er entschied sich dagegen, schaltete den PC aus, nahm seine North Face Allwetterjacke, die Würstchen und machte sich auf den Weg zu Justus und Ehefrau Anne.

KUGELHAGEL

Ton Keulers erreichte das Kino in der Rue de Thillois gegen 20 Uhr. Die vielen Polizisten fielen ihm auf. Ton Keulers wollte endlich alles hinter sich bringen. Die Glocke der Kathedrale schlug dumpf 20 Uhr. Er wartete einige Sekunden. Eine Streife, bestehend aus drei schwer bewaffneten Polizisten der CRS, ging betont lässig an ihm vorbei. Sie trugen das Schnellfeuergewehr HK G36 Version KP2 im Anschlag, und ihre Augen waren von Sonnenbrillen verdeckt. Keulers konnte nicht erkennen, ob sie ihn anschauten. Er überquerte die Straße, näherte sich der linken Tür des verlassenen alten Kinos. Ein Jugendstilpalast mit über 1.000 Sitzplätzen, der durch das neue Multiplex ersetzt worden war. Ton Keulers öffnete die Tür, stolperte in die dunkle Öffnung, hörte, wie jemand seinen Namen rief: »Ton!« Das war nicht die Stimme von Pierre, dachte Ton, als zwei Schüsse aus dem dunklen Hintergrund peitschten, in seine linke Schulter einschlugen und ihn zu Boden warfen. Danach ging alles ganz schnell. Jemand stürzte auf Ton Keulers zu. Hinter ihm riss der CRS-Polizist Alain Michel die Tür auf und schrie »Police!«.

Der Mann, der auf Ton Keulers zustürmte, warf sich zu Boden, gab zwei Schüsse auf Alain Michel ab, die dessen Schutzweste nicht durchschlugen. Hinter Alain Michel stürmten Brigadier Tournier und Polizist Carpus in den Eingang. Tournier gab einen Feuerstoß aus seinem

Schnellfeuergewehr ab, der den Putz pulverisierte und die Dunkelheit des Gangs mit Staub füllte. Alte Lampen knallten krachend auf den Boden, Querschläger pfiffen sekundenlang durch den Gang, die Polizisten brüllten Befehle, Tournier feuerte das Magazin leer. Aus dem Staub und Getümmel wurden weitere Schüsse auf die Polizisten abgegeben, während Ton Keulers schmerzverkrümmt auf dem Boden lag und über ihm die Kugeln hin und her flogen. Jemand schrie »Go! Go! Go!«, feuerte mehrere Schüsse aus einer automatischen Pistole in Richtung der Polizisten, lautes Getrappel, Tournier sprach in ein Funkgerät. Carpus schoss mit kurzen Feuerstößen in die Dunkelheit und pulverisierte den Spiegelgang zu den Sitzplätzen des Kinos. Tournier rammte ein neues Magazin in sein Schnellfeuergewehr und gab Dauerfeuer. Alain Michel, der durch die Wucht des Aufpralls der beiden Kugeln in die Knie gegangen war, wurde von Kameraden vor das Kino gezogen, wo mittlerweile einige Menschen trotz der Schüsse wie gebannt standen. Weitere CRS-Polizisten rannten in Richtung Eingang, der erste Streifenwagen bog mit quietschenden Reifen um die Ecke, Passanten wurden fortgetrieben und Brigadier Tournier schleppte zusammen mit Carpus den verletzten Keulers raus, bevor sie die Verfolgung fortsetzten. Eine Blendgranate flog in den Eingang. Es folgte eine dumpfe Explosion und ein Trupp der CRS stürmte mit starken Taschenlampen und entsicherten Schnellfeuergewehren in den Gang. Blendgranate und Kugelhagel verursachten eine undurchsichtige Wolke aus Staub. Die Taschenlampen halfen kaum. Von hinten drängten mehr Polizisten nach. Vorsichtig stürmten sie das Gebäude; ergebnislos, keine Spuren. Das Kino war wie ein Labyrinth. Vom Keller aus führten viele Gänge in die Unterwelt von Reims.

»Schusswechsel im Cinéma Opéra«, lautete die Nachricht, die kurz nach 20 Uhr in der Leitstelle eintraf. Älterer Mann verletzt, Täter auf der Flucht, Polizisten unverletzt, Schutzweste nicht durchschlagen.

»Keulers«, sagte Fett.

»Vite, schnell!« Catherine schnappte sich die Jacke. Fett, Petro und Luc liefen zu den Autos. Mit Blaulicht rasten sie zur Rue du Thillois. Thierry Nungesser war vor Ort, teilte seine Männer ein. Er kam auf sie zu, während Keulers gerade von zwei Sanitätern und einem Notarzt auf der Straße behandelt wurde.

»Vermutlich zwei Mann. Sie wollten den Alten erschießen. Der hat zwei Kugeln abbekommen, linke Schulter, die eine könnte in die Lunge gegangen sein. Auf meine Männer wurde sofort das Feuer eröffnet, keiner verletzt, zwei Treffer in der Schutzweste. Wir haben zurückgeschossen. Ob jemand getroffen wurde, kann ich nicht sagen. Wir untersuchen das Gebäude. Es sieht schlecht aus. Die sind vermutlich durch den Keller weg. Tournier hat gehört, wie jemand ›Go! Go! Go!‹ rief. Wie Amerikaner in den Filmen, in denen der Präsident schnell gerettet werden muss.«

»Ringfahndung. Kontrolle an allen Ausfallstraßen. Pläne vom Untergrund checken. Beeilung. Bevor es dunkel wird. Wir haben gut eine Stunde. Gibt es hier alte Gänge? Die Typen sind kaltblütige Profis. Personenschutz für den alten Keulers. Petro, ist das Keulers?«

Petro ging zu Ton Keulers, der bewusstlos auf dem Boden lag. Ja, das war Ton Keulers, kein Zweifel. Catherine gab präzise Anweisungen. Keulers wurde in den

Krankenwagen getragen. »Personenschutz im Krankenhaus«, sagte sie zu Luc. »Petro, vielleicht sollte seine Frau in Maastricht geschützt werden.«

Ton Keulers war in eine Falle gelockt worden. Das waren mit großer Wahrscheinlichkeit die Täter, die Paul Verhoven am Montagabend und Pierre Bonnet am Dienstag erschossen hatten. Heute, am Mittwochabend, sollte Ton Keulers sterben. Vielleicht stirbt er noch. Fett dachte nach: Düren, Verzenay, Reims. Drei ehemalige Waffen-SS Soldaten an drei Tagen hintereinander. Ein Einzeltäter kam dafür nicht in Betracht. Eine Organisation, das muss eine Organisation sein, die das geplant und umgesetzt hatte. Die Waffen, die Logistik, die Bewegungsabläufe. Warum? Welches Motiv?

»Michel!« Catherine winkte ihn heran.

»Wir haben Nachrichtensperre. Morgen müssen wir was sagen. Entweder schnappen wir die Täter in Reims und wenn nicht, dann sollten wir behutsam mit den beiden Tötungsdelikten und dem versuchten Mord umgehen.«

»Sehe ich auch so. Noch wissen die Täter nicht, ob Ton Keulers tot ist. Wir lassen sie im Unklaren. Hoffentlich überlebt er.« Sie besichtigten das Kino, wo bereits die Kriminaltechnik starke Scheinwerfer aufbaute und erste Spuren der Schießerei sicherte. Sie wollten sich einen kurzen Überblick verschaffen.

Beim Verlassen des Kinos steckte sich Catherine eine Camel an und blickte sich um. Die Gegend war weiträumig abgesperrt. Das Blaulicht der Einsatzwagen spiegelte sich in den Scheiben der Geschäfte. Polizisten standen mit ihren Waffen im Anschlag an allen Straßen.

»Wir konnten es nicht verhindern, unmöglich.« Fett stellte sich neben sie.

»Keulers wurde in das Kino bestellt, vermutlich für 20 Uhr. Er hatte Vertrauen in Bonnet, und es muss ihm wichtig gewesen sein, so wichtig, dass der alte Mann um acht Uhr abends diese Tür öffnete, um in das stillgelegte Kino zu gehen. Die Kaltblütigkeit der Täter haben wir bei Verhoven und Bonnet bemerkt. Deine Leute haben gut reagiert. Mehr war nicht zu machen.«

»Ich weiß. Danke.« Sie schmiss die Zigarette auf den Boden. »Manchmal überwältigt diese Kaltblütigkeit mich. Ich werde mich nie daran gewöhnen.«

Sie gingen zurück zu den anderen Kollegen.

PERSONENKONTROLLE

Will Bell kam aus Richtung Sedan. Kurz nach 20 Uhr hatte er noch 25 Kilometer vor sich. Er fuhr auf einen Rastplatz mit einem gigantischen Plastikwildschwein, das monumental auf die Region Ardennen/Champagne verwies oder auf die Lieblingsspeise von Obelix oder auf beides. Nach einem Espresso brach er auf und erreichte den Ortsrand von Reims, wo sich der Verkehr staute. Die Polizei sperrte die Straße ab. Der ausfahrende Verkehr wurde intensiv kontrolliert, die Sperren waren dicht, Polizei und CRS standen schwer bewaffnet am Straßenrand. Der einfahrende Verkehr wurde langsam in den Ort gelassen. Will Bell konzentrierte sich. Langer Rückstau in die Stadt. Die Fahrer waren genervt. Will Bell fuhr in Richtung Kathedrale und stellte den Wagen dort ab. Zur Rue du Président Franklin Roosevelt, zur Galerie Bonnet, wollte er zu Fuß gehen, ungefähr 20 Minuten. Den Plan der Stadt hatte er im Kopf. Die Galerie lag von der Innenstadt aus jenseits der Bahngleise. Will Bell parkte in einer kleinen Seitenstraße, der Rue des Cordeliers. Es war noch hell und ständig rasten Einsatzwagen, Transporter der CRS und Zivilfahrzeuge mit Blaulicht an ihm vorbei. Will Bell besaß ein Gefühl für problematische Situationen. Er schlenderte vorbei an der Kathedrale in Richtung Fußgängerzone. An der Kreuzung Rue Condorcet mit Rue de Talleyrand warf er einen Blick auf die große Zahl von Polizeiwagen am Ende der Rue Condorcet, die dort in die Rue de Thillois überging. Will Bell ahnte, dass er in Reims nichts mehr ausrichten konnte. Er betrat ein Bistro und fragte den Kellner in gebrochenem Französisch, was passiert sei. Schießerei im alten Kino. Den ganzen Tag über seien Polizei und CRS in der Stadt unterwegs. Der Kellner zeigte auf den Fernseher über der Bar, dort lief Lokal-TV. Bell verstand, dass ein Mann angeschossen oder erschossen wurde. Ein alter Mann. Nach unbestätigten Berichten ein Niederländer. Von den Tätern keine Spur. Ein Polizist sei getroffen worden, sei aber durch die Schutzweste unverletzt. Will Bell zahlte, schaute in Richtung Cinéma und ging zügig in Richtung Rue du Président Franklin Roosevelt. Bereits aus der Entfernung erkannte er zivile Fahrzeuge der französischen Polizei. Sie warteten, auf wen warteten sie? Auf Bonnet? Keulers war zweifellos heute das Opfer. Und Bonnet? Jemand jagte Verhoven und Keulers. Will musste sich entscheiden. Es war 21.20 Uhr, die Sonne verschwand hinter den westlich von Reims gelegenen Weinbergen. Er könnte sich kurz einloggen und versuchen herauszufinden, was hier los war. Will Bell entschied sich für Abreise. In 20 Minuten war er an seinem Wagen. In einem Bistro trank er zwei Espressi an der Theke und stieg danach in den Ford. Straßenkontrollen – kurz zögerte er, nahm die Walther PPK Replik, rollte sie in eine Zeitung, stieg aus und warf sie in den nächsten Mülleimer. Würde Probleme bereiten, wenn sie ihn kontrollieren. Er wollte so schnell wie möglich nach Eupen ins Hotel. Sein Vater hatte bereits zu viel Zeit ohne ihn verbracht. Drei Tote in dieser kurzen Zeit waren selbst für einen Special Agent selten. Zunächst Verhoven, dann Finni Keulers und nun Ton Keulers, der, so wie es sich anhörte, erschossen worden war. Will Bell programmierte das Navigationsgerät und fuhr los. Er kam nicht weit. Hinter seinen Wagen setzte sich eine Zivilstreife und einer der rasenden Renaults mit Blaulicht schnitt ihm den Weg ab. Catherine Kaufmann hatte den Auftrag erteilt, alle Fahrzeuge mit ausländischem Nummernschild und alle dunklen Fahrzeuge zu kontrollieren. Will Bell öffnete das Fenster. Er reichte seinen Führerschein, die Fahrzeugpapiere, den Pass und fragte in gebrochenem Französisch, was denn passiert sei. Es sei eine normale Kontrolle, antwortete der Polizist, der interessiert den amerikanischen Pass betrachtete, ihn seinem Kollegen reichte und Will fragte, was er denn in Reims mache.

»Tourist, ich bin hier als Tourist und fahre zurück. Wir Amerikaner machen Europa in einer Woche, das ist für uns normal.«

In der Zentrale wurden die Daten von Will Bell überprüft, dort fand man nichts. Der Wagen war auf eine belgische Autovermietung in Eupen zugelassen. Fahrzeug durchsuchen, entschied die Zentrale, obwohl an den Ausfallstraßen die Staus länger wurden. Sie brauchten jeden Mann. Will musste aussteigen, ein Polizist blieb hinter ihm stehen, zwei andere schauten sich im Wagen um. Die Suche endete ohne Erfolg. Es waren viele Amerikaner in Reims, die einen Ausflug in die Umgebung machten oder einfach weiterreisten. Gesucht wurden mindestens zwei Männer, die sich vielleicht getrennt hatten. Für die Polizisten stand fest, Will Bell war keiner der beiden. Er durfte weiterfahren und erreichte nach Mitternacht Eupen. Ray schlief seit Stunden.

HÔTEL CHAMPAGNE FÜR EINE NACHT

Nach Mitternacht wurde es im Lagezentrum ruhiger. Catherine, Luc, Michael, Petro und Thierry konnten keinen Kaffee mehr sehen. Ton Keulers lag bewusstlos im Hospital und wurde bewacht. Er war nach einer ersten Diagnose nicht lebensgefährlich verletzt. Die Ärzte gaben aber keine Prognose, wann er ansprechbar sein würde. Alain Michel von der CRS hatte die Treffer auf der Schutzweste gut überstanden. Er war wieder im Einsatz.

Die Straßensperren blieben erfolglos. Die Täter waren entweder noch in der Stadt oder durch eine Lücke geschlüpft.

»Luc, du übernimmst die Nachtschicht. Ich komme gegen 7 Uhr. Um 7.30 Uhr Lagebesprechung. Verdächtige Personen festhalten.« Catherine schaute in die Runde der übernächtigten Gesichter.

»Für Petro und Maike haben wir ein Hotel schräg gegenüber. Dort sind zwei Zimmer frei. Michel nehme ich mit in die Innenstadt, zum Hôtel Champagne. Einverstanden?«

Alle nickten. Catherine ging schweigend mit Fett zu ihrem Golf.

»Ein deutsches Auto, Michel. Steig ein.«

Fett schmunzelte. Er war wach und müde zugleich, öffnete die Fensterscheibe und schaute auf die Sterne am Himmel über Reims. Sie nannte ihn Michel, das »a« verschluckte sie.

»Außer einer Zahnbürste hab ich nichts mitgebracht. Wird schon gehen. Dann mal los mit dem deutschen Auto. Hôtel Champagne klingt ja vielversprechend.«

Catherine fuhr zügig durch die menschenleere Stadt. Rasende Einsatzfahrzeuge überholten ihren Wagen. Die Kontrollen würden gegen 8 Uhr enden, um den Berufsverkehr nicht ins Chaos zu stürzen.

In der Hotelbar hingen einige Gäste erschöpft in den Sesseln, ein müder Barmann stand hinter dem Tresen und putzte Gläser.

»Darf ich dich zu einem Getränk einladen, Catherine? Ein kleiner Schluck nach einem Tag, den wir beide nicht oft erleben.«

»Alors, ein Glas, nur eins. Morgen geht es früh los.« Fett bestellte zwei Gläser Champagner brut.

»Du machst das sehr gut, Catherine. Mit dir würde ich gerne arbeiten.« Fett meinte das ehrlich. Er war von ihrer Art beeindruckt. Keine Fehler, konzentriert, professionell.

»Merci, Michel. Nun sag ich die ganze Zeit Michel. Geht doch, oder? Ein Lob von einem deutschen Kommissar. Hab ich bisher nicht bekommen. Hoffen wir, dass Keulers überlebt und uns einen Hinweis gibt. Sonst sehe ich schwarz.«

Der Barmann brachte die Gläser. Ein fantastischer Champagner, der sofort die Lebensgeister weckte.

»Jetzt kommt ein bisschen Ruhe. Immer nach der Hektik im Einsatzzentrum muss ich mich zuerst an die Ruhe gewöhnen.« Catherine schaute ihn an. Selten, dass sie nach einem Einsatz mit jemandem sprach. Luc fuhr direkt nach Hause. Sie zumeist auch.

»Ja«, sagte Fett, »oft liege ich lange wach. Und erst einige Tage später träume ich von all den Dingen. Heute

Morgen war ich mit Petro in Maastricht, nun sitze ich um 1 Uhr in der Nacht in Reims in einem Hotel mit einer wunderschönen Kommissarin und trinke Champagner. Dazwischen ein Mordversuch. Fast wie in einem Krimi.«

Beide lachten und nahmen einen Schluck.

»Mein Gästezimmer dient gerade als Lagerraum.« Catherine sagte es zögerlich. »Sonst hättest du bei mir übernachten können.«

Fett wurde warm ums Herz.

»Vielleicht besser so. Wir müssen morgen beide wach sein. Merci, ich weiß dein Fast-Angebot sehr zu schätzen. Wir sollten versuchen, Schlaf zu bekommen. Wobei du weiterhin bezaubernd aussiehst. Die Arbeit tut dir gut.«

Sie lachten, standen auf. Fett begleitete die Kollegin zum Auto. Draußen war es mild und ruhig.

»Danke. Du hast den deutschen Kommissar liebevoll empfangen. Morgen machen wir weiter.«

Er gab ihr zwei Wangenküsse. Sie lächelten einander an und standen verlegen wie zwei Teenager auf der Straße.

»Merci, Michel. Bonne nuit.« Catherine strich über seinen linken Oberarm, drehte sich um, stieg ein, winkte ihm zu und fuhr los.

Fett ging nachdenklich in sein Zimmer, nahm noch eine Dusche, danach fiel er ins Bett.

DER MORGEN DES SCHWARZEN HUNDES

Er wachte auf, bevor der Wecker klingelte. Wie immer. Fett wurde jeden Morgen wach, bevor der Wecker seine Träume zerstörte. Er wusste nicht, wo er war. Alles war fremd, seltsames Licht fiel vom Hinterhof in sein Zimmer. Er musste sich orientieren. 5.50 Uhr in Reims im Hôtel Champagne. Er wankte in die Dusche. Warmes Wasser zuerst, dann das kalte Wasser. Von den Waden bis zum Hals; auf den Po und bis 20 zählen. Hatte er aufgeschnappt. Das kalte Wasser sollte die Haut straffen. Er zählte bis 19, drehte ab. Er holte die Flasche Aftershave aus der Tasche, blickte in den Spiegel, sah sich lange an und fragte sich, was er hier suchte. Verbrecherjagd, Mörderjagd, Gerechtigkeit. Was hatte er aus seinem Leben gemacht? Normalerweise tauchte die Frage im Bett auf. Dann war der Schlaf perdu, futsch. Es half nur, das Bett zu verlassen. Er wollte etwas Sinnvolles tun. So wurde Michael Fett Polizist. Wie sein Vater. Obwohl der ihm nach der Pensionierung gestand, dass er nicht gerne Polizist war. Immer nur mit dem Schlechten, mit den Gesetzesbrechern zu tun haben, das Schlechte der Gesellschaft sehen, Verbrechen, Straftaten, Morde, Überfälle, Vergewaltigungen, Kindesentführungen, Prostitution, Drogenkriminalität. Fett war erschrocken. Das hatte er nicht erwartet, und von da an änderte sich sein Blick auf den Beruf. Er hörte auf, in der Freizeit Handbücher zur Kriminalistik zu lesen. Er kehrte zurück zu den Lieblingsfächern auf dem Gymnasium, zu Geschichte, Französisch, Erdkunde, Englisch, Deutsch. Er ging oft in die Aachener Buchhandlungen, die Buchhandlung Schmetz am Dom, die Buchhandlung Backhaus, oder verweilte vor dem Schaufenster von Jacobi's Nachfolger im Zentrum von Aachen. Die Neugier der Buchhändler steckte ihn an. Er hörte ihnen aufmerksam zu, wenn sie einen neuen Roman vorstellten, eine Entdeckung präsentierten, von einem Buch schwärmten. Er dankte für die mündliche Erzählung, insbesondere den Buchhändlerinnen, deren Liebe zum Beruf spürbar war. Manchmal war ihre Erzählung schöner als das Buch. Machte nichts. Er fühlte sich beschenkt und tauchte in neue Welten ab. In der Mayerschen Buchhandlung nahm er einen Kaffee zum Buch, so wie er es 1997 bei einem Aufenthalt in Aachens Partnerstadt Arlington im Barnes & Noble Store am Clarendon Boulevard gemacht hatte. Er brachte die Aufzeichnungen von Thomas Jefferson mit und ein Buch über White House Staff, den Stab des Weißen Hauses. In Aachen spazierte er mit den neuen Büchern in Richtung »Café zum Mohren«, suchte draußen einen freien Platz oder ging auf die erste Etage, um dort zu lesen. Mitten unter Menschen. Dazu ein Cappuccino und der ausgezeichnete Kuchen. Muße, Fett suchte immer öfter Muße. Muße unter Menschen. Manchmal fuhr er nach Monschau. Mon joie, meine Freude. Gerne saß er auf dem Markt direkt an der Rur, hörte dem Rauschen des Flusses zu, der hier noch nicht so breit wie in Düren war. Wenn es zu heiß wurde, spazierte er zum Aukloster, in die Kühle des Gotteshauses. Er erinnerte sich an zwei Bücher, die er auf dem Markt gelesen hatte, sie standen im »Mon-joie-Regal«: Elsa Morante »La Storia« und Natalia Ginzburg »Caro Michele«. Sie brachten ihn dazu, Italienisch zu lernen. Fett dachte an die Sprachreisen nach Orbetello, Cortona und Tropea.

Fast hätte er sich mit dem Billigrasierer von der Rezeption geschnitten. Er war gedankenverloren. Gedankenverloren in Reims. Iska meldete sich selten, die Bindung wurde lose, er spürte es, und es tat ihm weh. Die Einsamkeit schlich heran wie ein schwarzer Hund, sie wohnte im Alleinsein, kam hervor, fiel ihn mit einem Frösteln an und mündete in einer handfesten Melancholie. Früher versuchte er, mit einer Flasche Rotwein die Melancholie umzulenken. Das machte es schlimmer. Fett wurde melancholisch, hörte Tom Waits »Frank's Wild Years« und berauschte sich an seiner Traurigkeit. Er bekam Kopfschmerzen, danach Migräne und dann verfluchte er den Rotwein und Tom Waits. Er hatte lange keinen Anfall mehr gehabt. Jetzt kündigte sich einer an. Er spürte es. Das Alleinsein in Reims, die unerreichbare Nähe zu Catherine und Iska, dieser Fall, der in die Abgründe der Geschichte führte und der viel komplizierter war als zunächst vermutet. Der schwarze Hund, kaltes Wasser, heißer Kaffee, raus, raus aus dem dunklen Zimmer.

6.20 Uhr, das Telefon klingelte. Er wischte den Rest vom Rasierschaum ab.

»Oui?«

»Bonjour, Michel. Gut geschlafen in Reims?« Catherine war am Apparat.

»Ah, Catherine, bonjour, so früh eine so schöne Stimme. Ich war gerade verloren im Badezimmer. Ja, ja. Ich habe, nein, ich habe nicht so gut geschlafen. Ist unwichtig. Deine Stimme vertreibt die, wie sagt man, cauchemars, die Albträume.«

»Na, hoffentlich nicht von mir und Reims. Ich komme vorbei zum petit-déjeuner, zum Frühstück, einverstanden?«

»Très bien, sehr gut. Ich mache mich gerade sehr chic, habe das Hemd von gestern umgedreht, ein frisches ist nicht im Gepäck, weil ich direkt in den Hubschrauber gesprungen bin.«

»Ich werde es überleben. In 15 Minuten bin ich bei dir. Sei pünktlich, wir fahren danach zum Hôtel de Police.«

Manchmal schob sich ein Sonnenstrahl zwischen dunkle Wolken, dann verzog sich der schwarze Hund. Fett lächelte in den Spiegel. Er putzte rasch die Zähne und machte sich so gut es ging frisch. »Bonjour, Fett, altes Haus«, begrüßte er sein Spiegelbild. Er sprühte Aftershave in die Hände und massierte damit seine Wangen und den Nacken. Er packte die Tasche, schaute sich im Zimmer um und ging in den Frühstücksraum: Donnerstag, 24. Mai 2012, 6.30 Uhr in Reims, Centre Ville, Stadtzentrum.

DER ABSCHIED DES PRÄSIDENTEN

Kommissar Bernd Schmelzer fuhr am frühen Morgen vom Steppenberg zum Polizeipräsidium. Unterwegs setzte er Justus in der Kita »Grenzschlümpfe« ab, schenkte der Kindergärtnerin Marina eine große Tafel »Merci« zum Geburtstag und erntete eine warmherzige Umarmung, die ihn überraschte. Schmelzer mochte die Erzieherinnen, sie mochten ihn. Er war stets freundlich, nörgelte nicht am Essen, nannte das Weihnachtsfest Weihnachtsfest und nicht interkulturelles Winterspiel. Er nervte nicht, donnerte nicht mit einem dicken SUV in das Halteverbot, machte Spaß mit den Kindern und dachte an eine Spende für die Kaffeekasse. Nur seine Frau Anne ging den Erzieherinnen mit ihren Ratschlägen für vegetarisches Essen auf den Keks. Dafür bekam Justus von ihnen eine Extraportion Fleischwurst.

Schmelzer fuhr über den Außenring am Klinikum zum Präsidium. Um 7.55 Uhr bestellte ihn Polizeirat Kosslowski zum Bericht.

»Schmelzer, was ist los in Reims?«

»Guten Morgen, Herr Kosslowski, wie meinen Sie das? Habe gestern Nachmittag mit Fett telefoniert und ihn über meine Recherchen informiert. Sonst nichts.«

»Schmelzer, irgendeine Schweinerei ist da los. Ich versteh nicht gut Französisch, so viel verstehe ich aber: Schießerei und eventuell ein Toter.«

»Da muss ich passen.«

Das Telefon klingelte, die Sekretärin des Polizeipräsidenten war dran. Kosslowski und Schmelzer zum Bericht.

»Sie und Fett sind zwei Geheimniskrämer. Immer erst zum Schluss werde ich eingeweiht. Viel Vergnügen, wir nehmen den Aufzug.« Kosslowski war genervt.

Der Polizeipräsident brütete über Akten oder der FAZ. Jedenfalls brütete er, wies die beiden Beamten auf die Sitzecke hin und murmelte irgendwas von fünf Minuten. Plötzlich wurde der Präsident wach, klappte die Akten oder die FAZ zu und sprach mit ernster Miene:

»Lieber Herr Kosslowski, lieber Herr Schmelzer, was macht der Tote von Obermaubach?«

»Herr Präsident, mit Verlaub, eher nichts.«

»Wie meinen Sie?«

»Er ist tot und in der Pathologie. Der hebt keinen Finger mehr.«

»Herr Schmelzer, ich muss schon bitten. Etwas mehr Pietät.«

»Jawohl, Herr Präsident.«

»Sachstandsvortrag, rapido.«

»Verhoven wurde am Montagabend beziehungsweise Montagnacht erschossen. Kaliber 7,65 Millimeter, danach in die Rur geworfen und am Dienstagmorgen an der Staumauer von Obermaubach gefunden. Das Opfer wurde durch einen Anruf von Finni Keulers, Maastricht, aus dem Golfclub gelockt. Frau Keulers hat nichts ausgesagt. Ihr Mann, Ton Keulers, wurde am Dienstagmittag von dem alten Freund Pierre Bonnet nach Reims bestellt. Kurz nach dem Anruf wurde dieser Pierre Bonnet in Verzenay tot aufgefunden. Kopfschuss, Kaliber 7,65 Millimeter. Kollege Fett ist mit den Kollegen aus Maastricht nach Reims geflogen, um Keulers zu finden. Alles deutet auf eine Falle hin. Motiv: Fehlanzeige. Die drei waren zusammen in der Waffen-SS. Alle drei hatten was mit Kunst zu tun. Verhoven traf sich jedes Jahr mit alten Kameraden der Waffen-SS in Vossenack und in Vogelsang. Er wurde angezeigt wegen Kunstdiebstahls im Leopold-Hoesch-Museum, wo er arbeitete. Der Kollege, der die Anzeige aufgab, ist im Mühlenteich in Düren ertrunken. Hoher Alkoholgehalt. Im Museum hat man festgestellt, dass zahlreiche Bilder verschwunden sind. Das ist der Stand der Dinge.«

»Herr Präsident«, ergänzte Kosslowski, »in Reims hat es gestern Abend eine Schießerei gegeben. Wir nehmen gerade Kontakt mit Fett auf. Vermutlich wurde Keulers verletzt.«

»Was ist das für eine verdammte Schweinerei? Drei alte SS-Männer werden abgemurkst und wir haben kein Motiv und keine Spur.« Der Polizeipräsident schüttelte den Kopf. »Der Innenminister hat mich angerufen. Er hat von seinem niederländischen und französischen Kollegen Druck bekommen. Er ist besorgt über unseren Ruf, über alte Geschichten und Schatten der Vergangenheit. Waren dieser Keulers und dieser Bonnet tatsächlich in der Waffen-SS?«

»Ja. Das steht fest. Habe die Info vom Bundesarchiv.«

»Nicht zu fassen. Keine große Sache daraus machen, verstanden. Sonst hört sich das nach Revanchismus an. Rufen Sie Fett an. Vielleicht gibt es neue Erkenntnisse, ein Motiv, Spuren zum Täter.«

»Machen wir, Herr Präsident.«

»Sie müssen das große Ganze sehen. Vor zehn Tagen hatten wir Karlspreisverleihung. Großes europäisches Kino. Aachen und Nordrhein-Westfalen im Mittelpunkt.

Jetzt dieser Mist mit Waffen-SS, zwei oder drei tote alte Männer, irgendwas mit Kunst. Das wirft kein gutes Licht auf Land, Stadt, Region. Mit Hochdruck ermitteln. Hochdruck. Die Pressestelle ist nervös. Überregionale Zeitungen haben Wind von der Sache bekommen. Toter SS-Mann in der Rur, ein zweiter in der Nähe von Reims. Die waren zusammen in einer Einheit. Sie kennen den Vorwurf: Die alten Nazis haben einfach weitergemacht. Ich sehe die Schlagzeilen. Und das kurz vor meiner Pensionierung. Die Marschrichtung lautet: Wir klären auf, wir arbeiten grenzüberschreitend, wir decken alte Seilschaften auf, wir sind schonungslos, denn es handelt sich um alte Nazis. So ungefähr. Verstehen Sie das, meine Herren?«

»Wir haben verstanden, Herr Präsident. Fett und Schmelzer bekommen Unterstützung, wir kümmern uns drum.«

Der Polizeipräsident blickte auf das Reitturniergelände. Er war mit sich zufrieden. Die Kollegen kannten seine Haltung. Nein, so einen Mist kurz vor der Pensionierung brauchte er nicht. Der Spiegelsaal im Foyer des Theaters war bereits reserviert, die Schnittchen ausgesucht, Elisabeth, seine Frau, hatte die richtige Sektmarke zu einem vernünftigen Preis bekommen. Die Spitzen der Gesellschaft waren eingeladen: der Oberbürgermeister, der Dompropst, der Vorstand der Sparkasse, der Amtsgerichtspräsident, die Fraktionsvorsitzenden, der Elferrat des Aachener Karnevalsvereins, der IHK-Präsident, der Rektor der RWTH Aachen, der Vorsitzende des Karlspreisdirektoriums. Alle würden zu seiner Verabschiedung kommen, vielleicht sogar der Innenminister. Tote SS-Männer störten da. Allerdings ahnte Polizeipräsident Offenhaus in dem Moment nicht, dass er noch länger im Dienst des Landes bleiben würde: Macht und Ansehen, Drogen, denen er nicht widerstehen konnte, als ihm vom Innenminister die Verlängerung der Amtszeit angeboten wurde.

Offenhaus wandte sich an Schmelzer und Kosslowski. »Denken Sie an den Skandal an der RWTH Aachen 1995. Die Geschichte mit dem Rektor, der im Krieg bei der SS war. Riesenschweinerei. Die 125-Jahrfeier der Hochschule ging richtig in die Hose. Wochenlange Belagerung durch die Journaille. Das müssen wir vermeiden. Sie, meine Herren, Sie müssen das vermeiden. Danke, das war es. Informieren Sie mich regelmäßig über den Stand der Ermittlungen.«

Kosslowski und Schmelzer verließen schweigend das Büro im obersten Stock des Präsidiums. Als der Aufzug hielt und sie ausstiegen, sagte Kosslowski: »Jetzt setzt der Alte seine Pensionierung mit der 125-Jahrfeier der TH gleich. Wird Zeit für seine Ablösung. Schmelzer, wenn Sie Hilfe brauchen, melden Sie sich. Ich vertraue Ihnen und Fett. Sie machen das. Das hört sich nach Profi-Killern an.«

»Danke, wir sind volljährig.«

Es war das erste Mal, dass Kosslowski sich um seine Männer solche Sorgen machte. Schmelzer war überrascht.

DONNERSTAGMORGEN –
KAPITULATION IN REIMS

Catherine erschien pünktlich im Frühstücksraum des Hotels. Erscheinung passt, dachte Fett. Sie sah nicht nach einer kurzen Nacht aus. Die Lederjacke trug sie offen, ihre Dienstwaffe war gut zu sehen und die Blicke der Männer richteten sich auf sie. Sie verscheuchte die Melancholie des deutschen Kommissars mit zwei Wangenküssen, ihrem frischen und unaufdringlichen Parfum und vor allem mit ihrem Lächeln.

Den Fall ließen sie beiseite. Sie nahmen Kaffee und Croissants, sprachen über Menschen im Hotel und den klaren Morgen. Der Raum war zu klein, um über private Dinge zu sprechen. Das Frühstück war für beide ein persönlicher Moment, der durch den Anblick mancher Gäste und die Nähe zu anderen Tischen getrübt wurde. Beide verschonten den Aufschnitt. »Bonne Maman«-Konfitüre und mehrere Tassen Kaffee standen im Mittelpunkt.

Danach holte Fett seine Tasche und sie fuhren in Catherines Golf zum Hôtel de Police.

»Wir haben nichts Neues, Michel«, berichtete Catherine während der Fahrt. »Das heißt, wir haben mehrere Patronenhülsen gefunden im Cinéma. Vier Hülsen vom Kaliber 7,65 Millimeter und zwölf Hülsen Kaliber 9 Millimeter. Wir untersuchen, aus welchen Waffen sie stammen könnten. Walther PPK und Beretta M 9 FS kommen in Betracht. Das sagen die Ballistiker, die in der

Nacht die Hülsen und mehrere Geschosse untersucht haben. Walther PPK passt zum Mord an Verhoven und an Bonnet. Die Beretta ist die Standardpistole der US Army. Keulers hat die Nacht gut überstanden. Der Arzt meint, dass er am Vormittag befragt werden könnte. Sie haben ihn stabilisiert, aber in seinem Alter ist jede Operation ein Risiko.«

Fett saß schweigend neben Catherine. Ihm erschien alles unwirklich. Ein weiterer Kaffee wäre jetzt gut. Er schaute sie von der Seite an, ihr eindrucksvolles Gesicht, die wohlgeformte Nase, die blonden Haare, die blauen Augen, die dünnen Augenbrauen.

»Catherine, danke für die Betreuung des deutschen Kommissars. Ich bin verlegen über diese Gastfreundschaft und Offenheit. Du siehst übrigens bezaubernd aus. Wie die Sonne heute Morgen.«

»Der romantische deutsche Kommissar. Oder der deutsche romantische Kommissar. Wie sagt man? Michel, wir sind Profis. Profis mit Gefühlen. Bring dich ein in die Diskussion. Damit wir gleich alle denselben Stand haben. Und dann sehen wir weiter. Und – deine Komplimente gefallen mir.«

Sie hupte, der Wagen vor ihr kam nicht aus dem Quark. Es gefiel Fett, dass sie ihn immer öfter Michel nannte.

Um 7.30 Uhr waren alle versammelt: Luc, Petro, Maike, Michael, Thierry und zahlreiche Polizisten verschiedener Einheiten.

Catherine bat Luc um den Sachstand. Er berichtete das, was Fett bereits im Auto erfahren hatte. Zudem informierte er über die Kontrollen an allen Ausfallstraßen und in der Stadt. Unter den kontrollierten Personen waren Amerikaner, zumeist Familien, Studenten, Touristen. Gefunden habe man nichts. Eine Liste werde gerade erstellt. Der Abgleich über den Computer laufe, aber in der Nacht sei niemand aufgefallen.

Momentan müsse man von zwei Tätern ausgehen, die vermutlich mit drei Waffen schossen; zwei Beretta und eine Walther PPK. Schussfolge und erste Analyse der Kugeln zeigten, dass zwei Beretta benutzt wurden. Brigadier Tournier habe deutlich die englischen Worte »Go! Go! Go!« gehört. Keulers könne voraussichtlich um 11 Uhr erstmals befragt werden. Es wäre gut, wenn Petro und Maike das übernehmen könnten. Eine Übersetzung wäre zu anstrengend für Keulers.

Catherine dankte Luc und den anderen Kollegen, vor allem Thierry und den Polizisten von der CRS. Wenn sie nicht sofort das Kino gestürmt hätten, wäre Keulers exekutiert worden. Aus ermittlungstaktischen Gründen würden nicht alle Details der Presse mitgeteilt.

»Noch etwas. Wir haben über unseren Sicherheitsdienst prüfen lassen, ob Rachemorde mit Bezug zum Zweiten Weltkrieg in den vergangenen Jahren begangen wurden. Fehlanzeige. Wir haben die Orte, in denen die Einheit von Verhoven, Keulers und Bonnet barbarisch hauste, unter die Lupe genommen. Nichts. Keine Erkenntnisse aus den sozialen Netzwerken der antifaschistischen Organisationen. C'est tout. Das ist alles.«

Catherine löste die Runde auf und bat Petro, Maike, Luc und Fett in einen kleinen Besprechungsraum.

»Danke, Luc. Gute Arbeit. Ich schlage vor, Petro bleibt hier, um Keulers zu vernehmen. Maike könnte sich um Finni Keulers kümmern. Sie muss aussagen. Michel, du solltest in Aachen am Fall Verhoven weiterarbeiten. Nur durch das Zusammentragen aller Informationen können wir das Motiv und dann die Täter ermitteln. Maike und Michel bekommen einen Leihwagen, den könnt ihr dann in Aachen oder Maastricht abgeben. Wir sollten am Nachmittag, gegen 15 Uhr, eine Konferenzschaltung machen. Daten- und Informationsabgleich.«

Alle stimmten zu. Fetts Handy klingelte, Schmelzer war am Apparat.

»Einen Moment, ich bin gerade in einer Besprechung, warten Sie, ich verlasse den Raum.«

Fett informierte Schmelzer über den Anschlag auf Keulers und teilte mit, dass er um die Mittagszeit in Aachen sein werde. Er solle in der Zwischenzeit den Motivstrang mit der Kunst weiter untersuchen und, ja, Stichwort Amerikaner oder Engländer, eher Amerikaner, da solle er drauf achten. Es sähe so aus, als ob Amerikaner an dem Mordversuch in Reims beteiligt seien. Schmelzer berichtete, dass Anna Keulers die Alleinerbin von Verhoven sei. Das Testament scheine eindeutig.

Nach dem Gespräch kehrte Fett zurück in den kleinen Besprechungsraum. Petro und Maike sprachen auf Niederländisch miteinander. Catherine und Luc unterhielten sich auf Französisch.

Fett wandte sich an Petro und Maike.

»Wir sollten rasch aufbrechen. Catherine und Luc haben hier alles im Griff. Hoffentlich überlebt Keulers und kann uns Informationen geben. Das liegt an dir, Petro. Eine wichtige Info für dich. Anna Keulers, die Tochter von Finni und Ton, sie erbt alles von Verhoven. Könnte von Bedeutung sein, wenn Keulers nicht sprechen möchte. Meine Vermutung ist, dass Verhoven der Vater von Anna Keulers ist. Wir haben Fotos bei Verhoven gefunden, die ihn mit Anna zeigen. Die Ähnlichkeit ist verblüffend.

Aber das kann ein DNA-Abgleich beweisen. Wir müssen los.«

»Danke, Michael. Wir rufen in Maastricht an, um Finni Keulers zu informieren. Besser, wenn sie nicht aus den Nachrichten von dem Mordversuch hört. Meine Kollegin Beatrix soll sie aufsuchen. Möglich, dass sie etwas sagt. Mal sehen, wie sie auf die Nachricht von dem Testament reagiert.«

»Hoffen wir, dass sie endlich spricht.«

Catherine ließ die Kollegen wissen, dass draußen der Leihwagen bereitstehe. »Einen Hubschrauber haben wir nicht. Diesmal dürft ihr die Champagne und Ardennen von unten anschauen. Wir bleiben in Kontakt. Die Listen der kontrollierten Personen gebe ich euch. Sie werden gerade kopiert. Ihr bekommt sie auch elektronisch. Wenn Petro mit Keulers gesprochen hat, melden wir uns. C'est tout.«

DIE KAPITULATION

Fett fröstelte an diesem Donnerstagmorgen, 24. Mai 2012. Die intensive Zusammenarbeit seit Mittwoch, nach der Landung in Reims, war beendet. Catherine und Luc würde er so schnell nicht wiedersehen.

»Der Raum, in dem die Kapitulation unterzeichnet wurde, wo liegt der?« Fett sprach Catherine an.

»Ah, oui, du hattest danach gefragt. Nicht weit von der Galerie Bonnet in der Rue du Président Franklin Roosevelt. Er liegt auf eurem Weg. Ich würde ihn dir gern zeigen, aber dafür bleibt heute keine Zeit.«

»Wir halten dort kurz an. In einem gewissen Sinn gehört der Raum ja zu dem Fall.«

Catherine lächelte ihn an. »Das kann man so sagen.«

Der Abschied wollte nicht richtig gelingen. Kein Moment des Alleinseins. Sie konnte seine Verlegenheit spüren, was ihn sympathisch machte.

»Danke, Catherine, Luc. Ich komme zurück, um Reims anders zu erleben. Wir telefonieren.« Er gab Catherine zwei Wangenküsse und roch ihr Parfum, den Duft ihrer Haare. Luc reichte ihm die Hand, dann Petro. Fett ging vor, Maike folgte schweigend. Sie stiegen in einen Peugeot 208, programmierten das Navigationsgerät auf Maastricht. Jemand klopfte an Fetts Fenster, Catherine stand davor.

»Das Gästezimmer ist beim nächsten Besuch in Reims aufgeräumt«, sagte sie auf Französisch zu ihm.

»Merci, wir haben viel zu erzählen. Bei einem Glas Champagner. Ich lade dich zum Essen ein.«

Fett strich leicht über die zarten Finger ihrer Hände, die sie auf die heruntergelassene Fensterscheibe gelegt hatte. Kein Ring an den Fingern. Er blickte kurz auf die sportliche Armbanduhr. Die Augen der beiden glänzten. Fett nickte Maike zu, sie startete den Wagen, um zum Ort der Kapitulationsunterzeichnung zu fahren. Nach zehn Minuten erreichten sie das dunkle Gebäude in der Rue du Président Franklin Roosevelt. Maike blieb im Auto, um mit Maastricht zu telefonieren.

Das Museum war geschlossen. Fett klopfte an der Tür. Eine Aufsichtskraft öffnete ihm, als er sagte, er sei ein deutscher Polizist und bitte, einen Blick in den Saal der Kapitulation werfen zu dürfen. Die betagte Französin führte ihn in den ersten Stock. Das Museum lag in einem ehemaligen Technikkolleg, in dem Eisenhower im Februar 1945 das Hauptquartier der Alliierten eingerichtet hatte. Am 7. Mai 1945 unterzeichneten von 02.39 Uhr bis 02.41 Generaloberst Jodl und Admiral von Friedeburg als die ranghöchsten entsandten deutschen Offiziere, autorisiert von Großadmiral Dönitz, die bedingungslose Kapitulation, die am 8. Mai 1945 um 23.01 Uhr für alle Fronten in Kraft trat.

Fett betrat den Saal der Kapitulationsunterzeichnung, betrachtete die Karten über den Frontverlauf und die Sitzordnung am Tisch. Fotos zeigten alle Teilnehmer, die bei der Kapitulation anwesend waren. Hier endete der Krieg auch für seinen Vater, für viele Väter, für Söhne, Ehemänner und für viele Frauen, die in der Logistik und in den Feldlazaretten arbeiteten. Der Stab von Eisenhower hatte sich da bereits einige Monate in der Stadt aufgehalten, weit weg von der Front. Es muss ein großes Fest gewesen sein, als der Krieg vorbei war. Champagner rund um die Uhr. Und das Ende eines Lebensabschnitts, der für viele prägend bleiben sollte. Nachdenklich schaute Fett auf Fotos, Plakate, Titelseiten von Zeitungen, die in dicken Lettern das Ende des Kriegs feierten. In Frankreich saßen die Sieger. Drüben, da waren die Verlierer. Welch ein Wunder, dass er heute als Kollege von Catherine und Petro hier stehen durfte. Er hörte einen Wagen hupen. Maike drängte ihn. Er nahm eins der Faltblätter mit, das Name und Funktion aller Anwesenden am Tisch der Kapitulationsunterzeichnung enthielt, dankte der Aufsichtskraft und ging zum Wagen.

»Danke, Maike. Hier wurde der Zweite Weltkrieg beendet, endlich.« Fett nahm das Faltblatt, Maike sah ihn von der Seite an und fuhr los. Sie konnte nicht viel mit den alten Geschichten anfangen. Lieber erzählte sie ihm von ihrer Familie und den Ausflügen nach Domburg, wo Deutsche gern Urlaub machten. Das hatte Zeit bis Sedan. Sie sah, dass Michael Fett nachdenklich war.

Er schaute auf das Faltblatt, die Gesichter der amerikanischen Offiziere, die am Tisch saßen oder standen, während Jodl und Friedeburg unterzeichneten. Er studierte Namen und Funktionen der Offiziere, unter ihnen Robert Burns, Captain im Generalstab von Eisenhower. Maike fuhr ruhig in Richtung Sedan, als ihr Handy klingelte.

»Nicht möglich. Jammer. Okay. Ja. Dat kann.«

Fett schaute sie besorgt an, weil ihr Gesichtsausdruck sich verändert hatte.

»Unsere Kollegin Beatrix war bei Finni Keulers. Es machte niemand auf und weil sie misstrauisch wurde, hat sie, wie sagt man, die Tür aufgebrochen. Und da lag Finni Keulers auf dem Sofa. Tot.«

»Nicht zu fassen«, stöhnte Fett. »Ist sie ermordet worden?«

»Beatrix meint, das kann man noch nicht zeggen, also sagen. Keine Spuren von Gewalt. Eine Flasche Champagner lag da. Also, sie zeggt, sie sagt, es sieht aus wie Selbstmord, aber sie hätten keine Tabletten gefunden. Auch keinen Abschiedsbrief. Hebben wir auch nicht. Also komisch. Sie liegt da tot auf dem Sofa. Sie haben auch Petro angerufen. Der darf ja mit Keulers sprechen. Nachher. Jetzt haben wir drei Tote und den verletzten Keulers. Ein komischer Fall.«

»Ja, der Fall wird immer verworrener. Wir haben gestern Morgen mit ihr gesprochen und nun … Wie lange könnte sie dort bereits liegen?«

»Also, der Doktor sagt, sie liegt seit gisteren, also seit gestern da. So um die frühe Nachmittag.«

»Wir waren bis Mittag bei ihr. Merkwürdig.«

Sie schwiegen beide und hingen ihren Gedanken nach. Sie passierten Sedan, danach ging es tiefer hinein in die Ardennen, Richtung Bastogne.

CIA UND PENTAGON

Nach dem Gespräch mit dem Polizeipräsidenten und dem Anruf bei Fett sichtete Schmelzer das Material. Der Hinweis auf die USA ließ ihn nicht los. Und die Spuren, die in die Kunstszene führten. Er würde Frau Dohmann-Härter noch mal auf den Zahn fühlen.

Die Postkarte aus den USA, die sie bei Verhoven gefunden hatten, war untersucht worden: kein Ergebnis. »Memorial Day in Henri-Chapelle«. Sie wurde einige Wochen zuvor in Washington eingeworfen. Dann die Anfrage beim Bundesarchiv, wie hieß der Mann? Dr. Barth, er schrieb den Namen auf einen Zettel und machte ein Ausrufezeichen. Zwei Verbindungen zu den USA. Schmelzer suchte die Nummer des Bundesarchivs und rief Dr. Barth an.

»Schmelzer, Kripo Aachen, wir haben gestern miteinander telefoniert. Zum Schluss des Gesprächs erwähnten Sie, dass es eine vertrauliche Anfrage aus den USA gab zu dem Namen Verhoven.«

»Stimmt. Moment, ich rufe unsere Dokumentation auf. Ja, eine vertrauliche Anfrage, nicht streng vertraulich, sonst hätte ich es gar nicht erwähnen dürfen.«

»Dr. Barth, es geht um zwei Morde und einen Mordversuch. In zwei Fällen weisen die Spuren in die USA. Vielleicht kann uns die Dienststelle helfen, von der aus die Anfrage kam. Wir brauchen dringend Amtshilfe. Wer hat nach Verhoven gefragt?«

»Wenn Sie mir nach dem Gespräch eine Mail mit dieser Begründung senden, kann ich Ihnen sofort helfen.«

»Selbstverständlich«, sagte Schmelzer, der froh war, dass eine Dienststelle flexibel reagierte.

»Die Anfrage kam von der CIA, von einer Stelle, die Kriegsverbrecher sucht. Sekunde, ja, eine offizielle Anfrage von einem Agenten namens Bell, William Bell. Die Angaben sende ich Ihnen. Es ging um die Personalakte Paul Verhoven.«

Schmelzer dankte und wollte auflegen, als Barth fortfuhr.

»Ja, und die zweite Anfrage, die kam dann drei Tage später.«

»Zweite Anfrage, ich dachte nur eine.«

»Zwei, beide in einer Woche. Beide vertraulich. Die hängen bestimmt zusammen, aber darüber haben wir uns keine Gedanken gemacht«, ergänzte Dr. Barth und las vor, von wem die zweite Anfrage kam.

»Aus dem Pentagon. Ja, hier steht es. Major George Weinert, ein Offizier aus dem Pentagon, Archivabteilung und Dokumentation. Der fragte ebenfalls nach Verhoven. Angeblich ging es auch um Kriegsverbrechen. Wir haben ihm die Akte gemailt; die Akte, über die wir verfügen, denn, wie ich gestern sagte, wir besitzen nicht mehr die Stammkartei, sondern mussten quasi rekonstruieren.«

»Die Daten brauch ich. Haben Sie Infos darüber, ob die beiden Fragesteller voneinander wussten?«

»Nein, da haben wir nichts festgehalten. War nicht außergewöhnlich. Kommt vor, dass Anfragen kurz hintereinander gestellt werden und dann jahrelang nichts. Ich maile die Infos. Ich muss in eine Besprechung. Bitte um Verständnis.«

»Danke, Dr. Barth. Ich maile gleich die Anfrage.«

Schmelzer trug alles zusammen, notierte die Verbindungen und war perplex. CIA, Pentagon und die Postkarte. Er notierte die Namen William Bell, CIA, und George Weinert, ein Major aus dem Pentagon, Abteilung Kriegsgeschichte und Dokumentation. Schmelzer hatte eine Menge Material gesammelt, das er Fett vortragen konnte. Der würde um die Mittagszeit eintreffen. Er suchte gerade die Nummer der Museumsdirektorin raus, als sein Telefon klingelt. Fett war dran. 10.30 Uhr, Donnerstag, 24. Mai 2012.

»Morgen Schmelzer, halten Sie sich fest. Finni Keulers ist tot.«

»Wie bitte? Schöner Mist. Mord?«

»Steht nicht fest. Tot in der Wohnung, keine Spuren von Gewalteinwirkung, Suizid nicht ausgeschlossen.«

»Dann werden wir nicht mehr erfahren, warum sie Verhoven angerufen hat, um ihn aus dem Golfclub zu locken.«

»Petro wird Keulers am Vormittag befragen. Wir hoffen, dass er auspackt. Bleiben Sie dran an der Spur mit der Kunst und an den USA. Ich muss auflegen, schlechter Empfang hier oben bei Bastogne. Bis später.«

Schmelzer schaffte es noch, dem Kollegen von den Infos aus dem Bundesarchiv zu berichten. Die Brisanz erkannte Fett sofort. Schmelzer nahm einen großen Zug des bereits kalt gewordenen Kaffees und umkreiste die Namen William Bell und George Weinert mit seinem Kugelschreiber.

Um 13 Uhr traf Fett in Aachen ein. Er hatte Maike van Dongeren in Maastricht abgesetzt, den Wagen übernommen, zur Autovermietung gebracht und ein Taxi zum Präsidium genommen.

»Einmal Reims hin und zurück, na, Chef, das war ja ein 24 Stundentrip. Da gibt es was zu erzählen.«

»Schmelzer, sehe ich aus wie Mr. Ed, das sprechende Pferd? Ich bin noch nicht angekommen. Bonjour. Wo bleibt der Champagner? Scherz beiseite. Der Fall hat eine Dynamik, da kann man kaum Luft holen. Nette Kollegen in Reims. Die Kommissarin sprach fließend Deutsch, kommt aus Straßburg.«

»Sieht sie gut aus?«

»Wie Brigitte Bardot vor 50 Jahren. Die kennen Sie ja nicht, nur Heidi Klum und Sophia Thomalla, oder?«

»Brigitte Bardot, die mit den Tieren? Kenn ich durch meine Frau, vegan und so. Die war eine Miss Welt oder so was.«

»Miss Welt, klar. Sie haben bestimmt den ›Playboy‹ in der obersten Schublade. Nein, nein. Catherine Kaufmann hat was.« Fett schaute aus dem Fenster und Schmelzer wusste, dass er sich verguckt hatte.

»Chanson d'amour«, summte Schmelzer.

»Sind Sie unterzuckert oder undersexed? Was ist los, Schmelzer? Zurück zum Fall. Checken Sie die Listen der Kontrollen aus Reims. Prüfen Sie die Anfragen im Bundesarchiv, und danach fahren wir zur Museumsdirektorin nach Düren. 15.30 Uhr im Leopold-Hoesch-Museum. Ich muss mich kurz frisch machen.«

»Hatte Kollegin Kaufmann denn ein Gästezimmer?« Schmelzer bohrte nach.

»Ja, hatte sie, und wir haben nachts Händchen gehalten. Ohne Pause. Ist ja eine Französin. Compris? Quatsch, Schmelzer, Hotel Champagne. Ich hatte keine Klamotten mit. Kurzum: Dusche und frische Sachen. Sie tragen alles zusammen. Briefing gleich bei der Fahrt.

Wir nehmen meinen Wagen, ich muss jetzt ein richtiges Auto fahren.«

»Wenn er anspringt«, rief ihm Schmelzer nach.

Fett hechtete auf den Parkplatz, öffnete den roten Giulia und der satte Sound lockte ihm ein Lächeln auf die Lippen. Er fuhr auf die Krefelder Straße, passierte den Neubau des Fußballstadions, ein Sumpf von Intrigen und Skandalen, und bog ein auf den Alleenring in Richtung Audimax der Hochschule.

Flug und Aufenthalt in Reims kamen ihm wie ein Traum vor. Er versuchte, das Geschehen zu sortieren und miteinander in Verbindung zu bringen. Fast wäre er an der Wüllnerstraße vorbeigefahren. Die Studenten schlenderten zur Mensa, er drosselte das Tempo. Tausende junge Menschen waren in der Stadt. Aachen war bunt und vielfarbig. Fast so wie Lüttich. – Klar. Lüttich. Warum war er nicht eher darauf gekommen? Raymond Didier, sein Kollege in Lüttich. Der könnte Auskunft über den Memorial Day in Henri-Chapelle geben. Da gibt es einen Zusammenhang.

Fett bog auf den Templergraben, fand erstaunlicherweise einen Parkplatz und ging rasch in seine Wohnung. Die Topfpflanzen, so ein Käse, die hatte er seit einer Woche nicht mehr gegossen. Iska anrufen, Post aus dem Briefkasten, Fenster öffnen. Zuerst Iska. Gleich, nach der Dusche.

FRAU KLEINJOHANN UND EIN ANRUF

Iska war im Einsatz mit ihrem SEK-Team. Im Briefkasten Rechnungen und Reklame für Treppenlifte. Drei Topfblumen hatten alles hinter sich. Die mochte er sowieso nicht. Überbleibsel wovon eigentlich? Vermutlich Geschenke. Bäume und Wald und Felder, die mochte Fett. Gute Erinnerungen an die Sommerferien auf dem Bauernhof. Er durfte die Traktoren fahren. Fendt, Massey Ferguson, Ford, Hanomag. Nur den Lanz Bulldog nicht. Die Kupplung war zu schwer für den kleinen Fett. Er kannte den Geruch der Felder, der Strohballen, der Misthaufen. Felder und Wälder und Wiesen, aber keine Topfblumen. Es klingelte an seiner Tür. Fett öffnete in Jeans und weißem T-Shirt. Frau Kleinjohann, die Nachbarin, Anfang 70.

»Sie sind mit der Treppe dran, Herr Fett. Und bitte nicht so schludrig wie vorletzte Woche.«

»Das ist ja eine Begrüßung, Frau Kleinjohann. Die Treppe hat Zeit bis morgen, Freitag, nicht wahr. Ich sage Ihnen, Sie werden den Sahnehering von den Stufen essen können, so wird es blinken.«

»Welchen Sahnehering?«

»Hat Sie die Nachricht nicht erreicht? Sie wurde irrtümlich bei mir eingeworfen.«

»Welche Nachricht, Herr Fett?«

»Sie haben bei einem Preisausschreiben der Nordsee-Kette gewonnen. Eine Woche Sahnehering frei Haus. Morgen kommt die erste Lieferung.«

»Preisausschreiben, Nordsee, Sahnehering. Ich weiß von nichts.«

»Warten Sie ab. Morgen kommt die erste Sendung.«

Fett wusste, dass seine Nachbarin an Preisausschreiben teilnahm. Manchmal gewann sie irgendeinen Schnickschnack. Nun überlegte sie und wusste nicht mehr, warum sie gekommen war.

»Alles wird gut, Frau Kleinjohann. Und die Treppe wird morgen gereinigt. Nichts für ungut. Schönen Tag.«

Die alte Nachbarin schlurfte in ihren Pantoffeln und der Küchenschürze davon, grübelnd über Sahnehering am Freitag, Nordsee und Preisausschreiben.

Fett schnappte sich ein frisches Hemd und die dunkelbraune Lederjacke, die er gemeinsam mit Iska in Bad Münstereifel im Outletcenter gekauft hatte, dazu die schnellen Turnschuhe. Er schaute in den Spiegel. Als ob Reims ein Traum gewesen wäre. Das Handy summte. Eine Vorwahl aus Frankreich.

»Michel, seid ihr gut eingetroffen?« Es war Catherine.

»Ja, danke.« Er stand verlegen im Flur. »Sag mal, war ich wirklich in Reims? Es kommt mir vor wie ein Traum.«

»Hoffentlich kein Albtraum, mein Lieber.« Catherine lächelte in die Leitung.

»Catherine, à coté du, abseits vom Fall. Ich wollte dir sagen, dass es schön ist, dass wir uns kennenlernen durften.«

»Merci, Michel, seit wann sind denn deutsche Männer so charmant? Zurück zum Fall, mein deutscher Kommissar: Petro hat mit Keulers gesprochen. Zuerst wollte Keulers nicht auspacken. Er sagte immer, dass er alles für Anna gemacht habe. Sie soll abgesichert sein. Petro hat ihm klargemacht, dass, egal was passiert, wir versuchen würden, seine Tochter rauszuhalten. Er wollte auch Finni schützen. Petro hat ihm sagen müssen, dass Finni tot ist. Er glaubte, dass sie ermordet wurde. Deshalb packte er aus. Aber nur über die alten Geschäfte. In Kurzversion: Vor der Kapitulation haben Verhoven, Keulers und Bonnet einander geschworen, sich zu helfen. Sie hätten sich gegenseitig versteckt, wenn sie als Kriegsverbrecher gesucht worden wären. Es kam anders. Verhoven hatte direkt nach Kriegsende die Idee mit den Kunstwerken. Im Nachkriegschaos war alles so einfach. Er schaffte Gemälde aus Düren, Aachen und Köln nach Maastricht zu Keulers. Dort wurden Herkunftsnachweise gefälscht. Die Bilder erhielten eine neue Provenienz und gingen nach Reims zu Bonnet in die Galerie. Bonnet hatte Kontakt zu einem Captain Burns, der mit Eisenhower in Reims stationiert war. Burns manipulierte ihre Waffen-SS-Akten und sie beschafften ihm im Gegenzug preiswert Originale. Burns kaufte alles auf. Keulers glaubt, dass Burns die Ware in die USA schaffte. Er hatte nie direkten Kontakt, sondern Bonnet. Bonnet habe bei ihren Champagnerfeiern davon erzählt. Das war die Zusammenarbeit zwischen den drei alten Kameraden. Sie machten bis zu Beginn der 80er-Jahre Geschäfte, auch mit anderen Abnehmern. Danach wurde es riskanter, weil das Thema Raubkunst plötzlich in die Diskussion kam. Keulers war drogenabhängig, darum brauchte er Geld. Petro hat ihn nach möglichen Motiven und Tätern befragt, aber Keulers hatte keine Idee. Ja, sie hätten während des Krieges Massaker begangen. Vielleicht also Rache. Und er habe Krach mit Drogendealern gehabt, weil er nicht zahlte. Mehr ging nicht, Keulers war erschöpft und der Arzt brach das Verhör ab. Petro teilte Keulers noch mit, dass Anna die Alleinerbin von Verhoven ist. Das beruhigte ihn. Um 13 Uhr ist er gestorben. Herzversagen. Er muss obduziert werden.«

»Keulers ist auch tot?«

»Ja, Michel. Drei tote Männer in drei Tagen. Davon zwei hier bei mir und einer bei dir. Und Finni Keulers bei Petro.«

»Burns ist eine Spur. Wenn er lebt. Wer 1945 mit Eisenhower in Reims war, der ist wahrscheinlich Anfang der 20er-Jahre geboren. Demnach wäre Burns heute ungefähr 90 Jahre alt. Die Drogenstory erscheint mir nebensächlich. Zu kompliziert mit Düren, Verzenay, Reims. Dazu die benutzten Waffen.«

»Sehe ich auch so. Wir haben Burns gesucht. Er ist Jahrgang 1922 und lebt in Arlington, Virginia. Er war Staatssekretär im Verteidigungsministerium und zuvor Senator. Große Nummer. Einfach kommen wir an den nicht ran. Wir müssen erst die Protokolle schreiben und alles sortieren, ehe wir dieser Spur nachgehen.«

»Danke, Catherine. Wir untersuchen die Kunstdiebstähle von Verhoven und zwei Anfragen über ihn aus den USA in unserem Bundesarchiv. Wir sollten die Telefonkonferenz um 15 Uhr verschieben. Ich melde mich, sobald es Neuigkeiten gibt. Ach ja, ich hab ein kleines Gästezimmer, falls du die Partnerstadt von Reims besuchst.«

»Ist längst überfällig. Merci, Michel.«

Fett schmunzelte, legte auf und schaute in den Spiegel. Ob er narzisstisch veranlagt war? Ach was. Zeit für einen Friseurbesuch. Heute nicht. Er schnappte sich die Schlüssel vom Alfa und verließ das Haus. Treppe am Freitag. Ihn nervte diese Erinnerung an die Treppe von Frau Kleinjohann. Morgen würde er ihr eine Portion Sahnehering vor die Tür stellen. Mit Apfelstückchen und Zwiebeln.

DIE BELL-IDENTITÄT

Gegen 14.15 Uhr traf er im Büro ein und informierte Schmelzer. Der brütete über der Liste mit den kontrollierten Ausländern aus Reims. Schmelzer war hungrig und leicht genervt. Rund 250 Amerikaner, Engländer, Deutsche, Spanier und Italiener wollten nach dem Anschlag auf Keulers Reims mit dem PKW verlassen. Schmelzer begann mit den deutschen Namen; Fehlanzeige. Dann kamen die Amerikaner dran. Der Hunger machte ihn kirre. Er vertippte sich, wollte gerade die Liste mit den Engländern eingeben, als sein in den Schlafmodus abdriftender Instinkt ihn warnte. Ein Name machte ihn hellwach: William Bell, wohnhaft Arlington, Virginia, Tourist. Hotel in Eupen.

Schmelzer öffnete die Mail von Dr. Barth. Anfrage von der CIA in Sachen Paul Verhoven. Absender: William Bell, Special Agent CIA, zuständig für Kriegsverbrecher des Zweiten Weltkriegs.

»Chef, ich hab da was.«

Wenn Schmelzer diese Formulierung benutzte, wurde Fett hellhörig.

»Gestern war ein Amerikaner in Reims, der in Eupen in einem Hotel gemeldet ist. William Bell, er wurde kontrolliert. Er sei auf Urlaub hier und gab als Adresse das Hotel an. Er hat den gleichen Namen wie der CIA-Agent, der im Bundesarchiv Auskunft über Paul Verhoven verlangte.«

Fett schaute Schmelzer nachdenklich an. »So kurz vor dem Mittagessen ein Volltreffer? Wenn das unser Mann ist, trage ich Sie zur Kantine und bezahle die Riesenbockwurst. Wenn Bell in Reims mit Bell von der CIA identisch ist, müssen wir aufpassen. Vielleicht werden wir abgehört. Ich telefoniere von draußen, von der Telefonzelle. Ich rufe Raymond Didier an. Hatte ich sowieso vor, wegen Memorial Day. Der soll prüfen, ob in Eupen ein William Bell gemeldet ist. Falls ja, müssen wir versuchen, an ihn ranzukommen.«

Schmelzer kam kaum mit. Ihm leuchtete ein, dass sie für die CIA nicht abhörsicher waren. Er lud die Mail von Dr. Barth rasch auf einen USB-Stick und löschte alles, was mit William Bell zu tun hatte, vom Server.

Fett sprintete zur Telefonzelle vor dem Polizeipräsidium. Er wählte die Nummer von Raymond Didier und war überrascht, als er die Stimme von Chantal hörte, Chantal Kalumba, die farbige Kommissarin und Kollegin von Raymond, die Fett aus vielen grenzüberschreitenden Fällen kannte und mit der er Paris entdeckt hatte:

»Chantal, c'est moi, Michael Fett, Aachen, Aix-la-Chapelle. Kannst du mich verstehen?«

»Michel, ja, welch eine Überraschung. Raymond hat Urlaub, vacances im Mai, immer. Du rufst zu selten an.« Chantal Kalumba hatte lange in Eupen, in der Deutschsprachigen Gemeinschaft gearbeitet. Sie sprach fast akzentfrei und sie mochte Michael Fett, den etwas anderen Kommissar, wie sie ihn nannte.

»Chantal, es ist dringend. Ich rufe von einem öffentlichen Telefon an, denn es kann sein, dass unsere Leitungen im Kommissariat überwacht werden.«

»Comment? Nicht möglich.«

»Doch. Pass auf. Wir brauchen eine Auskunft über einen Amerikaner, der in Eupen im Best Western Hotel abgestiegen ist. Er heißt William Bell und arbeitet für die CIA. Er ist in einen Mordfall mit drei Toten verwickelt. Seit Montag sind drei alte Männer erschossen worden. Einer bei Düren, zwei in Reims. Die Spur führt zu William Bell. Er ist Profi und hat alle Möglichkeiten der Überwachung. Bitte, finde heraus, wann er eingetroffen ist, wo er sich zurzeit aufhält. Er fährt einen schwarzen Ford Mondeo. Kennzeichen schicke ich dir. Vielleicht gibt es Aufnahmen von Überwachungskameras. Wie lange bleibt er? Wo ist er gelandet, wann fliegt er zurück? Bitte vorsichtig. Wir müssen ihn verhören, und dafür brauche ich alle Infos. Es ist Donnerstagnachmittag. Spätestens morgen früh müssen wir vor Ort sein. Und das mit deiner Hilfe. Und noch etwas. Am Samstag ist in Henri-Chapelle Memorial Day. Kannst du herausfinden, was dort geplant ist? Das könnte eine Rolle spielen. Alle Infos per Mail an meine private E-Mail-Adresse, die ich dir gleich gebe.«

»Mein lieber Michel, das ist eine heiße Sache. Das müsste normalerweise über das Innenministerium laufen. Okay. Ich kümmere mich darum. Bist du sicher, dass es so gefährlich und so dringend ist?«

»Ja, sonst stände ich nicht vor dem Polizeipräsidium in Aachen in einer öffentlichen Telefonzelle. Ich nehme das alles auf meine Kappe. Wenn du ein Problem bekommst, bitte alles auf mich schieben. Es kann sein, dass Bell abhaut, nun, wo die drei Männer tot sind. Um die ging es wohl, davon bin ich überzeugt. Es ist dringend. Ansonsten müsste ich mit einem Sondereinsatzkommando von euch nach Eupen. Davon wird er Wind bekommen. Dann ist er weg. Wenn er erst in den USA ist, kriegen wir ihn nicht mehr.«

»Bien. Du hörst von mir. Ich tu, was ich kann.«

AMOUR FOU IN EUPEN

Chantal mochte Fett. Er war charmant und nicht so aufdringlich wie andere Männer. Sie hatte die Nase voll von den meisten. Einen Pascha konnte sie nicht gebrauchen, einen, der ständig von Fußball, Bier und Fernsehen quatschte, nörgelte, weil sie Einsätze hatte, für den Afrika ein »schwarzer Kontinent« war und Chantal eher ein Diamant am Revers als eine selbstbewusste, kluge und schöne Kommissarin. Zu oft hatten sich Lover als Loser erwiesen. Die Bilder von den Spaziergängen mit Michel in Paris gingen ihr durch den Kopf. Lange Wanderungen durch ihre Stadt, Neugierde, Offenheit. Er hatte sich gut vorbereitet, ohne mit dem Wissen zu protzen. Er war dankbar, dass sie ihm all die Ecken, Plätze, Jardins, die Museen und die Bistros zeigte, die sie mochte. Sie standen auf der Aussichtsplattform vom Centre Pompidou und schauten auf Paris. Zwei Einzelzimmer in dem kleinen Hotel im Marais-Viertel, zwei Nächte. Eine hatten sie separat verbracht, die andere beinahe zusammen. Eine wunderschöne Nacht mit viel Nähe, Lachen, Wärme, Gesprächen.

Chantal nahm die Tasse mit dem kalten Kaffee und griff zum Telefon. Eupen, dort kannte sie jeden. Rudi Lambertz, den Kollegen aus dem Kommissariat, den wählte sie an.

Chantal führte einige Telefonate und verschaffte sich einen Überblick. William Bell und der Memorial Day.

Langsam sah sie klarer. Niemand hatte die Brisanz ihrer Fragen bemerkt. Ein einfaches Auskunftsersuchen.

Sie schickte eine Nachricht an Fetts private Mailadresse und bat um raschen Rückruf. Chantal Kalumba hatte einen Plan. Einen exzentrischen Plan. Anders würde es nicht gehen. Fett war Teil des Plans. Und Fett rief rasch zurück.

»Michael, William Bell hat ein Zimmer im Best Western in Eupen. Er ist am vergangenen Freitag angekommen mit seinem Vater Ray Bell. Beide leben in Arlington, Virginia. Ihr Rückflug geht am Sonntag nach Washington D.C. Der alte Mann ist Ehrengast, Guest of Honor, beim Memorial Day am Samstag auf dem American Cemetery. Ray Bell kämpfte 1944 im Hürtgenwald und bei der Ardennenoffensive. Ich habe erfahren, dass er für zwei Kameraden, die bei den Kämpfen getötet wurden, einen Kranz niederlegen möchte. Sein Sohn William hat alles organisiert, auch den Wagen gemietet. Wir haben ihn auf einigen Aufnahmen in Eupen, keine Geschwindigkeitsübertretungen. Für ein Bewegungsdiagramm brauchen wir Zeit. Nichts deutet darauf hin, dass William Bell abhauen möchte. Wir beide müssen zu ihm. Eine Vorladung, Uniformen und so, das wäre zu riskant. Könnte zu Verwicklungen mit den amerikanischen Freunden führen. Schlecht, so kurz vor dem Memorial Day. Wir beide müssen das übernehmen. Du und ich.«

Sie wartete auf Fetts Reaktion.

Chantal hatte recht. Eine offizielle Vernehmung könnte dazu führen, dass William Bell sich in die USA verabschiedete, dazu der diplomatische Krach.

»Okay, wir machen das so. Es ist Belgien, ich richte mich nach dir.«

»Komm heute um 18.30 Uhr nach Eupen in die Gospertstraße. Mein Wagen steht vor dem Ministerium der Deutschsprachigen Gemeinschaft. Wir fahren zum Hotel. Um 19 Uhr nimmt Ray Bell das Abendessen. Sein Sohn begleitet ihn. Manchmal gehen sie hinüber in das Restaurant ›Visé‹, aber meistens bleiben sie im Hotel. Und lass deine Waffe in Aachen. Du wirst sie nicht brauchen.«

»Und was mache ich, wenn du mich entführst? Ich bin wehrlos, Chantal. Das ist zu riskant.«

»Deine Männerfantasien kommen zum falschen Zeitpunkt. Bleib bei der Sache. Wir spielen heute Abend im Hotel ein Paar, ein Couple. Wir suchen Kontakt zu den Bells. Lass uns versuchen, William Bell allein zu sprechen. Wir bieten ihm an, mit uns zu kooperieren, damit sein Vater ungestört am Memorial Day teilnehmen kann. Das wird William wichtig sein. Sollte er ablehnen, ziehen wir die politische Karte. D'accord?«

»Ich weiß zwar nicht, wie die politische Karte aussieht, aber das mit dem Couple gefällt mir. Dafür können wir jede Karte ziehen.«

Fett mangelte es an Ernsthaftigkeit. Mit manchen Menschen klappte das. Chantal gehörte dazu. Sie spielte das Spiel großartig mit. Bei anderen war es hoffnungslos. Der Polizeipräsident zum Beispiel. Völlig neben der Spur. Der verstand Fetts Bemerkungen nie oder falsch. Chantal spielte mit und wenn es ernst wurde, wie jetzt, behielt sie den Humor.

»Chantal, bestimmte Kleidungswünsche? Anzug, Krawatte oder Lederjacke? Wenn du mit deiner lässigen Schönheit und leichten Eleganz auftauchst und ich mit Jeans und Lederjacke, können wir ›Bodyguard‹ spielen.«

»Anzug ohne Krawatte. So wie bei ›Ocean's Eleven‹ der gute Clooney.«

»Formidable. Der gewinnt zum Schluss immer. Auch bei den Frauen.«

»Assez, Fett! Genug. 18.30 Uhr Gospertstraße. Salut.«

»George Clooney sagt Salut!«

FLEISCHESLUST

»Schmelzer! George Clooney ruft. Auf zur Kunst, die Kunst geht nach Brot.«

»Brot ist das Stichwort, Chef. Möhrengemüse mit Kalbsfrikadellen. Mein Magen meldet soeben, dass die letzte Portion auf mich wartet. – Kantine ruft Schmelzer, bitte kommen. Hallo Kantine, hier Schmelzer. Schmelzer, sie werden dringend erwartet. – Ansonsten heute Abend Grünkernsuppe links drehend mit Rucolasalat à la Hasenfutter.«

»Schmelzer, hört das nie auf?«

»Nie, Chef. Fleischsucht, Fachbegriff ›Lustus Wurstus‹, nicht therapierbar und erblich.«

»Auch nicht durch Besuch einer Wurstfabrik?«

»Laut Apothekenrundschau definitiv unheilbar.«

»Vorschlag zur Güte. Sie holen eine Portion Take-away Mohrengemüse mit Frikas, ich fahre. Wir sind mit der Kunsttante verabredet in Düren. Dafür haben wir eine Stunde. Dann muss ich in den Clooney-Anzug und nach Eupen. Sie fahren mit. Ich brauche Ihre Rückendeckung, falls William Bell zickt.«

»Ich höre immer Clooney, Clooney. Was ist hier los? Eupen, das riecht verdammt nach einem Plan von Chantal.«

»Essen fassen und los. Ich erzähle während der Autofahrt. Sie kauen und hören zu. Verstanden?«

»Kompromiss angenommen.«

Fett wartete im Alfa, als Schmelzer mit dem Mittagessen im Kunststoff-Take-Away Behältnis samt Plastikgabel und Plastikmesser einstieg.

»Keine Schweinereien auf dem Sitz. Sonst setze ich Sie am Rasthof Aachener Land Süd raus. Brav mümmeln und das Auto schön sauber lassen.«

»Oh, der heilige Alfa. Ich bleib gleich hier auf dem Parkplatz. Auto fängt mit ›Au‹ an und hört mit ›o‹ auf. Ich krieg das hin. Fahren wir auch oder reden wir nur?«

Fett schüttelte den Kopf. Das Möhrengemüse sah gut aus. Der Wagen sprang an und sie fuhren zügig nach Düren zu Frau Dr. Dohmann-Härter. Fett legte Wert auf Pünktlichkeit, und pünktlich erreichten sie das Museum, parkten auf dem Platz vor dem beeindruckenden Bau und gingen direkt zum Büro der Direktorin.

BACON UND DIE WARE KUNST

»Frau Direktorin, die Herren von der Polizei.« Volontärin Genau-Melanie führte die Kommissare in das große
Büro. Bücher, Kataloge, ein paar Bilder, Plakate, das Büro
war vollgestopft mit Papier und Aktenordnern.

»Guten Tag, meine Herren, bitte, nehmen Sie Platz. So
viel Kontakt in einer Woche zur Polizei, das ist neu.« Frau
Dohmann-Härter, Mitte 50, diesmal schwarz gekleidet,
große Brille, wie sie seit Jahren en vogue waren, schwarz-
graue Haare, pinkfarbene Sneaker mit grünen Punkten,
ging auf die Kommissare zu und bot ihnen einen Platz
auf den Designermöbeln an.

»Was kann ich für Sie tun, meine Herren? Herrn
Schmelzer habe ich im Grunde alles gesagt.«

Sie wirkte unsicher und angespannt, bemerkte Fett.
Auch ein Zug des Altjüngferlichen drängte sich ihm auf.

»Sie stammen aus Düren, Frau Dohmann-Härter?«

»Nein, wieso, hat das mit dem Fall zu tun?«

»Reines Interesse und ja – alles hängt miteinander
zusammen, irgendwie schon. Darauf referieren ja die
spannenden Positionen im öffentlichen Raum.« Er konnte
es sich nicht verkneifen.

»Ich stamme aus einer kleinen Stadt in Baden-Württem-
berg, habe in München und Paris studiert, über Francis
Bacon promoviert, wenn Ihnen der Name etwas sagt, und
wurde in Düren sofort unbefristet eingestellt.«

»Bacon, der von seinem Freund und Lover aus der ers-

ten Etage durch ein Fenster geworfen wurde. Ich hab die
große Ausstellung im Haus der Kunst in München gesehen.«

Schmelzer verschluckte sich an einem der trockenen
Kekse, wunderte sich über seinen Chef, während die
Direktorin überrascht wirkte.

»Oh, Herr Fett, Sie sind ein Fachkollege. Ja, die große
Ausstellung. Ich habe einen Beitrag im Katalog publiziert.
Allerdings nicht über Bacons sexuelle Neigungen und seinen Männerverbrauch, sondern über sakrale Elemente in
seinem Spätwerk.«

»Werde ich nachlesen, Frau Dohmann-Härter. Den
habe ich mitgebracht, den Katalog, sakrale Elemente.«
Ein bisschen Bildung kann nicht schaden, dachte Fett, der
beeindruckt war von den Werken Bacons. Beeindruckt,
abgestoßen, angestoßen. Er hatte die Ausstellung Ende
1996 im Haus der Kunst besucht. Eine Retrospektive.
Noch besser erinnerte er sich an die Magenverstimmung,
die während der Eröffnung zu Montezumas Rache und
einem Fieberschub führte. Warum auch immer, er hatte
in einem Anfall von Wagemut in einer Weinstube an der
Feldherrnhalle in München einen Saumagen bestellt. Vermutlich hatte er bereits vorher ein Glas getrunken, denn,
daran erinnerte er sich auch: Mit seiner temporären Beglei-
tung aus Nürnberg gab es Stress. Jedenfalls ging alles in die
Hose, die Beziehung und der Saumagen und das Wochenende in München. So lag er am Sonntagabend im Liege-
wagen nach Aachen, Kohletabletten im Magen und den
Katalog der Bacon-Ausstellung auf demselben. Ein jäm-
merliches Bild.

»Frau Dohmann-Härter, bevor wir uns über das Motiv
der Anverwandlung ans Tier im Frühwerk Bacons aus-

tauschen, möchte ich auf den toten Paul Verhoven zu sprechen kommen. Sie haben dem Kollegen Schmelzer einige Details telefonisch mitgeteilt, andere eher angedeutet. Erläutern Sie uns dies.«

Die Direktorin räusperte sich, schenkte ein Glas Wasser ein und schien zu zögern, wie sie das Thema anpacken wollte.

»Meine Herren, lassen Sie mich vom Allgemeinen auf das Besondere kommen. Das muss man alles in einen größeren Zusammenhang stellen, sozusagen. Ich habe Ihnen am Dienstag bereits eine Menge gesagt. Nach dem Krieg war auch in den Museen vieles in Unordnung geraten. Vieles sozusagen zerstört. Körperlich und geistig, wenn Sie verstehen, was ich meine.« Frau Dohmann-Härter lächelte leicht verquält, sie spürte, dass Fett und Schmelzer nicht alles nur im großen Zusammenhang sehen wollten.

Fett fixierte sie aufmerksam. Schmelzer beschäftigte sich mit der Designkaffeetasse, die nicht richtig in die Vertiefung der Untertasse passte. Er schob sie hin und her.

»Als ich 1992 das Haus übernahm, war ich jung und mein Ziel war es, sofort durch besondere Ausstellungen mehr Licht auf das Haus scheinen zu lassen. Das war von der Politik so gewollt. Die Bestandssicherung, um es im Jargon der Wirtschaftsförderung zu sagen, die Bestandsaufnahme, die begann Ende der 90er-Jahre. Wir hatten vor meiner Zeit den tragischen Verlust von Heinrich Hubschmid zu beklagen, und Herr Verhoven war auch in Pension. Wir haben sozusagen deutliche Lücken, wie jedes andere Museum auch. Da ist dies Haus keine Ausnahme, wenn Sie verstehen, was ich meine?«

»Wie viel Werke fehlen denn, so grob?«

»Wir haben insgesamt rund 2.500 Werke bis 1945 erfasst, ohne die, die in den Kriegsjahren und davor als Raubkunst oder Fluchtkunst rasch beigefügt wurden. Da gab es eine spezielle Kartei. Die ist verschwunden. Wir haben sozusagen vom Altbestand einen Abgang von rund 150 Werken und aus der speziellen Kartei, aufgrund von Hinweisen und Querverweisen einen Verlust von ungefähr 100 Werken. Sozusagen.«

»Liebe Frau Dohmann-Härter, das ist sozusagen eine enorme Schweinerei und ein krachender Straftatbestand. Haben Sie Anzeige erstattet?«

»Bis jetzt nicht«, antwortete die Direktorin leise.

»Das sieht übel aus«, schaltete sich Schmelzer ein und schob die nervende Tasse an den Rand des Tisches.

»Wen haben Sie in Verdacht, Frau Dohmann-Härter?«

»Herr Kommissar, bitte, mit aller Vorsicht; ich glaube, Herr Verhoven hat über Jahre das Haus geschädigt. Er hatte die besten Kenntnisse, die meisten Informationen. Viele hatten Angst vor ihm, so ist es mir zugetragen worden. Er soll mit alten Nazis verkehrt haben, und manchmal muss jemand aus den Niederlanden aufgetaucht sein, den Verhoven mit in das Depot nahm. Beweise liegen nicht vor. Nur Hubschmid, der war, soviel ich weiß, fest davon überzeugt. Der arme Hubschmid wurde tot aus dem Mühlenteich gefischt. Von da an hatte Verhoven freie Hand.«

»Was fehlt denn alles, Frau Dohmann-Härter?«

»Das ist es ja. Ich sagte es bereits Ihrem Kollegen. Es fehlen vor allem B-Werke, nicht die besten und wertvollsten Stücke, sondern Beigaben, zweitklassige Werke von großen Künstlern. Die sind weg. Wir erhalten viele Schenkungen und Nachlässe. Meistens sind zwei Werke von 50 wirklich wichtig für uns. Der Rest eher mittelmäßig.

Der Name des Künstlers zählt. Weil wir ausschließlich die besten Werke ausstellen und die anderen im Depot schlummern, fielen uns die Verluste erst spät auf.«

Sie hatte sich gefangen, auch wenn die Bemerkung von Schmelzer wie ein Schock in ihre Glieder gefahren war.

»Ich habe in den Häusern in Köln und Aachen nachgefragt, in denen Verhoven ausgeholfen hat. Dort ist es ähnlich. Große Lücken bei den unbekannten Werken alter Meister und angeblich kriegsbedingte Verluste von manchen bedeutenden Gemälden wie zum Beispiel Balthasar van der Ast. Dies betrifft den Altbestand, der mit Beginn des Krieges gut registriert in Bunkern und Stollen eingelagert wurde. Bei der sogenannten »Entarteten Kunst« wird es noch unübersichtlicher und ebenso bei der Raubkunst, den Werken, die die Nazis aus anderen Ländern geraubt oder zum Beispiel jüdischen Eigentümern entwendet haben. Das wurde alles nicht ordnungsgemäß erfasst oder die Karteikarten wurden bei Bombenangriffen vernichtet. Wir verdanken die Verlusterkenntnis zumeist den überlebenden Registraren der Häuser. Daraus ergibt sich ein Bild: Überall, wo Verhoven gearbeitet hat, verschwanden Werke.«

»Hat er alleine gearbeitet? Wie und wo hat er die Werke zu Geld gemacht?«

»Darauf habe ich keine belastbaren Antworten. Ich vermute, dass er die Werke alleine gestohlen hat. Er kann sie unmöglich alleine verkauft haben. Das wäre zu auffällig gewesen. Mir wurde berichtet, dass er oft Besuch dieses Kollegen aus den Niederlanden bekam. Das könnte eine Spur sein. Mehr weiß ich nicht.«

Sie machte eine kleine Pause.

»Herr Kommissar, es geht um Mord, nicht wahr?«

»Ja. Es geht um drei Morde, vielleicht sogar vier. Wir wissen nicht, ob es mehr geben wird.«

»Wie soll ich sagen. Als Museumsdirektorin werde ich oft zu Vorträgen und Abendessen eingeladen. Ich habe mich gewundert, woher an manchen Wänden bestimmter Bürger dieser Stadt die Gemälde stammen. Verhoven war in den 6oer- und 7oer-Jahren durch den Museumsverein gut vernetzt. Dies ist eine, wie soll ich sagen, Beobachtung, die mich beunruhigt.«

»Wollen Sie damit andeuten, dass Verhoven an die Dürener Eliten Werke aus dem Depot verkauft hat?«

»Meine Herren, bitte, mit aller Vorsicht. Mir drängt sich der Verdacht auf.«

»Frau Dohmann-Härter, wir werden sie nach Aachen einladen. Bitte bereiten Sie die Verlustangaben vor. Hier geht es um professionelle Morde, die in einem Zusammenhang mit den Kunstdiebstählen stehen könnten. Wir sollten mit Ihrer Hilfe Licht in das Dunkel bringen. Wir müssen los.«

Fett hatte es eilig. Er wollte mit Schmelzer unbedingt etwas besprechen, außerdem war die Autobahn um die Zeit immer voll. Das Treffen mit Chantal und William Bell war wichtiger als Frau Dohmann-Härter.

Rasch verließen sie das Büro und gingen zum Auto.

»Schmelzer, könnte es sein, dass die drei alten Herren ihre Käufer erpresst haben? Zum Lebensabend noch ein Sümmchen verdienen, indem sie drohen, auf die geraubte Kunst hinzuweisen?«

»Dann würden sie sich selbst belasten.«

»Richtig. Vielleicht haben sie über Bande gespielt. Nicht der Verkäufer, zum Beispiel Verhoven, hat einem angesehenen Bürger aus Köln gedroht, sondern Keulers. Der

Bildbesitzer könnte genug haben von dieser Erpressung und hat Profis angeheuert. Jemand der Hunderttausende für Gemälde ausgibt, kann auch Profis bezahlen. Andererseits: warum direkt alle drei? Einer hätte als Abschreckung gereicht.«

»Bleibt außerdem Bonnet. Ich habe den Eindruck, dass kein Käufer von dem Trio wusste, sondern höchstens Kontakt zu einem von ihnen hatte.«

Was Schmelzer sagte, war stimmig. Wer kannte den Zusammenhang zwischen den drei Kunstdieben und Kunsthehlern? Wer wusste von Verhoven, Keulers und Bonnet? Sie waren in der Waffen-SS in einer Einheit. Wusste Hausen, der Vorsitzende der Kameradschaft, von den Geschäften der Kameraden? Bestimmt. Sein Motiv? Rache, Vergeltung? Wofür? Für Verrat an den Idealen der SS? Drei Morde so professionell?

Fett fuhr über die Eisenbahnstraße in Richtung Autobahnzubringer.

»Schmelzer, Sie haben recht. Drei professionelle Morde an drei Tagen, das ist kein Einzeltäter, kein Käufer eines Balthasar van der Ast, der erpresst wird. Wer kannte die drei? Hausen mit ziemlicher Sicherheit und Burns, dieser Burns, der ihre Waffen-SS-Akten manipuliert hat. Das hat Keulers Petro gesagt, bevor er gestorben ist. Er kannte die drei. Burns ist 90 Jahre alt und lebt in Arlington. Und aus den USA kommt William Bell zu uns. William und Ray Bell leben auch in Arlington. Bell ist die Schlüsselfigur.«

Fett drückte das Gaspedal des Alfa durch. Sie passierten das Kraftwerk Weisweiler ohne Stau. Eine steile Rauchwolke kletterte in die höheren Luftschichten. Bei Merzbrück drehten Segelflieger ihre Platzrunden. Kurz nach 17 Uhr erreichten sie Fetts Wohnung.

»Schmelzer, ich zieh mich rasch um. Rufen Sie Anne an. Es könnte später werden. Mordfall. Wichtig. Ich spendiere eine Spinatquiche für die Familie. Okay? Ich schmeiß mich in den Anzug und auf nach Eupen. Wir treffen um 18.30 Uhr Chantal. Vorher können wir beide uns absprechen. Die Kollegen aus Belgien werden im Hintergrund sein. Mir ist wichtig, dass Sie einen Blick auf die Lage werfen. Ich brauche Sie, Schmelzer. – Übrigens, bei mir im Kühlschrank liegt Aufschnitt. Italienischer Schinken, luftgetrocknet. Wenn Sie möchten. Ich mach mich frisch.«

»Der Schinken hat mich überzeugt. Ich ruf Anne an.«

In der Wohnung von Fett prüfte Schmelzer zunächst den Kühlschrank. Fett sprang unter die Dusche und rasierte seine stacheligen Wangen. Heute nicht den Schlabberlook der Kollegen, die hin und wieder merkwürdig zum Dienst erschienen, als ob sie gerade aus dem Hobbykeller kommen würden. Er nahm Eau de Toilette, holte ein frisches weißes Hemd und den blauen Anzug, schwarze Socken, schwarze Schuhe. Keine Pistole. Er hatte es Chantal versprochen. Schmelzer saß in der Küche über einer Schinkenstulle.

»Oh, Mr. Clooney, please ein Autogramm für meine Frau.« Schmelzer lachte.

»Kommt gleich. Haben Sie hoffentlich gelernt. Wir müssen uns in allen Schichten bewegen können. Ganz unten. Ganz oben und in der Mitte.«

»Ich bleib in der Mitte«, Schmelzer lächelte und registrierte, dass sein Chef flexibel war und, ja, Fett sah gut aus in dem blauen Anzug. Für Chantal würde er, Schmelzer, auch die sportliche Multifunktionsjacke gegen einen Trenchcoat tauschen. Im Grunde konnte er bei Chantal nicht mithalten. Er wusste es.

»So, los, Herr Fleischverkoster. Hab ich noch was im Kühlschrank oder müssen wir auf dem Rückweg bei Delhaize rein?«

»Den Käse habe ich nicht angerührt.«

RENDEZVOUS IN EUPEN

Sie nahmen den Alfa und fuhren über den Grenzübergang Köpfchen in Richtung Eupen. Vorbei an den Panzersperren des Westwalls. Betonmonster, mittlerweile ein Biotop für seltene Tiere. Sprengen wäre zu teuer und gefährlich gewesen. So zog sich die Höckerlinie, von den Nazis »Siegfriedlinie« genannt, entlang der Grenze, unterbrochen von unwirklichen Betonbunkern.

Pünktlich erreichten sie die Gospertstraße, in der Chantal in einem dunklen Citroën auf Fett wartete.

»Schmelzer, fahren Sie mit meinem Alfa zum Hotel Best Western. Parken Sie in der Nähe. Funkgerät auf Empfang. Wenn ich Sie brauche, melde ich mich. Wir treffen uns spätestens um 22 Uhr.«

Fett ging zu Chantal, die mit laufendem Motor am Straßenrand wartete.

»Nehmen Sie mich mit, schöne Frau?« Fett beugte sich zu dem halb geöffneten Fenster auf der Fahrerseite. Chantal konnte man nicht erschrecken. Sie wies mit dem Kopf auf den Beifahrersitz und Fett stieg ein, als ob er zu einem Rendezvous bestellt wäre.

»Bonsoir, Michel. Heute immer ohne ›a‹. Klingt französischer.«

»Chantal, du siehst bezaubernd aus.«

»Danke, Michel, der Anzug steht dir. Solltest du häufiger tragen. Vraiment. Wir sind aber nicht zur Modenschau in Eupen. Ich fahre in Richtung Best Western. Alors. Wir gehen als Couple zum Abendessen in das Hotel. Themen haben wir genug. Wir bekommen einen Tisch nahe bei den Bells. Lass uns versuchen, ein Gespräch mit ihnen zu beginnen. Bestimmt wird der Vater früh ins Bett gehen. Wir sollten William Bell zu einem Getränk einladen. Wenn das nicht klappt, zeigen wir ihm unsere Dienstausweise und sprechen ihn direkt an. Zur Not mit der Drohung, ihn mit auf das Revier zu nehmen. Ich habe mehrere Kollegen rund um das Hotel postiert. Flüchten kann er nicht, wird er nicht. Da bin ich mir sicher. Er lässt seinen Vater nicht alleine. Richtige Beweise haben wir nicht. Indizien. Lass es uns versuchen.«

»Du bist richtig gut. Weißt du das?«

»Ja. Sagen mir die Kollegen in Lüttich jeden Tag.«

Sie stoppte in einer Seitenstraße. Es war hell. Ein milder Maiabend. Sie schlenderten Arm in Arm zum Hotel.

»Bonsoir, Kalumba. Ich habe einen Tisch für zwei Personen reserviert.«

»Oui, Madame. Bitte folgen Sie mir.«

JENSEITS VON AFRIKA

Fett und Chantal saßen an einem Fenstertisch. Fett blickte auf seinen roten Alfa, in dem Schmelzer mit geöffnetem Fenster am Ende der Straße Radio hörte. Chantal blätterte in der Karte. Sie sah hinreißend aus. Ihr Haar glänzte wie schwarzes Gold.

»Fisch oder Fleisch, mein Lieber?«

»Vom Meer sind wir einige Kilometer entfernt. Ich nehme Lamm. Das hört sich gut an. – Sie kommen.«

William Bell hatte seinen Vater untergehakt. Sie setzten sich an den Nachbartisch, an dem sie seit fast einer Woche zu Abend aßen. Sie sprachen nicht viel. William las seinem Vater, wie an jedem Abend, die Karte vor und erwähnte die Tagesvorschläge aus der Küche.

»Ich werde Fisch nehmen, Seezunge«, sagte Chantal, »auf eine Vorspeise verzichte ich. Lieber ein Dessert.«

»Deine Figur erlaubt dir alles, meine Liebe«, säuselte Fett und begann das Couple-Spiel, während er versuchte, einige Wörter vom Nachbartisch aufzuschnappen. Das Essen war vorzüglich und die Konversation klappte ausgezeichnet.

»Wir sollten dieses Jahr nach Afrika reisen, chérie.« Fett schluckte kurz, als Chantal ihn darauf ansprach.

»Afrika, oui, bitte mit Küste, nicht immer das Landesinnere.« Fett bekam so gerade die Kurve.

»Meine Freunde und die Verwandten erwarten uns. Du kannst nicht immer nur in die USA reisen, um dort auf irgendeinem Golfplatz dein Handicap zu verbessern.«

»Da gibt es nicht viel zu verbessern, meine Liebe. Ich bin Spitze. Vielleicht finden wir in Kinshasa ein attraktives Resort mit 18 Löchern. Wäre mal was anderes. Und bitte, San Diego hat dir gefallen, Maryland war für dich ein Traum. Du hast dich wohlgefühlt in den Staaten.«

»Aber es gibt auch was anderes. Das weißt du.«

Chantal sprach lauter. William Bell schaute mehrfach zu ihr hinüber. Nicht an jedem Abend saß so eine wunderschöne Frau im Restaurant. Nach seiner Scheidung von Jane war er alleine geblieben. Es gab die eine oder andere Affäre mit Kolleginnen, keine feste Beziehung. Er wollte dieses Projekt durchziehen, endlich die Albträume seines Vaters beenden. Und damit auch seine Albträume, die ihn seit den Nächten auf der Terrasse des Elternhauses in Arlington verfolgten.

Chantal lächelte ihm zu, als sie ziemlich laut dem lieben Michel die Meinung über seine Golfspielerei unter die Nase rieb. Der beschäftige sich mit dem letzten Lammkotelett und dachte über eine Retourkutsche nach.

»Ich muss ins Bett, Will, heute kein Dessert. Bleib, ich schaff es nach oben.« Ray Bell erhob sich, legte die Serviette gefaltet neben den Teller und schlurfte müde aus dem Restaurant. Will Bell war hellwach. Er blickte aus dem Fenster; es war ungefähr 20.30 Uhr an diesem Donnerstagabend im Best Western in Eupen. Er sah den roten Alfa Romeo mit geöffnetem Fenster.

Will Bell stand auf, nahm sein Glas mit Coke light und ging auf Chantal und Fett zu.

»Darf ich mich zu Ihnen setzen?«, sagte er in einem gebrochenen Deutsch. »Sie möchten mit mir Kontakt aufnehmen, bitte sehr.«

Chantal und Fett schauten sich an. Ihre Tarnung war aufgeflogen, schneller als sie gedacht hatten.

»Gehört der rote Alfa zu Ihnen? Und die beiden Citroën?« Will Bell lächelte sie an.

»Chantal Kalumba, Polizei Lüttich. Mein Kollege, Kommissar Michael Fett, Aachen. Sehr erfreut, Mr. Bell.«

»Meine Freude, Madame Kalumba, Mr. Fett. Wie kann ich Ihnen helfen? Thanks. Danke, dass Sie so taktvoll waren, meinen Vater nicht einzubeziehen. Das rechne ich Ihnen hoch an. Really.«

»Mr. Bell, was sagt Ihnen der Name Paul Verhoven?«, Fett übernahm den Fragepart.

»Ich habe ihn nicht umgebracht, wenn Sie das meinen, Mr. Fett. Never. Das war jemand anderes.«

»Wer, Mr. Bell, hat Paul Verhoven ermordet?«

»Mr. Fett, ich begleite meinen Vater zum Memorial Day nach Henri-Chapelle. Da liegen seine beiden Kameraden Eric und Gerald. Ich habe ein Alibi. Ich war am Montagabend hier im Restaurant mit meinem Dad. Ask the stuff. Der Wagen stand in der Tiefgarage. Alles überwacht. Wir waren die letzten Gäste gegen 23 Uhr. No chance. Ich habe Verhoven nicht umgebracht.«

»Wollten Sie ihn umbringen, Mr. Bell?«, Chantal schaute ihn mit ihren schwarzen Augen direkt an.

»Why? Warum soll ich ihn umbringen, wenn er vor ein Gericht gehört? Sie wissen, wer ich bin?«

»Special Agent, CIA«, sagte Fett.

»Ja. Ich brauche nicht mit Ihnen zu sprechen. Ein Anruf von mir und Ihr Innenminister hat einen unruhigen Abend. Möchten wir das? No. Never. So what?«

»Mr. Bell, Sie waren gestern in Reims, warum?« Fett hakte nach.

»Ja, ich war in Reims. Als Tourist. Ist das genug?«

»Alors, Mr. Bell. Verstehen Sie uns! Wir haben jetzt drei tote Männer, eine tote Frau. Viele Spuren führen zu Ihnen. Quoi faire? Was würden Sie machen in unserer Lage, Sie der Special Agent? Sie haben die Postkarte an Verhoven geschickt mit dem Motiv von Henri-Chapelle.«

»Drei tote alte Waffen-SS-Männer, die an Massakern beteiligt waren. – Ist Keulers auch tot?«

»Oui, Ton Keulers ist gestorben, gestern. Spuren führen zu Ihnen, Mr. Bell. Morgen ist Freitag. Dann Memorial Day. Pas bien. Alles nicht schön. Wir machen unseren Job. Sie möchten doch Ihren Vater nicht alleine lassen.«

»Hören Sie zu. Ich habe ein Alibi für Verhoven. Wann ist Keulers erschossen worden?«

»Am Mittwochabend gegen 20.05 Uhr.«

»Prüfen Sie die Kameras auf einem Rastplatz vor Reims. Da steht so ein riesiges Plastikwildschwein. Ich habe angehalten und einen Espresso getrunken. Mein Alibi für Keulers. Mit der Postkarte, von der Sie sprachen, kann ich nichts anfangen. Und der dritte Mann?«

»Bonnet, am Dienstagmittag in Verzenay bei Reims erschossen.«

»Da war ich in Kreuzau und habe Ihre Kollegen am Haus von Verhoven gesehen, Mr. Fett. Ich war es nicht. Sorry.«

Sie gingen nicht auf Finni Keulers ein und Will Bell hatte nicht die Absicht, sie auf die Begegnung hinzuweisen. Wenn das ein Staatsanwalt erfuhr, starteten die diplomatischen Verwicklungen.

»Mr. Bell, warum sind Sie hinter Verhoven her gewesen?«

Will Bell erzählte die Geschichte seines Vaters. Die Geschichte vom Schützengraben, von Eric und Gerald, von dem Flammenwerfer, von den Albträumen und den Nächten auf der Veranda in Arlington. Er habe gute Chancen gesehen, Verhoven für die Massaker anzuklagen, um endlich diesen Albtraum zu beenden. Durch die Recherche für seinen Vater erfuhr er von all den Verbrechen der SS-Einheit.

»You know, selbst dieser Einheitskommandeur der Waffen-SS, dieser Sylvester Stadler, der wollte die verantwortlichen Offiziere für die Massaker in Oradour und Tulle zur Verantwortung ziehen. Verhoven hätte sich verantworten müssen. Seine Akten sind direkt nach dem Krieg manipuliert worden, deshalb kam niemand auf ihn. Wahrscheinlich waren Bonnet und Keulers mit ihm zusammen.«

»Mr. Bell, Sie haben eine Anfrage nach Verhoven im Bundesarchiv gestellt.«

»Ja, das ist der offizielle Weg. Ich muss ihn beschreiten, damit am Ende ein vernünftiger Prozess stattfinden kann.«

»Warum die zweite Anfrage, wenige Tage später.«

»Zweite Anfrage?« Erstmals war Will Bell überrascht.

»Wer hat angefragt?« Bells Stimme klang angespannt.

Chantal nickte Fett kaum merklich zu.

»Eine Anfrage aus dem Pentagon zu Verhoven. Kurz nach Ihrer Anfrage.«

»Aus dem Pentagon? Welche Abteilung, welche Namen?« Bell wirkte irritiert und elektrisiert.

»Irgendwas mit Dokumentation, Kriegsgeschichte. Warten Sie, ich habe da einen Namen.« Fett blätterte in seinem kleinen Notizbuch.

»Bevor ich Ihnen den Namen gebe, Mr. Bell. Was habe ich davon? Was haben wir davon? Bis jetzt läuft alles auf Glaube hinaus. Okay, ich glaube Ihnen und dem Alibi.

Wir werden es prüfen. Und nun? Soll ich einen Trumpf aus der Hand geben?« Fett schaute ihn an.

»Hören Sie zu, Madame Kalumba, Mr. Fett. Ich möchte hier mit meinem Vater in Ruhe den Friedhof besuchen. Die Mörder sind tot. Er weiß es bis jetzt nicht. Ich muss sehen, wann ich es ihm sage, wie ich es ihm sage, ob ich es ihm sage. Jemand hat Verhoven erschossen, bevor wir ihn vor Gericht stellen konnten. Dasselbe gilt für Bonnet und Keulers. Und Sie haben eine Anfrage aus dem Pentagon kurz nach meiner Anfrage. Ist für mich merkwürdig, strange. Sie möchten die Mörder finden, okay. Ohne mich wird es nicht gelingen. Warum sollte ich Ihnen helfen? Ich sage es Ihnen. Die drei wurden nicht umgebracht, weil sie schlechte Menschen waren. Davon bin ich überzeugt.«

»Wenn Sie nicht der Täter sind, fällt unser Verdacht auf einen anderen Amerikaner, der die drei Soldaten kannte und mit ihnen Geschäfte machte.«

Bell und Chantal schauten gespannt auf Fett. Er würde jetzt seine Information preisgeben und hoffte auf Bells Unterstützung.

»Mr. Bell, die drei Ermordeten haben mit Kunstwerken gehandelt. Bereits im Herbst 1945. Abnehmer war ein amerikanischer Offizier im Stab von Eisenhower. Dieser Captain hat es bis zum Staatssekretär im Verteidigungsministerium gebracht: Robert Burns. Er lebt in Arlington, dort, wo Sie herkommen. Er ist 90 Jahre alt.«

»Robert Burns, Staatssekretär im Pentagon. Geschäfte. Madame Kalumba, Mr. Fett, sorry. Wenn ich Ihnen helfen soll, brauche ich mehr Infos.«

»Mr. Bell, Deal ist ein in den USA oft benutztes Wort. Lassen Sie uns offen sprechen. Sie möchten keine Scherereien und Ihren Vater raushalten. Okay. Wir brauchen

Ihre Hilfe in Sachen Burns. Wenn wir offiziell anfragen, enden wir in einer Sackgasse. Sie haben doch all unsere Mails bereits gehackt. Sie müssten wissen, was hier los ist.«

»Ich weiß einiges, nicht alles.«

Fett erklärte Bell die Zusammenhänge, die Geschichte von Burns und Bonnet, die 1945 begann, als Burns mit Eisenhower das Hauptquartier der Alliierten in Reims aufschlug. Trotzdem blieb eine Lücke. Die Lücke hatte einen Namen: Pentagon. Von dort aus kam die zweite Anfrage nach Verhoven im Bundesarchiv, von einem gewissen Major George Weinert.

Der Kellner kam, sie bestellten Kaffee und Espresso. Nach Fetts Bericht wurde es still am Tisch.

»Mr. Bell, wir haben drei Tote: am Montag Verhoven, am Dienstag Bonnet, am Mittwoch Keulers, der gestern starb. Alle Morde professionell ausgeführt. Kaliber 7,65 Millimeter. Vermutlich Walther PPK. In Reims wurde mit Kaliber 9 Millimeter auf die Polizisten geschossen. Beretta, wie die US Army sie benutzt. Das alles ist perfekt organisiert: Düren, Verzenay, Reims.«

»Welches Motiv steckt dahinter, Mr. Bell, was glauben Sie?« Chantal ließ den CIA-Mann nicht aus den Augen.

Draußen war es dunkel geworden. Die Straßenlaternen brannten. Schmelzer saß im Alfa, das Radio lief leise, er hörte den Belgischen Rundfunk, ein Sender mit Informationen über die Deutschsprachige Gemeinschaft und die Region.

»Geben Sie mir den Freitag«, bat Bell. »Ich versuche, etwas herauszufinden. Außerdem habe ich meinem Dad versprochen, morgen mit ihm nach Henri-Chapelle zu fahren. Er möchte sich auf den Samstag vorbereiten. Vertrauen Sie mir. Meine Aufgabe lautet, Kriegsverbrecher zu finden, um sie vor Gericht zu stellen. Diese drei Kriegsverbrecher wurden ermordet. Allerdings nicht um Gerechtigkeit auszuüben. Dahinter steckt etwas anderes. Das Motiv – ich habe eine Idee. Lassen Sie mich machen.«

»Mr. Bell, bleiben Sie in Eupen. Verlassen Sie Belgien nicht. Wir werden Sie überwachen. Alles andere wäre nicht professionell.« Chantal sprach ruhig und sachlich.

»Ja. Of course. Ich verstehe.«

Sie standen auf. Bell verabschiedete sich und ging hoch in sein Zimmer. Fett winkte dem Kellner. Es war niemand mehr im Restaurant.

»Chantal, was hältst du davon?«

»Es hat sich anders entwickelt, als ich gedacht habe. Ich bin überrascht. Ich glaube nicht, dass er ein Killer ist. Er hätte die Justiz eingeschaltet. Wir prüfen das Alibi. Es hört sich wahr an. Deine Info mit der zweiten Anfrage, die hat ihn überrascht. Vraiment überrascht.«

Fett zahlte und gab ein gutes Trinkgeld.

»Lass uns gehen, Chantal. Ich brauche Luft. Spielen wir noch das Couple, auch wenn wir aufgeflogen sind?«

Fett streute Leichtigkeit in das Gespräch. Er legte seinen Arm vorsichtig um Chantals Schulter.

»Gestern Abend war ich in Reims, heute in Eupen, wo werden wir morgen sein, Chantal?«

»Weiter, Michel, wir werden einen Schritt weiter sein.«

»Womit, Chantal?«

»Mit dem Fall und mit uns. Wir entwickeln uns immer weiter, du auch, Michel.«

»Es ist das Alter, Chantal. Vielleicht ist es das Alter, das die Hand um deine Schulter legt.«

»Mein deutscher Kommissar. Werde nicht melancholisch hier in Eupen. Lieber in Lüttich oder Paris. Wir sollten nochmals zusammen fahren. Es war schön mit dir. Doch jetzt wieder an die Arbeit, weißer Mann.« Sie lachte.

»Du überwachst William Bell, Schmelzer und ich prüfen eine weitere Spur. Lass uns am Samstag zum Memorial Day in Henri-Chapelle sein. Ich möchte die beiden beobachten. Komm bitte, wenn du kein Date in Paris hast.«

»Gute Idee. Das mit dem Date in Paris. Scherz. Wir treffen uns um 15.30 Uhr vor der Kapelle des Friedhofs. Bonne nuit, mein Lieber.«

»Bonne nuit, Chantal.«

Schmelzer zog die Augenbrauen hoch, als die beiden Kollegen auf ihn zukamen und Fett sich mit Wangenküssen von Chantal verabschiedete.

»Hoffentlich hat Chantal Sie nicht zu sehr vom Fall abgelenkt.« Schmelzer konnte sich die Bemerkung nicht verkneifen.

»Doch, hat sie«, gab Fett zurück.

»Das kann ja heiter werden. Konnten Sie im Überschwang der Gefühle überhaupt Mr. Bell befragen?«

»Mr. Bell arbeitet für uns. Wir haben ihn umgedreht. Doppelagent. Scherz beiseite. Fahren Sie los. Ich erzähle unterwegs.«

Er berichtete Schmelzer von dem Gespräch mit William Bell. Dass sie so schnell erkannt worden waren, ließ er außen vor.

Um 22.40 Uhr erreichten sie Schmelzers Einfamilienhaus am Steppenberg. Er solle morgen erst gegen 9 Uhr ins Büro kommen, damit er in Ruhe mit Justus frühstücken könne. Fett setzte sich an das Steuer seines Wagens und fuhr die kurze Strecke zum Templergraben. Donnerstagabend. Die Studenten gingen gerade erst auf die Piste. Fett parkte gegen 23.30 Uhr. Er wollte bloß ins Bett.

UNSERE VÄTER, UNSERE SÖHNE

Am Freitag, dem 25. Mai 2012, öffnete Fett seinen Kühlschrank, nahm eine frische Dose Sahnehering, stellte sie auf dem Weg zum Alfa vor die Tür von Frau Kleinjohann, klingelte dreimal bei ihr und verschwand rasch aus dem Treppenhaus.

Vom Büro aus rief er Catherine in Reims an und berichtete von dem Gespräch mit William Bell. Es tat ihm gut, ihre Stimme zu hören, und er hatte den Eindruck, dass sie nicht nur am Fall interessiert war.

»Es gibt einen Zusammenhang zwischen den Kunstverkäufen und den Morden. Die Spur führt in die USA. Bitte schau, ob es bei Bonnet weitere Anhaltspunkte gibt, die in diese Richtung zeigen.«

»Compris, Michel. Wir werden das prüfen. Sei vorsichtig. Hier in Reims wurde sofort geschossen.«

»Wir passen auf.«

»Merci. Und bonne chance.«

»Ich informiere dich. Wir hören …«, er zögerte einen Moment, »und wir sehen uns.«

»Bien, on verra. Salut.«

Als Schmelzer im Büro eintraf, begannen sie mit der Überprüfung von Hausen, dem SS-Kameradschaftsvorsitzenden. Kein Unbekannter für die Kollegen vom Staatsschutz.

»Wo wohnt dieser Hausen?«

»Der wohnt, Moment, der wohnt in Abenden bei Nideggen. Das Haus liegt am Ortsrand, nahe an der Rur.«

»Prüfen Sie, ob er zu Hause ist. In einer Stunde sind wir dort. Sagen Sie nichts von dem Fall. Lassen Sie sich was einfallen.«

Schmelzer rief bei Hausen an. Eine Haushälterin nahm ab und erklärte, dass Herr Hausen in einer Stunde von einem Arztbesuch zurückkommen werde. Und Herr Hausen sei immer pünktlich. Schmelzer erzählte von Einbrüchen in der Nachbarschaft. Sie hätten da ein paar Fragen.

Um 10.30 Uhr trafen Fett und Schmelzer von Nideggen aus kommend in Abenden ein. Die Rur durchquert diesen kleinen, malerischen Ort. Sie waren zu früh. Am Haltepunkt der Rurtalbahn parkten sie. Ein Landgasthof mit Außenterrasse lud zu einem Kaffee draußen am Fluss ein.

Schmelzer ging vor und bestellte zwei Cappuccino. »Draußen nur Kännchen!«, schallte es ihm von einer mürrischen Kellnerin entgegen. Verdutzt fragte er, ob es denn Cappuccino im Kännchen gebe.

»Cappuccino im Kännchen? Jibt et nich!«

Fett schüttelte den Kopf. Hier war die Zeit stehen geblieben oder die Köpfe oder beides. So blieben die Stühle am Ufer der Rur leer. Die überwältigende Freundlichkeit, gepaart mit der Aussicht auf zwei Kännchen Filterkaffee, ließ sie umkehren.

»Wir gehen zu der Bäckerei am Ortseingang.«

Die Ruhe des beschaulichen Eifelortes umfing sie. In der Bäckerei roch es nach frischem Kuchen, der Cappuccino war heiß und ohne Schokopulver auf dem Schaum. Zum Glück.

»Junge Frau, kommen Sie aus Abenden?«

»Geboren – und sterben werd' ich hier auch, so wie es aussieht.« Die freundliche Bedienung, ungefähr Mitte 40, nickte ihm zu.

»Kennen Sie Herrn Hausen, der am Ortsausgang wohnt?«

»Ach der. Der kommt Nussecken holen. Meistens schickt er Elfriede, die Haushälterin. Der soll Nazi oder so gewesen sein. Ich weiß es nicht. Manchmal steht was in der Zeitung.«

»Danke für die Auskunft und den Cappuccino. War gut.«

»Hört man gerne.«

Um 11 Uhr schellten sie bei Hausen. Sofort bellte ein Hund.

»Cäsar, Ruhe!« Sie hörten den Ruf, bevor die Tür geöffnet wurde. Das vernarbte Gesicht eines Mannes über 90, graue Haare, tadellos gepflegt, Krückstock. Neben ihm die feuchte Schnauze eines Rottweilers mit beängstigender Beißlust.

»Was wollen Sie?«

»Fett, Schmelzer, Mordkommission Aachen. Dürfen wir eintreten, Herr Hausen? Oder müssen wir Obersturmbannführer sagen?«

»Ha, Sie kennen sich wohl aus. Die Herren von der Mordkommission. Hören Sie auf mit dem Quatsch. Darauf lasse ich mich gar nicht erst ein. Haben Sie einen Durchsuchungsbefehl?«

»Ein Sondereinsatzkommando am Garteneingang sprengt in zehn Sekunden die Tür auf. Cäsar wird direkt erschossen. Ist doch klar. Ob Sie Ihr Haus nach dem Einsatz wiedererkennen, ist Ihre Sache. Noch fünf Sekunden.«

246

Hausen war perplex. Von grundgesetztreuen Kommissaren hatte er so eine Antwort nicht erwartet.

»Kommen Sie rein. Cäsar, ab! Elfriede! Bringen Sie Cäsar in die Küche. Und kein Quatsch mit Sondereinsatzkommando. Ich rufe sonst direkt meinen Rechtsanwalt an.«

Hausen wankte am Krückstock voraus in eine Art Besucherzimmer. Die Haushälterin schaute verängstigt um die Ecke, öffnete die Tür zur Küche und verschwand dort mit Cäsar.

»Setzen Sie sich. Geht es um Verhoven?«

»Ja, Ihr Kamerad Paul Verhoven.«

»Kamerad, Kamerad. Wissen Sie, was ein Kamerad ist? Sie haben keine Ahnung.«

Hirschgeweihe, dunkle Eiche, Schränke mit Glastüren, Schmelzer schaute sich um und entdeckte Fotos von Hausen in SS-Uniform. Er trug das Ritterkreuz und wenn er es richtig sah, war ihm auch das Eichenlaub verliehen worden. Auf einem Bild gratulierte ihm der Führer und lächelte ihn an.

»Erzählen Sie uns von Verhoven.«

»Da gibt es nichts zu erzählen. Standartenjunker Verhoven war ein junger Mann, 43 oder 44 in die SS eingetreten, erste Fronterfahrung in Frankreich, Ardennenoffensive, Gefangennahme. Das war's.«

»Er kam zum Führergeburtstag nach Vossenack.«

»Sie wissen ja alles, warum fragen Sie? Führergeburtstag. Quatsch mit Soße. Kameradentreffen. Punkt.«

»Wo waren Sie am Montagabend, Herr Hausen? An diesem Montagabend von 18 bis 24 Uhr.«

»Besprechung mit den Kameraden Willich, Rautenhuber, Hofer hier bei mir. Können Sie nachprüfen. Bis Mit-

ternacht. Wir haben Stehvermögen. Anders als diese Jung-
heinis heute, die kein Fleisch mehr essen und Rollbrett
fahren. Es ging um die Kameradschaft. Das muss reichen.«

»Die Adressen der alten Kameraden geben Sie uns nachher. Wie war Ihr Verhältnis zu Verhoven?«

»Verhoven. Ein Lump. Haben wir erst spät rausbe-
kommen. Der hat seine Kameraden im Stich gelassen.«

»Was hat er angestellt?«

»Er war ein Schweinehund. Aber unser Schweinehund. Verhoven hat gekämpft und Befehle ausgeführt.
Am Schluss ist er schwach geworden. Viele sind schwach
geworden. Wir hätten die alle nicht aufnehmen dürfen.«

»Wen, Herr Hausen?«

»Die Beutegermanen. All diese Ausländer in der Waffen-SS. Weiß der Teufel, wer sich das im SS-Hauptamt
ausgedacht hat. Damit begann der Untergang. Seit diese
verdammten Partisanen Heydrich umgebracht haben, da
ging es drunter und drüber. Himmler konnte sich nicht
um alles persönlich kümmern.«

»Seien Sie vorsichtig, Herr Hausen. Es gibt den Paragra-
fen der Volksverhetzung«, warf Schmelzer in den Raum.

»Wollen Sie mir Angst einjagen, Sie Imitation von Harry,
Sie Fröschl. Mir zittern die Knie. Ich habe Charkow im
März 43 zurückerobert. Mein Bein ist bei der Ardennen-
offensive zerschossen worden. Sie, Sie Bei-Kommissar.
Ich zittere am ganzen Leib.« Er lachte rachitisch, wäh-
rend seine Augen kalt blieben.

»Herr Obersturmbannführer, die jungen Herren, zu
Befehl.«

Die Hausverwalterin hatte kurz die Tür geöffnet. Fett
und Schmelzer schauten sich ungläubig an. Wo waren sie
denn hier hineingeraten?

»Die jungen Kameraden. Es gibt sie noch. Junge, stolze, deutsche Kameraden.« Hausen wankte ihnen entgegen.

Vier junge Männer, Mitte bis Ende 20, kamen in den Raum, schlugen die Hacken zusammen und reichten ihm die Hand. Man hörte ein Murmeln von »Obersturmbannführer«. Sie trugen Anzüge und sahen gepflegt aus. Keine Skinheads oder Nazi-Proleten.

»Kameraden. Das sind die Kommissare Fett und Schmetzer.«

»Schmelzer, bitte.«

»Auch wurscht. Sie haben mich in Verdacht, den feigen Hund Verhoven erschossen zu haben. Sie trauen es mir zu, nicht wahr! Albert, Heinrich, Rolf und Josef, bitte sehr, die Herren. Vier treue Kameraden, die mir helfen, den Alltag und die Kameradschaft zu organisieren.«

»Meine Herren, Ihre Personalien. Wir ermitteln in einem Mordfall.«

Sie schauten überrascht zu ihrem Übervater Hausen, der nervös mit einem Auge zuckte und sich zusammenriss.

»Josef und Heinrich gehen mit dem Kollegen Schmelzer in das Nachbarzimmer. Rolf und Albert bleiben hier, bitte dort in die Ecke.« Fett sprach klar, hart und deutlich. Bevor die vier sich absprechen konnten, musste er sofort handeln. Während Hausen kochte, nahmen Fett und Schmelzer die Personalien auf. In der Küche bellte Cäsar ohne Pause. Elfriede hatte den Hund nicht unter Kontrolle.

Vier schwierige Fälle, die jungen Herren. Albert, der Student, faselte von einer identitären Bewegung. Er studierte Maschinenbau an der Fachhochschule und war der Kopf einer Gruppe von Studenten, die sich in der freien

Zeit mit sicheren Grenzen, Migration, Staatsvolk und Patriotismus beschäftigten. Etwas Unheimliches ging von ihm aus, ein Sendungsbewusstsein, das so bei den anderen nicht erkennbar war. Sie waren eher Mitläufer. Alle vier hatten ein Alibi. Das stand für Fett und Schmelzer schnell fest. Blieb Hausen. Doch dem Alten war die Mordserie nicht zuzutrauen, und er hatte auch ein Alibi.

»Die Herren Kommissare, ich fordere Sie nach diesem ergebnislosen Auftritt, der nichts als Steuern verschlungen hat, auf, mein Haus zu verlassen. Albert, rufen Sie Rechtsanwalt Burak an, hier wird die Polizei übergriffig.«

»Keine Angst, Herr Obersturmbannführer, wir sind weg. Nicht für immer. Sie hören von uns. Seien Sie sicher. Und Sie, meine Herren, es gibt etwas, das nennt man kapitale Irrtümer. Denken Sie drüber nach. Bevor Sie Besuch vom Verfassungsschutz bekommen. Unser Staat ist lange nicht so wehrlos, wie Sie glauben. Und gewöhnen Sie Ihrer Haushaltshilfe ab, dauernd vom Obersturmbannführer zu reden. Ein Anruf in Tel Aviv beim Mossad und mit der Ruhe in Abenden ist es vorbei. Auch für Cäsar. Schluss mit der Bellerei. Wir sehen uns.«

»Mossad?« Hausen schaute den Kommissaren ungläubig nach. Noch ungläubiger schauten die vier jungen Deutschnationalen.

Fett ließ Schmelzer den Vortritt. Dann knallte er die Tür. Er wurde immer wütender. Dieser Nazi-Mummenschanz, diese Herabwürdigung andrer Menschen, diese Jugendverführer.

»Wir informieren sofort den Staatsschutz. Kollegin Ventzke muss hier ran. Das ist ein braunes Nest. Sie soll diese Eichenholzbude auf den Kopf stellen. Im Hintergrund rekrutiert dieser Hausen junge Männer. Fehlt nur, dass die sich berufen fühlen.«

»Wozu berufen?«

»Deutschland zu retten. Dann sind die ein Instrument und eine Waffe für den Alten. In einem Volk von über 80 Millionen Einwohnern tummeln sich rechts und links die Fanatiker. Die treffen sich in ihrem Hass. Unbelehrbar. Fast unbelehrbar. Wir müssen sie im Auge behalten. Die Demokratie toleriert Feinde der Demokratie bis zu einem bestimmten Grad. Dann, Schmelzer, dann ist Schluss. Keine Toleranz mehr für die Intoleranten. Diese Führergeburtstagsfeiern widern mich an. Sie wollen ihren kapitalen Irrtum und die Verbrechen nicht eingestehen. Deshalb brauchen sie die Bestätigung dieser Jungs. Bloß nicht drüber nachdenken, was man angerichtet hat. Dieser Hausen ist ein übler Bursche. Das Ritterkreuz mit Eichenlaub hat der nicht für die Bergung von Verwundeten bekommen.«

Sie stiegen nachdenklich in den roten Alfa und fuhren kurz vor der Mittagszeit zurück nach Aachen. Sie waren in eine andere Welt geraten, eine Welt, in der Stillstand herrschte seit 1933 oder seit 1939 oder seit 1945.

»Chef, dieser Hausen erwähnte einen Harry und einen Fröschl. Was meinte der mit den Namen?«

»Schmelzer, dafür sind Sie zu jung. Es gab im Fernsehen einen Kommissar Wanninger und einen Kommissar Derrick. Derrick hatte einen Assistenten namens Harry und Wanninger einen Assistenten namens Fröschl. Und Harry war der Schwarm aller Mädchen.«

»Ach so.« Schmelzer nahm sich trotzdem vor, die Namen im Internet zu recherchieren.

Zurück in Aachen fertigte er einen Vermerk über dieses Gespräch und informierte Gabi Ventzke vom Staatsschutz über Hausen und seine Kameraden.

Fett rief Chantal an, er wollte wissen, was William und Ray Bell an diesem Freitag machten.

»Wir observieren beide. Sie sind heute früh nach Henri-Chapelle gefahren, genauso, wie William Bell es gestern angekündigt hat. Jetzt halten sie sich in Eupen auf. Sieht so aus, als ob William Bell an seinem Computer arbeitet.«

»Danke, Chantal. Wir treffen uns morgen in Henri-Chapelle. Wir haben heute die alten SS-Kameraden von Verhoven besucht. Die haben ein Alibi und die hätten nicht die Logistik für die drei Morde an drei Tagen. Bleibt William Bell. Er muss uns zu den Mördern führen.«

»Oui, Michel. Hoffen wir es.«

»Ich informiere Petro in Maastricht. Er soll nicht denken, wir würden hier Printen essen und auf eine Eingebung warten.«

Lachend verabschiedeten sie sich.

Petro war am Donnerstagabend aus Reims zurückgekehrt. Von ihm erfuhr Fett, dass Finni Keulers an einem Herzinfarkt gestorben war. Keine Anzeichen von Fremdeinwirkung. In Ton Keulers' Büro fanden sie zahlreiche Kopien von gefälschten Herkunftsnachweisen für Gemälde. In der nächsten Woche würden sie mit dem Direktor vom Bonnefantenmuseum sprechen. Der junge Mann habe am Telefon erwähnt, dass es kurz nach dem Krieg unerklärliche Verluste aus dem Bestand gegeben habe. Anna Keulers, die Tochter von Finni, würde am Abend eintreffen. Er werde sich um sie kümmern, sagte Petro.

»Bedankt, Petro. War eine gute Zusammenarbeit in den

letzten Tagen, ich halte dich auf dem Laufenden und viele Grüße an Maike.«

Fett fiel ein, dass er sich für Samstagabend mit Iska verabredet hatte. Der Film »Ziemlich beste Freunde« stand auf dem Programm. 16 Uhr die Zeremonie in Henri-Chapelle, 20.30 Uhr der Film. Dieser Zeitdruck, den hasste er. Den mochte er gar nicht. Er griff zu seinem Handy und wählte ihre Nummer. Der Anrufbeantworter. Seine Laune verschlechterte sich.

»Chef, heute Wiener Schnitzel mit Kartoffeln und Salat?« Schmelzer schaute ihn freudvoll und esslustig an.

Das war an diesem Tag die beste Botschaft. Die Kantinen-Botschaft. Fett öffnete das Fenster, fuhr den PC runter und die beiden Kommissare gingen in die Kantine, wo sie kurz vor dem Ende der Essensausgabe Schmelzers Lieblingsessen erhielten. Schmelzer bekam ein extra großes Schnitzel. Er strahlte.

GEISTESAPOTHEKE UND SAHNEHERING

An diesem Freitag blieb das Schnitzel das Beste vom Tag. Der Auftritt von Hausen klang nach. Die ganze Woche war unheimlich. Fett erreichte Iska gegen 17 Uhr. Im Hambacher Forst war eine Großdemonstration von linken Gruppen angekündigt. Es gab einen Einsatzbefehl für das Wochenende. Das SEK von Bonn musste sich in Bereitschaft halten. Gewaltbereite Täter aus dem In- und Ausland waren bereits eingetroffen. Die Sondereinsatzkommandos von Köln und Bonn stellten die Reserve, um bei extremer Gewalt einzugreifen. Iska Sonntag und ihr Team blieben in Hambach festgenagelt. »Ziemlich beste Freunde« vielleicht im Laufe der nächsten Wochen.

Passt auf uns beide, dachte Fett. Er meinte den Filmtitel. Langsam verlor er die Vorfreude auf das Wochenende.

Nach dem Gespräch machte er Schluss. Er wünschte Schmelzer ein schönes Wochenende mit Justus und gegrillten Würstchen. Henri-Chapelle würde er alleine machen. Leicht verärgert ging er zu seinem Wagen. Im Treppenhaus traf er Hauptkommissarin Gabi Ventzke vom Staatsschutz.

»Herr Schmelzer gab mir heute Mittag einen Hinweis auf diesen Hausen.« Gabi Ventzke blieb einen Moment im Treppenhaus stehen.

»Ja, ein übler Altnazi. Ich bin erschrocken. Junge Burschen um ihn herum.«

»Wir haben ihn im Blick. Seine Kameradschaft steht kurz vor dem Verbot. Der Innenminister und seine Rechtsabteilung bereiten das vor.«

»Danke für die Info. Der Besuch hat mir den Tag verdorben. Gut, dass wir Sie haben, Frau Ventzke.«

»Oh, hört man selten im Treppenhaus. Danke, Kollege Fett. Und informieren Sie mich über Grzimeks Hinweise.«

»Grzimek?«

»Ja, die Hundefrage von Montag. Schon vergessen?«

»Montag. Das ist lange her. Weit weg. Grzimek. Ja. Ich denke dran.«

Nachdenklich schloss er den Alfa auf. Er spürte, dass der schwarze Hund wach wurde. Der Wechsel zwischen hochkonzentrierter Nähe mit den anderen Kolleginnen und Kollegen und dem plötzlichen Alleinsein gelang ihm selten. Er fuhr in die Innenstadt, stellte den Wagen ab und ging in eine seiner Lieblingsbuchhandlungen, die er seine Geistesapotheke nannte. Medikamente für Geist und Seele, die fand er hier. Die Buchhändlerin begrüßte den Stammkunden freundlich und aufmerksam. Fett wusste nicht, welches Buch er suchte. Ab und an war das Buch neben dem ausgewählten Werk das wichtigere. Er stöberte durch die Neuerscheinungen, die Philosophie, die Geschichte, die Sachbücher zu Politik und Gesellschaft. Er griff zu Christoph Heins neuem Roman »Weiskerns Nachlass«. Vor Jahren, vielleicht sogar vor Jahrzehnten, hatte er dessen Roman »Drachenblut« verschlungen.

»Nehmen Sie zusätzlich den neuen Houellebecq ›Karte und Gebiet‹. Hat mich umgehauen.« Die Buchhändlerin zeigte ihm den Roman. Er hatte davon gehört.

»Ist doch nicht jugendfrei, dieser Houellebecq.«

»So wie jeder gute Roman, Herr Fett. Ich glaube, der wird Ihnen gefallen. Bin mir sicher. Eine faszinierende Zeitdiagnose. Kunst, Geld, Arbeit, Liebe.«

»Merci. Wenn die Buchhändlerin meines Vertrauens das empfiehlt.«

Er kaufte beide Romane und ging diesmal nicht ins »Café zum Mohren«, sondern zu seiner Wohnung. Als er die Haustür öffnete, fiel ihm die Treppe ein. So ein Mist. Dabei sah sie sauber aus. Frau Kleinjohann öffnete die Tür. Bitte nicht Frau Kleinjohann, nicht heute, betete er. Zu spät.

»Hallo, Herr Fett. Ich hab wirklich gewonnen! Stellen Sie sich vor. Sahnehering. Stand heute Morgen vor meiner Tür. So ein Glück. Wissen Sie was, Sie haben mir ja die gute Nachricht überbracht, dafür habe ich heute die Treppe geputzt. In zwei Wochen sind Sie dran. Sahnehering. Eine Woche. Toll.«

»Da gratuliere ich herzlich. Jeden Tag Fisch. Da werden Sie bestimmt 110 Jahre alt und damit älter als Jopi Heesters. Passen Sie auf.«

»Von einer Woche Sahnehering? Schön wär's. Danke, Herr Fett. Guten Abend.«

»Vielen Dank Ihnen, Frau Kleinjohann. So bekomme ich die Treppe nie hin.«

Die alte Dame ging zurück in ihre Wohnung. Fett wusste, was auf ihn zukam. Jeden Tag in dieser Woche Sahnehering. Na servus, sagte er sich. Später am Abend, nach einer Tiefkühlpizza und einem Glas Crémant, begann er mit der Lektüre von Christoph Hein. Nach zehn Seiten schlief er fest.

BAND OF BROTHERS: MEMORIAL DAY – SAMSTAG, 26. MAI 2012

Am Samstag, dem 26. Mai 2012, strahlte der Himmel im schönsten Blau. Um die Mittagszeit trafen die ersten Polizeieinheiten am American Cemetery in Henri-Chapelle ein, um Absperrposten und Straßensperren zu errichten. Seit dem 11. September 2001 galten für die Zeremonie strengere Sicherheitsvorkehrungen. Amerikanische Militärpolizei patrouillierte direkt auf dem Friedhof. Die belgische Polizei sperrte weiträumig die Zufahrt ab und kontrollierte jeden Wagen.

Fett und Chantal trafen sich vor der Kapelle. William und Ray Bell waren bereits auf dem Friedhof. Die Sonne schien aus südwestlicher Richtung über die Gräberreihen. Sie nahmen ihre reservierten Plätze ein. Pünktlich um 16 Uhr begann die Gedenkfeier. Die Veteranen der belgischen Armee und des belgischen Widerstands nahmen Aufstellung, die Fahnen- und Kranzträger standen bereit, die Militärkapelle wartete auf den Einsatz. Eine viermotorige C-130 Transportmaschine der US Air Force flog, von der Ramstein Air Base kommend, im Tiefflug über den Friedhof. Superintendent Miller begrüßte kurz und würdigte Ray Bell als Ehrengast. Nach ihm sprach ein Militärkaplan ein kurzes Gebet, der Bürgermeister von Welkenraedt dankte den Amerikanern und der Oberbefehlshaber der NATO, Admiral Stavridis, begleitet von mehreren Personenschützern, würdigte die Leistung der Gefallenen. Er begrüßte ebenfalls Ray Bell und ging kurz auf die Zeit von der Landung in der Normandie bis zur Ardennenschlacht ein. Er erwähnte Eric und Gerald, berichtete über ihr kurzes Leben, ihre Herkunft, Familie, Geschwister. Eric war ein guter Schwimmer. Gerald liebte Baseball. Sie hatten sich freiwillig gemeldet und die Invasion in der Normandie überlebt. Ihr Leben endete mit der Ardennenoffensive. Admiral Stavridis bat um eine Schweigeminute. Alle erhoben sich von den Sitzen. Die Sonne brannte in ihre Gesichter. Die alten Veteranen, mit zahlreichen Orden geehrt, hielten die Fahnen ihrer Einheit hoch. Fett schaute auf die Frauen und Männer vor ihm, auf die alten Widerstandskämpfer, auf die US-Fahne am Ende des Friedhofs, die sanft im Wind wehte. Vor mehr als 60 Jahren endete das Leben von Eric und Gerald nicht weit von Henri-Chapelle entfernt. Im Grunde endete auch das Leben von Ray Bell. Er kehrte verändert zurück nach Arlington. Jeder kam anders aus dem Krieg zurück, als er hineinging.

Nach dem amerikanischen Botschafter in Belgien sprachen Kinder aus der Grundschule von Welkenraedt ein Gedicht, dann wurden in einer langen Zeremonie die Kränze aufgestellt. Die Botschafter und Militärs der befreundeten Nationen folgten den Kranzträgern. Den letzten Kranz begleiteten Ray und William Bell. Es war der Kranz für Eric und Gerald. Sie erhoben sich von den Stühlen. Die Militärkapelle spielte die belgische und amerikanische Nationalhymne. Um 17.10 Uhr endete der Festakt. Die Gäste, darunter Militärs aus Norwegen, Großbritannien, Australien und Frankreich, gingen ruhig über den Friedhof, blieben hier und da vor einem Grab stehen, tauschten sich aus.

Die Zeremonie erschien Fett wie aus einer anderen Welt. Er betrachtete lange die belgischen Veteranen, hochbetagt, die mit ihren Fahnen eine Stunde lang in der Sonne ausharrten. Manche von ihnen hatten feuchte Augen. Sie alle erinnerten an die Toten, die Verwundeten, die Vermissten des Zweiten Weltkriegs. Fett und Chantal beobachteten Ray und William Bell, die gedankenverloren über den Friedhof zogen, vorbei an den 7.992 Grabsteinen. William Bell hatte seinen Vater untergehakt. Sie verharrten vor den Gräbern von Eric und Gerald.

Fett las die Namen der Gefallenen auf den marmornen Kreuzen und Davidsternen. Es waren europäische Namen. Deutsche, italienische, irische, griechische, polnische Namen. Die Kriegsopfer stammten aus allen US-Bundesstaaten. Es gab ihm einen Stich, wenn er las, dass einer von ihnen Ende April 1945 oder Anfang Mai 1945 gefallen war. Kurz vor der Kapitulation. Die meisten Soldaten starben im Herbst 1944 bei den Kämpfen im Hürtgenwald und bei der Ardennenoffensive. Gefallen, was für ein beschönigendes Umschreiben. Gefallen war er als Kind oft. Mit dem Rad, dem Roller, den Rollschuhen. Wenn Soldaten fallen, sterben sie einen furchtbaren Tod. Gefallen, das Wort ging ihm nach. Chantal begleitete ihn stumm. Sie trug einen schwarzen Hosenanzug. Ihre schönen Augen versteckte sie hinter einer dunklen Sonnenbrille. Sie wirkte elegant und mondän. Fett trug den dunkelblauen Anzug und einen leichten Trenchcoat. Sie gingen wie ein Paar vom Secret Service über den Friedhof.

William Bell hielt sein Versprechen. Er blieb während der Zeremonie bei seinem Vater. Beide hingen ihren Gedanken nach. Langsam erreichten sie den Säulengang, um sich vom Superintendenten und dem NATO-Ober-befehlshaber zu verabschieden.

Am schwarzen Ford Mondeo warteten Chantal und Fett auf William Bell, der seinen Vater für einen Moment der Erholung im Büro der Friedhofsverwaltung zurück-gelassen hatte.

»Danke, Mr. Fett, Madame Kalumba, dass Sie mir und meinem Vater den Besuch ermöglicht haben. Das war wichtig. Wichtig für uns beide. Ich werde Ihnen das nicht vergessen. Wir fliegen morgen zurück nach Washington. Ich habe von Eupen aus bereits einige Informationen zusammengetragen. Am Montag treffe ich Robert Burns in Arlington. Ich habe meinen Besuch angekündigt, offi-ziell, um mit ihm über das Kriegsende in Reims zu spre-chen. Er hat akzeptiert. Sie müssen mir vertrauen. Mehr kann ich Ihnen nicht anbieten.«

»Mr. Bell, Sie arbeiten an der Aufklärung von Verbre-chen. Chantal Kalumba und ich ebenfalls. Manchmal fin-det man erst seine Ruhe, wenn man alles weiß und die bohrenden Fragen verschwinden. Wir haben drei Ermor-dete und einen Todesfall durch Herzinfarkt. Eine Toch-ter, die ihren Vater verloren hat. Polizisten, die in Reims fast erschossen wurden. Und wir haben Kunstdiebstähle in beträchtlichem Umfang. Kunst, die nach allem, was wir wissen, zurückgegeben werden muss. Zurück an die Nachfahren von Eigentümern, die in den Konzentrations- und Vernichtungslagern umgebracht wurden. Helfen Sie uns, die Wahrheit herauszufinden. Sie kann schmerzlich sein. Ohne die Wahrheit werden die Wunden nie ver-heilen.«

Chantal nahm die schwarze Sonnenbrille ab. Sie sah wunderschön aus und zugleich ernst.

»Mr. Bell, wir haben viele Vorschriften missachtet, damit es heute so ablaufen konnte. Wir warten auf Ihren Bericht. Achten Sie auf Ihren Vater. Vielleicht sagen Sie ihm erst in Arlington, dass die Täter, die drei Täter, die seine Kameraden grausam umgebracht haben, nicht mehr am Leben sind.«

»Sie hören von mir. Sure.«

Sie reichten sich die Hand. Will Bell ging zum Office und holte seinen Vater ab.

Fett und Chantal standen einen Moment schweigend in der Abendsonne. Ruhe war eingekehrt. Fast alle Gäste abgereist. Soldaten marschierten mit eingerollten Fahnen zu ihren Bussen.

»Lass uns nochmals zu der Aussichtsplattform gehen, Chantal.«

Fett nahm sie in den Arm und sie schlenderten zu dem Plateau hinter dem Säulengang. Von dort aus überblickten sie das Feld mit den 7.992 Gräbern.

Sie hielten sich fest an den Händen. Ihre Gedanken kreisten um den Krieg, die jungen Männer, die hier lagen. Die irgendwo in den USA aufgewachsen waren, nichts von der Welt gesehen hatten und nach kurzer Ausbildung plötzlich in der Normandie landeten, um in den Wäldern um Bastogne, Malmedy, Vossenack und Schmidt zu verbluten oder über Hillesheim in das Sperrfeuer der Fliegerabwehrbatterien zu geraten oder als Gefangene der Waffen-SS auf einem Acker erschossen zu werden.

»Warum tun wir uns das an, Chantal? Warum ist der Mensch so?«

»Je ne sais pas. Ich weiß es nicht.« Chantal drehte sich um und ging zu ihrem Wagen.

DIE WAHRHEIT,
NICHTS ALS DIE WAHRHEIT

Ray Bell fühlte sich erleichtert und gealtert. Er war mit einer Zeitmaschine gereist. Eine seltsame Stimmung hatte ihn ergriffen. Der Druck vor dem Besuch des Memorial Days war weg. Erleichterung und Alterung, eine seltsame Mischung. So empfand auch Will Bell. Die Rückreise verlief ohne Probleme. Sie landeten gegen 16 Uhr Ortszeit in Washington und waren rasch im Goodwin House, wo Zimmernachbarn Ray Bell zum Abendessen begrüßten. Viele waren Veteranen des Zweiten Weltkriegs. Will Bell wusste seinen Vater in guten Händen. Er nahm ein Taxi und fuhr in sein Apartment am Clarendon Boulevard.

Am Montagmorgen war Will Bell früh in seinem Büro. Er trug alles zusammen, was er recherchiert hatte. Bereits von Eupen aus erfasste er den Lebensweg von Robert Burns, zeichnete seine Karriere nach. Um 13.30 Uhr war er mit Burns in dessen Haus verabredet. Will Bell bereitete sich akribisch darauf vor. Er überprüfte die Rolle von Burns bei mehreren Militäreinsätzen. Burns forderte bereits vor 9/11 den Einsatz von Spezialkräften privater Sicherheitsfirmen. Beim zweiten Irakkrieg kamen sie zum Einsatz. Für sein Engagement in der Sache stand Burns unter Beschuss der Opposition. Burns war ein Mitglied des Establishments. Er hatte Eingang gefunden – nach dem Zweiten Weltkrieg.

Montag, 28. Mai 2012, 13.30 Uhr. Will Bell blickte

zusammen mit seinem Kollegen Cornell White auf das Anwesen von Robert C. Burns, Staatssekretär a.D. im Pentagon. Das beeindruckende schlossartige Gebäude lag dicht beim Army Navy Country Club in Arlington.

Ein Hausdiener empfing die beiden Special Agents. Bell wies White darauf hin, dass es eventuell ein Gespräch unter vier Augen geben würde, um von Burns Informationen über die Zeit der Kapitulation Deutschlands im Mai 1945 zu erhalten. White war einverstanden. Ihre Vorgesetzten hatten sowieso empfindlich reagiert, schließlich hatte Burns beste Verbindungen. Warum sollte sich Cornell White überflüssigen Ärger einhandeln.

»Mr. Burns erwartet Sie im Besuchszimmer, Sir.«

»Danke, wir folgen Ihnen.«

»Mr. Burns bittet darum, ausschließlich mit Mr. Bell zu sprechen. Er ist 90 Jahre alt. Ihn strengt es an, zwei Agents vor sich zu haben. Sie verstehen das.«

Er nickte White zu, der es sich vor dem Empfangszimmer bequem machte.

Bell durchschritt den lichtdurchfluteten Raum. Bücher an zwei Seiten und viele Gemälde an den anderen Wänden. Mit dem Rücken zum einfallenden Sonnenlicht saß Robert C. Burns in einem Rollstuhl.

»Mr. Under Secretary, danke, dass Sie sich die Zeit nehmen, Sir. Mein Name ist William Bell, Special Agent der CIA, zuständig für die Verfolgung von Kriegsverbrechern.«

»Mr. Bell, kommen Sie näher, bitte. Meine Augen sind nicht mehr gut. Ja, so geht es. Nehmen Sie Platz. Ich habe eine Stunde für Sie. Gespräche strengen mich an.«

»Sicher, Sir, tut mir leid, dass ich Sie behelligen muss, Sir.«

»Mr. Bell, stellen Sie Ihre Fragen. Ich will sehen, wie ich helfen kann.«

»Mr. Under Secretary, sagt Ihnen der Name Pierre Bonnet etwas?«

»Pierre Bonnet. Lange vorbei, Mr. Bell.«

Burns rutschte unruhig auf seinem Stuhl hin und her.

»Was ist mit ihm, diesem Bonnet?«

»Sir, kannten Sie ihn?«

»Ich muss nachdenken.«

»Haben Sie vielleicht mit ihm Geschäfte gemacht, Sir, Pierre Bonnet aus Reims, wo Sie stationiert waren?«

»Geschäfte, was für Geschäfte?«

»Kunst, Sir.«

»Kunst, ach, Kunst, Gemälde, meinen Sie Gemälde?«

»Ja, Sir. Gemälde. Alte Meister, alte Kunst.«

»Sind das Kriegsverbrechen, Mr. Bell?«

»Nein, Sir. Bonnet war ein Kriegsverbrecher, Sir.«

»Bonnet ein Kriegsverbrecher? Der war zu alt.«

»Nicht der Vater, sondern der Sohn, Pierre Bonnet, bei dem Sie bis in die 8oer-Jahre Gemälde gekauft haben, Sir.«

Burns verzog unmerklich die Lippen.

»Gemälde, ja, ich erinnere mich. Die alten Meister von Bonnet. Er war ein Kriegsverbrecher?«

»Ja, Sir, Waffen-SS.«

»So, Waffen-SS. Hat man ihm nicht angemerkt.«

»Sagen Ihnen die Namen Ton Keulers und Paul Verhoven etwas, Sir?«

»Keulers, Verhoven?«

»Ja, Sir. Keulers und Verhoven.«

»Es ist alles lange her.«

»Haben Sie die Gemälde behalten, Sir?«

»Am Ende des Kriegs; es waren Souvenirs. Ich suche

nach einem Wort. Es waren Trophäen. Sie kennen das, Mr. Bell. Jeder Soldat bringt Trophäen mit. Denken Sie an Cäsar, an Napoleon.«

»Mr. Burns, kannten Sie Keulers und Verhoven?«

»Kann sein. Es ist lange her.«

»Wir haben Quittungen über Verkäufe an Sie gefunden, Sir.«

»Ja und?«

»80er-Jahre, Sir.«

»Ja, ich habe Kunst von Bonnet gekauft und verkauft oder verschenkt. Meine Liebe zur Kunst hat nie aufgehört, Mr. Bell. Wenn Sie einmal diese Liebe entdeckt haben, hört sie nie mehr auf.«

»Kannten Sie die Herkunft der Kunstwerke, Sir?«

»Nein. Alles legal. Ich hatte Herkunftsnachweise auf Französisch und Niederländisch.«

»Von Keulers auf Niederländisch, Sir?«

»Kann sein. Ich weiß es nicht.«

»Sie hatten Kontakt zu den Monuments Men, Sir?«

»Monuments Men, ja, ich war Captain bei Eisenhower, zuständig für Fragen der Logistik. Ich kümmerte mich um Kunsttransporte der Monuments Men.«

»Dann wussten Sie, welche Werte Hitler geraubt und die Monuments gefunden haben.«

»Hitler hat alles geraubt. Alles. Die Monuments Men leisteten ganze Arbeit. Sie fanden Lager voll mit Raubkunst in den Salzbergwerken. Nur die kleineren Museen, die konnten sie nicht auch noch kontrollieren.«

»Sie haben Kunstgeschichte studiert, Sir.«

»Bis ich mich freiwillig gemeldet habe, Mr. Bell. Freiwillig für unser Land. Was soll das? Was hat das mit Kriegsverbrechen zu tun?«

»Mr. Under Secretary, Sie haben über den Zeitraum von 1945 bis in die 80er-Jahre von den ehemaligen Waffen-SS-Soldaten Bonnet, Keulers und Verhoven Kunstwerke gekauft und diese mit großem Gewinn weiterverkauft. Ist das korrekt?«

»Dazu werde ich nichts sagen, Mr. Bell.« Burns richtete sich auf, die Gesichtszüge wurden härter, sein Blick kalt.

»Mr. Burns, Ihr Reichtum, der plötzliche Reichtum ab 1946/47, Ihr Eintritt in die Partei, Ihre Wahlkämpfe, Ihre Nominierung als Senator. Sie konnten das mit den Gewinnen aus dem Verkauf der Bilder machen. Bilder, Gemälde, Radierungen, Skizzen, Zeichnungen – alte Meister, Expressionisten, die den jüdischen Eigentümern von den Nazis geraubt oder abgepresst wurden und auch Schätze aus den Depots vieler Museen, die Bonnet, Keulers und Verhoven mitgehen ließen. Keulers fälschte die Herkunft.«

»Dafür haben Sie keine Beweise, Mr. Bell.«

»Mr. Burns, die Werke in Ihrem Haus, hier. Die könnte ich untersuchen lassen auf ihre Herkunft.«

»Mr. Bell, was sagen denn die Herren Bonnet, Keulers und Verhoven? Leben die noch?«

»Keulers lebt. Er hat ausgesagt.«

Burns zuckte zusammen.

»Unmöglich.«

»Warum, Sir.«

»Ich meine, in dem Alter.«

»Sagt Ihnen der Name Cyril Weinert etwas, Sir?«

Wieder ein Tiefschlag.

»Irgendwas. Ich weiß es nicht.«

»Cyril Weinert, Lieutenant der Air Force, nahm Ihre Sendungen in Empfang. Auch ein Kunstliebhaber, nicht wahr. Sein Sohn ist jetzt Major im Pentagon. Ich habe ihn heute Morgen gesprochen.«

»So. Was sagt denn der junge Weinert?«

»Weinert hat in Ihrem Auftrag beim Bundesarchiv in Berlin Auskunft über Verhoven eingeholt, Sir.«

»Mr. Bell. Es ist genug. Ja, irgendjemand hat über Verhoven zuvor dort Auskunft verlangt. Wir haben das festgestellt. Irgendjemand wollte etwas wissen über Verhoven. Ja und?«

»Musste Verhoven deshalb sterben, weil jemand nach ihm suchte, Sir?«

»Sterben?«

Burns rollte aus der Sonne um den Schreibtisch. Er war lebendiger als zuvor vermutet.

»Sterben. Hören Sie genau zu, Mr. Bell von der CIA. Sie sprechen mit einem Under Secretary vom Pentagon. Wen interessiert ein toter Waffen-SS-Mann in Germany? Niemand! Dieser Dreck interessiert niemanden! Verstanden!«

»Auch nicht die Ermordung von Bonnet?«

»Bonnet, der gute Pierre. Wir haben viel Champagner getrunken in Reims. Auf die Kunst.«

»Ja, Sir. Wir haben Fotos gefunden; mit Ihnen. Und mit Bonnet, Keulers und Verhoven.«

»Es gibt Tausende Fotos von jungen Männern am Kriegsende, die feiern, die Champagner trinken. Ich war in Reims und nicht in Torgau an der Elbe, wo die US-Army die Russen traf!«

»Bonnet wurde am Dienstag ermordet. Verhoven am Montag letzter Woche. Professionell. So, wie die Männer von Hammerton arbeiten, Sir. Diese Sicherheitsfirma, die dort einspringt, wo es dreckig wird. Profis.«

Bell wagte den Sprung nach vorne.

»Sie haben keine Ahnung, Bell! Hammerton. Ja, wir müssen die Army schützen, die Marines. Warum für Dirty Jobs nicht Dirty People. Lieber Geld als Blut. Blut dieser Legionäre, das war meine Idee. Ich habe sie im Pentagon durchgesetzt.«

»Und Hammerton ist Ihnen ewig dankbar, Sir. Stimmt doch, oder? Sie sitzen im Aufsichtsrat des Unternehmens.«

Burns rollte nervös in seinem Rollstuhl hin und her.

»Captain Burns, Sie haben in Reims die Akten der drei Waffen-SS-Männer Bonnet, Keulers und Verhoven manipuliert. Die drei wurden nie angeklagt für die Kriegsverbrechen in Oradour und Tulle. Sie haben den drei SS-Männern Kunstwerke abgekauft und damit sind Sie in das Establishment aufgestiegen, Senator geworden, Under Secretary im Pentagon. Sie haben den jungen Weinert angewiesen, ein Auge auf die drei Akten zu halten. Das hat Weinert zugegeben.«

»Was ist mit Keulers. Lebt er?«

»Keulers hat alles gestanden.«

»Was wollen Sie, Mr. Bell?«

»Sir, Sie haben Kriegsverbrecher gedeckt und Geschäfte mit ihnen gemacht.«

»Alles verjährt, Mr. Bell.«

»Nicht die Morde, Sir.«

»Beweisen Sie das, junger Mann.«

»Aktenmanipulation und Verkauf von Raubkunst, Sir.«

»Sie haben nichts, Bell.«

»Wir haben Quittungen, Belege, Fotos und die Akten. Wir haben Weinert, Sir, der möchte seinen Job behalten.«

»Wollen Sie mich oder die Kriegsverbrecher, Bell? Entscheiden Sie sich. Einen verdienten Weltkriegsveteranen,

Senator und Under Secretary oder drei Kriegsverbrecher?«

»Sir, ein französischer Gendarm der CRS hat so gerade überlebt.«

»Na bitte. Überlebt. Sie haben nichts. Ich werde alles leugnen, Bell.«

»Wie Sie meinen, Sir. Wir haben Beweise für Ihre Zusammenarbeit mit drei Kriegsverbrechern der Waffen-SS von Mai 1945 bis weit in die 8oer-Jahre. Sie werden die Herkunft Ihrer Gemäldesammlung erklären müssen. Viele Ihrer Käufer werden nervös, Sir.«

»Was, zum Teufel, wollen Sie? Wenn nicht die Anfrage im Bundesarchiv gelandet wäre, wäre alles gut, verdammt noch mal! Soll jetzt der Ruf meiner Familie ruiniert werden, mein Ruf, Bell! Jetzt. Bloß weil irgendjemand plötzlich nach diesem Verhoven sucht, diesem kalten Engel, der ein Bild nach dem anderen anschleppte. Der den Hals nicht voll bekommen konnte. Er schleppte alles an. Die Happy Few der Ostküste riss mir die Kunstwerke aus den Händen. Sie zahlten jeden Preis und waren scharf auf die Originale aus der alten Welt, die alte Welt, die ihre Söhne und Väter auf dem Gewissen hatte.«

Burns regte sich auf, er wurde zornig, es hielt ihn nicht mehr im Rollstuhl. Er nahm seinen Stock, stand auf und wankte fuchtelnd auf Bell zu.

»Hammerton hat überall Leute, Bell. Überall. Weil wir, wir die USA sie überall brauchen. In Deutschland, in Belgien, in Frankreich, in den Niederlanden. Überall. Überall sind die Irren, die Terroristen. Unsere Feinde. Wir privatisieren unseren Schutz. Ganz einfach. Ein Deal.«

»Sir, Sie haben die Ermordung von Verhoven, Bonnet und Keulers in Auftrag gegeben. Passen Sie auf, die

Hammerton-Leute haben bei Verhoven Gemälde mitgehen lassen. Die tauchen wieder auf, Mr. Burns. Dann sind Sie dran. Auch Profis machen Fehler.«

Burns schwieg.

»Bell. Geben Sie mir 24 Stunden. Ich bin ein alter Mann. 24 Stunden, ich muss mich mit meinem Anwalt beraten.«

»Sir. Ich melde mich morgen um 14 Uhr bei Ihnen. Wir werden Sie überwachen, Sir. Die ›Washington Post‹ ist dran an dem Fall. Sie hat Wind bekommen von der Ermordung der SS-Männer und Zusammenhänge entdeckt. Sir, mit allem Respekt, Sie werden nicht mehr aus der Nummer mit den SS-Männern rauskommen. Die Kunstwerke tauchen im Art-Loss-Register auf, der größten Datenbank für Raubkunst. Machen Sie sich auf Fragen Ihrer Kunden gefasst. Und Weinert, der junge Weinert, der will im Pentagon bleiben.«

Burns starrte auf ein Stillleben. Eine Blumenvase mit einem farbenfrohen Blumenschmuck. Blumen, die so nie gemeinsam zur selben Jahreszeit blühen. Daneben Obst, leicht angefault. Ein Salamander, Fliegen, Schmetterlinge. Er sah dieses Bild der Vergänglichkeit lange an.

»Balthasar van der Ast. Ich liebe es. Schönheit und Verfall, Blüte und Tod. Sehen Sie die Farben, das moribunde Obst, die Fliegen, die sich vom Tod ernähren. Der Tod spendet Leben. Stirb und werde. – Sie hören morgen von mir, Bell.« Er hielt einen Moment inne. Plötzlich schien er geradezu erleichtert. Bell glaubte ein erlösendes Lächeln um seine Mundwinkel zu sehen.

»Agent Bell, wir hatten im Krieg ein Wort, das die Beschissenheit der Situation wiedergab: FUBAR.«

Bell wusste, was das Wort bedeutet. Er verabschiedete

sich und nickte White zu, der gelangweilt im Gang auf ihn wartete.

»Morgen meldet sich der Under Secretary«, sagte Bell zu White, den das gleichgültig ließ.

William Bell hatte alle Fakten zusammengetragen und Major Weinert mitgespielt. Burns benutzte und deckte die drei Kriegsverbrecher. Das lag auf der Hand.

Am nächsten Morgen erschien in den Frühstücksnachrichten der großen Sender als Breaking News: »Under Secretary Burns beging Selbstmord. Nach langer und schwerer Krankheit. Hausdiener fand ihn heute Morgen erschossen in seiner Bibliothek.«

William Bell fuhr zu seinem Vater ins Goodwin House. Er traf ihn mit anderen Veteranen im Aufenthaltsraum. Sie machten ein paar Schritte im Garten, wo Ende Mai viele Blumen blühten. Sein Vater zündete sich eine Sweet Afton an. Sie gingen über die gepflegten Wege. Dort erzählte ihm William, dass die drei SS-Männer, die Eric und Gerald auf dem Gewissen hatten, tot seien. Jemand habe sie ausfindig gemacht und getötet. Das sei absolut sicher. Sein Vater legte die rechte Hand auf die Schulter seines Sohnes und fuhr sich mit der linken Hand über die Augen. Er sagte leise: »Danke.« Er warf die Zigarette auf den Boden und trat sie aus.

Will Bell wusste, dass er durch seine Suchanfrage beim Bundesarchiv Weinert aufmerksam gemacht hatte. Weinert, früher bei der NSA, hatte die elektronischen Akten von Verhoven, Bonnet und Keulers manipuliert. Jede Benutzung wurde ihm sofort signalisiert. Weinert informierte Burns, und Burns, da war Bell sich sicher, hatte den Auftrag an Hammerton erteilt. Liquidation, drei alte Männer abschalten. Der Memorial Day war der Auslöser.

Hätte sein Vater nicht den Wunsch gehabt, nach Henri-Chapelle zu fahren, Will hätte nie die Spurensuche nach Verhoven so intensiv betrieben.

Er musste einige Stunden warten, bis er Fett anrufen konnte. Fett schlief seinen Tiefschlaf dank des Zeitunterschieds.

TAG DER ERINNERUNG

Gegen 13.30 Uhr am Dienstagmittag erhielt Michael Fett einen Anruf aus Arlington, Virginia. Zeitgleich mit der Rückkehr der Zahnschmerzen. William Bell war am Apparat. Bei ihm war es 7.30 Uhr am Morgen.

»Mr. Fett, Burns hat die Morde in Auftrag gegeben. Profikiller von Hammerton, einer privaten Sicherheitsfirma, da bin ich mir sicher. Burns fürchtete die Aufdeckung seiner Kunstgeschäfte mit den drei SS-Männern. Alles, was er aufgebaut hatte, wäre zerstört worden durch drei alte ehemalige SS-Männer, die er vor dem Kriegsgericht bewahrte. Er hatte ihre Akten manipuliert, darum wurden sie nicht als Kriegsverbrecher angeklagt. Burns ist durch die Kunstverkäufe zu Reichtum und Einfluss gekommen. So schaffte er es, Kandidat für den Senat zu werden. Er wurde Senator und dann Under Secretary im Pentagon. Dort vertrat er die Interessen von Hammerton. Ich habe ihn gestern mit den Vorwürfen konfrontiert. Burns hat sich in der Nacht oder heute Morgen erschossen.«

Fett hörte aufmerksam zu und machte sich einige Notizen.

»Gibt es Hinweise auf die Täter von Hammerton?«

»Nein, nichts was Ihnen und mir weiterhelfen könnte. Wir können versuchen, Licht in das Dunkel der Kunstgeschäfte zu bringen. Burns hat einen Sohn, der ist in der Politik. Ich werde ihn kontaktieren. Er dürfte aufgeschlossen für Fragen der Rückgabe sein.«

»Mit anderen Worten, wir haben drei ermordete SS-Männer und eine kollabierte Ehefrau. Vier Tote, keine Täter, ein Motiv und einen toten Auftraggeber.«

»Exakt, Mr. Fett.«

»Und keine Beweise für die Verwicklung von Hammerton.«

»Keine Beweise, Mr. Fett. Es sei denn, einer der Killer von Düren, Verzenay und Reims hinterließ eine Spur.«

»Keine Spuren. Vollprofis«, bedauerte Fett.

Bell verschwieg, dass Major Weinert ihm geholfen hatte. Auch die Drohung mit der »Washington Post« blieb unerwähnt.

»Für eine schriftliche Stellungnahme wäre ich Ihnen dankbar, Mr. Bell. Dann können wir die Fälle abschließen.«

»Kommt. Übrigens, meinem Vater geht es besser nach der Teilnahme am Memorial Day. Das werde ich Ihnen und Chantal Kalumba nie vergessen, Mr. Fett. Grüßen Sie bitte Madame Kalumba von mir.«

Michael Fett saß lange alleine im Büro. Schmelzer war im Präsidium unterwegs, vermutlich auf der Suche nach fleischhaltiger Nahrung. Fett ließ die Woche Revue passieren und das Gespräch mit William Bell. Es war unbefriedigend. Die Mörder sind unter uns, wir kennen sie nicht, wir werden sie nicht finden. Ein alter Senator hat sich erschossen. Er wird ein ehrenvolles Begräbnis erhalten. Bleiben all die Kunstwerke, die gestohlenen Kunstwerke, die, bis auf die Nachfahren der Eigentümer, niemand wirklich vermisste. Und manche Nachfahren ahnten gar nicht, dass ihre Vorfahren diese Kunstwerke besaßen. Die Museen kehrten das Thema unter den Tisch. Hubschmid ging Fett durch den Kopf. Sein Tod war mysteriös. Keine Spuren mehr vorhanden, die auf einen Mord hinwiesen. Der Fall landete in der Ablage: Unfall unter Alkoholeinfluss.

Verhoven, Bonnet, Keulers, Burns, Vater und Sohn Bell – die Geschichte würfelte sie zusammen. Wie in einer Versuchsanordnung. Wege kreuzten sich und das Böse in einigen von ihnen wurde geweckt. Fett verlor sich in seinen Gedanken. Sollte wirklich niemand verurteilt werden? Es sah danach aus. Er gab »Hammerton« in die Suchmaschine ein und bekam die Leistungen einer privaten Sicherheitsfirma geschildert: weltweit tätig, international, beste Referenzen.

Er holte sich eine Tasse Kaffee, griff zum Telefonhörer und rief zunächst Catherine Kaufmann in Reims an.

»Le retour du histoire. Die Geschichte kehrt zurück. Eine verrückte Geschichte, Michel. Beinahe wäre ein Kollege erschossen worden, zusätzlich zu Keulers. Incroyable. Und alles hat hier begonnen, in Reims, nachdem Eisenhower sein Hauptquartier hier aufschlug.«

Beide waren still.

»Es fing früher an, Catherine. Es fing mit Hitler an, mit seinem Judenhass, mit seinem Hass auf die Demokratie. Er hat das Schlechte in vielen Deutschen freigesetzt. Auch in Verhoven, Bonnet und Keulers. Drei junge Männer, die zur falschen Zeit am falschen Ort lebten und aufwuchsen. Und es fing an in meinem Land, wo niemand Hitler entgegentrat.« Er machte eine Pause. »Ich habe dich zum Essen eingeladen, Catherine. Vergiss das nicht. Ich komme nach Reims, sobald ich den Fall hier abgeschlossen habe.«

»Oui. Dann kommt ein neuer Fall, Michel. Auch bei mir. Das Böse stirbt nicht aus. Wie in den Kriminalromanen, tu sais. Weißt du doch, oder?«

»Darum müssen wir ja zusammenhalten, Catherine. Reden, Kaffee trinken, erzählen und uns die schönen Seiten unserer Stadt zeigen. Ich werde kommen. Versprochen. Ich rufe jetzt Petro an. Du solltest das alles zuerst erfahren. Bis bald.«

»Merci. Salut, Michel.«

Er rief Petro an und informierte ihn über das Gespräch mit William Bell.

»Bedankt. Eine unglaubliche Geschichte. Wir müssen uns um die Bilder kümmern. Der Direktor vom Bonnefantenmuseum ist kooperativ.«

»Mach dich auf diplomatische Verwicklungen bereit. Wir schalten in Deutschland die Arbeitsstelle für Provenienzforschung in Magdeburg ein. Die kümmert sich um NS-Raubkunst und kann Hinweise auf die Herkunft anderer Kunstwerke geben. Wenn wir helfen können, bitte einfach melden, Petro.«

Chantal ging der Fall nahe. Aufmerksam hörte sie Fett zu. Sie stellte einige Fragen. Keiner der Morde wurde in Belgien begangen. Aber Henri-Chapelle war der Auslöser.

»Mord verjährt nicht, nicht wahr. Die alten Männer, die neuen Mörder, der Auftraggeber. Vielleicht ist es gut, dass in Henri-Chapelle immer ein frischer Wind über die Gräber weht. So bleibt man aufmerksam, wachsam. Danke, Michel. Wir sehen uns.«

Fett legte nachdenklich auf. Lag nicht die Ursache für diesen Fall in der Nazizeit? Er dachte an Hausen. Zorn stieg in ihm auf.

Schmelzer kam mit einer Tüte belegter Brötchen ins Büro. Er sah seinem Chef die schlechte Stimmung an.

»Hab ich was verpasst?«

»Nein, Schmelzer, es ging nur um den Memorial Day. William Bell wird uns ein Dossier senden. Der Fall ist abgeschlossen.«

Das Telefon schellte. Ein Kollege namens Albrecht aus Linnich war am Apparat.

»Herr Fett? Albrecht, Dienststelle Linnich. Wir hatten heute Vormittag einen Suizid. Sie kannten den Toten.«

Fett war verwirrt.

»Willi Rechner, ein Student. Er hat sich heute Morgen vor einen Regionalexpress der Linie Mönchengladbach – Aachen gestürzt. Wir waren gerade bei seinen Eltern. Fürchterliche Sache. Sie haben ihn letzte Woche Montag vernommen.«

»Ja«, sagte Fett mit trockener Stimme, »ich erinnere mich an den Tag.« Er schaute aus dem Fenster und bemerkte nicht, dass es zum ersten Mal in diesem Monat regnete.

E N D E

*Weitere Titel finden Sie auf den
folgenden Seiten und im Internet:*

WWW.GMEINER-SPANNUNG.DE

Olaf Müller
im Gmeiner-Verlag:

**Kommissare Fett und
Schmelzer ermitteln:
1. Fall: Rurschatten**
ISBN 978-3-8392-2331-4

**2. Fall: Allerseelen-
schlacht**
ISBN 978-3-8392-2506-6

**3. Fall: Tote Biber
schlafen nicht**
ISBN 978-3-8392-2766-4

**Kommissar Fett und
Kommissarin Conti
ermitteln:
4. Fall: Herr über Leben
und Tod bist du**
ISBN 978-3-8392-0032-2

5. Fall: Rommels Gold
ISBN 978-3-8392-0188-6

6. Fall: Asche im Venn
ISBN 978-3-8392-0325-5

7. Fall: Endstation Rursee
ISBN 978-3-8392-0586-0

8. Fall: Adiós, Aachen
ISBN 978-3-8392-0669-0

9. Fall: Rurfieber
ISBN 978-3-8392-0815-1

**10. Fall: Eifelgrau –
Die Jagd der Wölfe**
ISBN 978-3-8392-8089-8

**weitere:
Kommissare Fett und
Rosenthal ermitteln:
Die Macht am Rhein
(mit Maren Friedlaender)**
ISBN 978-3-8392-2474-8

GMEINER SPANNUNG

WWW.GMEINER-VERLAG.DE
Wir machen's spannend

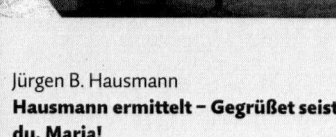

Jürgen B. Hausmann
**Hausmann ermittelt – Gegrüßet seist
du, Maria!**
Kriminalroman
192 Seiten, 13,5 x 21 cm,
Klappenbroschur
ISBN 978-3-8392-8036-2

In der beschaulichen rheinischen Gemeinde Mariaeruh wird die bevorstehende Karnevalszeit von einem
schockierenden Fund überschattet: Eva-Maria Müller
liegt vor der Marienkapelle, einen Pfeil im Rücken,
einen Rosenkranz in der Hand. Der pensionierte
Lateinlehrer Josef Hausmann ermittelt – weil er
nicht anders kann. Schließlich kennt er die Tote und
so ziemlich jeden im Dorf. Gemeinsam mit seinem
Freund, dem ebenfalls pensionierten Kriminalkom-
missar Hubert Schmitz, macht sich Hausmann auf die
Suche nach der Wahrheit. Schnell stellen die beiden
fest: In Mariaeruh ist nichts so friedlich, wie es scheint.

GMEINER SPANNUNG

WWW.GMEINER-VERLAG.DE
Wir machen's spannend

Sarah Weber
Eisvogelträume
Roman
240 Seiten, 12,5 x 20,5 cm,
Broschur
ISBN 978-3-8392-8087-4

Nach über zwanzig Jahren findet Kathrin den Weg
zurück an den Niederrhein – den Ort ihrer Kindheit,
an dem ein tragisches Ereignis ihr Leben für immer
veränderte. Eigentlich möchte sie nur das verschwun-
dene Amulett ihrer Mutter suchen und dann wieder
zurück nach Borkum. Doch sie hat die Rechnung
ohne Jakob gemacht: Der Landwirt vom Nachbar-
hof stellt Kathrins Leben auf den Kopf. Zwischen
gelb leuchtenden Feldern, alten Wunden und neuer
Liebe beginnt eine Reise zu sich selbst. Kann sie endlich Frieden mit der Vergangenheit schließen – und
eine Zukunft mit Jakob am Niederrhein wagen?

GMEINER SPANNUNG

WWW.GMEINER-VERLAG.DE
Wir machen's spannend

Gabriele Goslich
Der Dämon von Köln
Historischer Roman
400 Seiten, 12,5 x 20,5 cm,
Broschur
ISBN 978-3-8392-8078-2

Köln 1910: In der Nacht des roten Mondes wird auf
dem Gereonsdriesch eine junge Frau erschlagen und ge-
schändet zurückgelassen – mit einer dämonischen Mas-
ke über ihrem Gesicht. Kommissar Martin Ehrmanns
stößt auf Parallelen zu einem rätselhaften Todesfall
vom letzten Karneval. Zwischen Brauhäusern, dunklen
Gassen und dem Schatten des Doms folgt er Spuren, die
tief in die bürgerliche Gesellschaft führen. Bald erkennt
er: Hinter der glanzvollen Fassade der Metropole am
Rhein lauern Aberglaube, Angst und fanatischer Wahn.

GMEINER SPANNUNG

WWW.GMEINER-VERLAG.DE
Wir machen's spannend

Ingrid Werner
Gugelhupf mit Schuss
Kriminalroman
256 Seiten, 12,5 x 20,5 cm,
Broschur
ISBN 978-3-8392-8009-6

Kaffeeduft liegt in der Luft – und ein Hauch von
Gefahr. In neun kriminellen Geschichten rund um
Kuchen, Muffins und Sahnetorte wird gebacken,
getäuscht, gelogen und getötet: Süßes Backwerk
dient dabei als Mordwaffe, Lockmittel oder zur
Vertuschung von Verbrechen. Mal düster, oft hei-
ter und skurril, aber immer mit einem guten Schuss
Spannung und voller unerwarteter Wendungen. Mit
Rezepten zum Nachbacken – garantiert harmlos.

GMEINER SPANNUNG

WWW.GMEINER-VERLAG.DE
Wir machen's spannend

Astrid Plötner; Anke Kemper
Tatort Liegestuhl
Kriminalroman
272 Seiten, 12,5 x 20,5 cm,
Broschur
ISBN 978-3-8392-8031-7

Die Luft flimmert, das Eis schmilzt, der Sonnen-
schirm steht – doch das Verbrechen kennt keine
Ferien. Zwölf Urlaubskrimis aus Deutschlands
schönsten Ecken erzählen von kuriosen Begegnungen
mit unerwartet düsterem Ausgang: Ein altes Ferien-
haus wird zur Falle, beim Wandern lauert das Unheil
im Wald, ein Picknick am See endet tödlich und ein
Familienstreit um ein Hotel eskaliert. Für alle, die
am liebsten gemütlich im Liegestuhl mitermitteln.

GMEINER SPANNUNG

WWW.GMEINER-VERLAG.DE
Wir machen's spannend